일본어는 뱀장어
한국어는 자장

키워드로 읽는

日本어학 2

일본어의 현재

일본어는 뱀장어
한국어는 자장

[한국일어일문학회 지음]

글로세움

목 차

01. 일본인의 国語 외국인의 日本語

【윤상실】

이 지구상에서는 얼마나 많은 언어가 사용되고 있을까? 우리말을 비롯하여 영어, 독일어, 프랑스어, 스페인어, 러시아어, 중국어, 일본어 등 얼마나 많이 떠올릴 수 있는가는 개인차도 꽤 클 것이다. 급한 대로 지구촌의 축제라 일컬어지는 올림픽의 참가국 수를 떠올려보면 유용할지 모른다. 가장 최근에 개최된 2016년 리우올림픽에는 2백여 국가가 참가했다니, 이를 기준으로 생각해보면 적어도 2백 개 이상이라고 생각할 수도 있겠지만, 여기에는 결정적인 함정이 있다. 한 나라에서 사용되는 언어가 반드시 하나가 아닌 경우도 있고, 또한 한 언어가 반드시 한 나라에서만 사용되는 것도 아니기 때문이다.

비근한 예를 들어보면 스위스가 전자의 경우에 해당된다. 독일어(75%) 프랑스어(20%) 이탈리아(4%)의 3개 언어가 공용어로 쓰이며, 거기에 로망슈어(1%)까지 포함해 4개 언어가 국어로 사용되고 있다고 한다. 반면 영어나 스페인어는 대표적인 후자의 경우이다. 영어는 영국뿐 아니라 미국, 호주, 인도, 남아프리카공화국 등 과거 영국의 식민지

였던 많은 나라들에서 사용되고 있으며, 현재 세계의 공용어로 굳건히 자리잡고 있음은 우리 모두 주지하는 바이다. 스페인어 또한 스페인에서만 사용되는 것이 아니라 남아메리카의 브라질과 일부 영어 사용국을 제외한 거의 대다수의 나라에서 사용되고 있는데, 과거 식민국이 많았다는 점에서 영어와 마찬가지이다.

이와 같이 국가와 사용언어와의 관계를 살펴볼 때 일본에서는 일본어, 한국에서는 한국어와 같이 1개국 1언어 사용으로만 한정지을 수 없음을 알 수 있다. 앞서 제시한 질문과 관련지어 생각해볼 때, 전 세계에 존재하며 사용되고 있는 언어의 수를 단순하게 국가의 수로 가늠해보는 것 자체가 타당하지 않다고 할 수 있을 것이다. 언어학자들은 현재 세계에서 사용되는 언어는 놀랍게도 3천~6천 정도로 추정하는데, 그 많은 언어 중의 하나가 일본어인 것이다.

현재 일본에서 사용되는 공용어가 일본어임은 말할 나위 없다. 그런데 그 일본어가 일본 내에서는 주로 '국어'(国語)로 불리고 있는 점이 특이하다. 국어과목(国語科目), 국어국문학과(国語国文学科), 국어학회(国語学会) 등과 같이 쓰이고 있음은 물론, 국어사전(国語辞典), 국어문법(国語文法), 국어(학)개론(国語(学)概論), 국어(학)사(国語(学)史) 등 서명(書名)을 살펴보아도 쉽게 알 수 있다. 이와 같이 다양하게 사용되는 '국어'(国語)라는 말은 『일본어대사전』(日本語大辞典, 講談社)에 다음과 같이 정의되어 있다.

1. 국가가 공용어로서 인정하고 있는 언어, 또 그 나라의 말, 국가의 말.

national language

2. 외국어에 대해 일본어를 가리키는 말. Japanese

1을 보더라도 일본인들이 자기나라에서 사용하고 있는 언어를 '국어'라고 지칭하는 데는 특별한 하자가 없는 듯 보인다. 하지만 좀더 주의깊게 살펴보면 '일본어'(日本語)라는 지칭도 적지 않게 사용되는 것을 알 수 있다.

외국인 학생들이 일본어를 배우기 위한 어학원인 ○○일본어학교(日本語学校), 대학의 유학생을 위한 일본어(별)과(日本語(別)科), 일본어 문법시간(日本語文法時間), 외국인들의 일본어 능력 검정을 위한 일본어 능력시험(日本語能力試験) 등이 바로 그것이다. 그 밖에 서명으로는 이와나미(岩波) 문고본 중의 『일본어』(日本語, 金田一春彦)가 있고, 몇 년 전의 베스트셀러 『일본어연습장』(日本語練習帳, 大野晋), 『소리로 내어 읽고 싶은 일본어』(声い出して読みたい日本語, 斎藤孝)가 있다.

이상에서 알 수 있듯 '국어'와 '일본어'는 대상으로서는 같은 언어이지만, 경우에 따라 구별되어 사용되고 있을 뿐이라고 할 수 있다. 즉 '일본어'는 외국인의 입장을 염두에 둔 경우에 주로 선택 사용되고 있으며, 또한 세계 여러 언어 속의 한 언어로 객관화시켜 바라보고자 하는 학자-특히 언어학자-들에 의해 선호되고 있다.

1868년 메이지(明治) 시대에 들어 일본은 근대국가로서의 면모를 갖추어가게 되는데, 사회정세가 필연적으로 국가어의 확립, 전국적인 말의 통일 정책을 요구하는 속에서 '국어'라는 숙어가 이미 등장하게

된다. 특히 1895년 우에다 카즈토시(上田万年)의 유명한『국어를 위해』(国語のため)에서의 '국어'는 그야말로 국가어를 말하는 것으로, 나라를 대표하는 유일한 언어, 국가를 통일하는 언어라는 의미로 사용되고 있다.

이와 같이 '국어'에는 확실히 '국가'라는 뉘앙스가 강하게 투영되어 있다. '국어사랑 나라사랑'이란 표어도 낯설지 않게 느껴지는 것은 아마 국어와 나라가 매치가 잘 되어서일지 모르겠다. 그런데 유독 일본과 한국만이 '국어'라는 말로 자국어를 지칭하고 있는 사실은 흥미롭다.

2003년 2월 일본의 '국어학회'가 2004년부터 '일본어학회'(日本語学会)로 명칭을 변경한다는 사실이 확정되어 큰 화제가 되고 있다. 하지만 변경의 과정이 그리 순탄했던 것만은 아니었던 듯하다. 일본의 국어학회는 국어학자들의 총본산이라 할 수 있는데, 50년의 전통과 역사를 자랑하는 학회가 학회명과 기관지명을 바꾸기에 이르게 된 데에는 1990년 이후 십수 년간 이어온 논쟁과 회원 2천5백 명의 우편투표 끝에 결정된 것이라고 한다.

'세계에 통용되는 학문으로 만들려면 일본어학회가 어울린다'라는 개칭 찬성파와 '국제화라는 시류에 밀려 성급한 개칭은 바람직하지 않다', '개칭하면 〈국어〉, 〈일본어〉라는 2개의 키워드로 검색하지 않으면 안 되므로 도서관이나 도서검색 시스템 등에도 영향이 크다'라는 반대파의 주장이 첨예하게 대립했다고 한다.

어쨌든 결과적으로 보수성향의 국어학회도 국제화시대의 조류를 거스르지 못하고 변화의 일보를 내딛은 셈인데, 우리들 외국인 일본어학 관계자의 입장에서 보면 일부의 불편함은 감수하고도 남을 만큼 획기적인 일로 평가할 수 있지 않을까 싶다.

국어학회의 영향력을 생각해 볼 때, 앞으로 관련분야에서도 같은 변화를 예상해볼 수 있겠다. 그렇다면 일본인의 언어생활 상황 지표를 보여주는 중요 조사사업을 행하고 국가의 중요 언어정책 결정에 큰 역할을 담당하고 있는 '국립국어연구소'(国立国語研究所)가 '국립일본어연구소'(国立日本語研究所)로 바뀔 날이 올지도 모르겠다. 아니 어쩌면 '국립'(国立)이라는 말이 붙어 있는 한 그런 일은 쉽게는 일어나지 않을 수도 있기에, 조급한 억측이 될지도 모르겠다. 과연 이 글을 읽고 있는 독자는 어느 쪽에 한 표를 던질지 자못 궁금하다.

02. 누가 일본어를 배우고 있나

【이경수】

서울에서 도쿄(東京)까지 2시간 반, 부산에서 후쿠오카(福岡)까지는 1시간 반 정도, 만약 쾌속선을 이용한다면 3시간 정도 걸린다. 일본은 우리에게 있어서 1일 생활권이 되어가고 있다. 새벽에 출발해서 낮에 볼일을 보고, 밤에 돌아오는 도깨비 투어가 생겼을 정도이다. 또한 도쿄에서 뉴욕까지도 12시간밖에 걸리지 않는다. 앞으로 초음속 비행기가 취항하게 되면 그 시간은 더욱 단축될 것이다. 뿐만이 아니다. 월드뉴스를 통하여 세계에서 일어나고 있는 사건 이야기를 시시각각으로 들을 수 있으며, 인터넷을 통하여 실시간으로 정보를 교환할 수도 있다. 점점 지구가 좁아져 간다는 것을 실감하지 않을 수 없다.

이러한 환경의 변화, 즉 미지의 세계의 사람들과의 접촉이 늘어가는 상황은 우리의 언어사용에도 변화를 초래했다. 흔히 '국제화'라고 표현하는 시대의 흐름에 맞추어 사회생활을 영위하고 발전시켜 나가기 위해서는 원활한 의사소통이 이루어져야 하며 이를 가능케 하는 언어사용능력을 갖추는 것은 국가적으로도 개인적으로도 더 이상 미룰 수

없는 과제가 되었다. 국제화에 대응하기 위해 외국어교육에 부과된 기대는 한없이 크다 하겠다.

전 세계의 공용어는 물론 영어이다. 그러나 영어 못지 않게 일본어 또한 여러 나라에서 사용되고 있다. 2000년 국제교류기금 일본어국제센터에서 조사한 해외에서의 일본어 교육현황 자료를 보면, 동아시아 -우리나라와 중국-가 전체 학습자의 70%, 전체 교육기관의 40% 전체 교사의 50%를 차지하고 있다. 또한 일본어 학습동기를 살펴보면 개개인에 따라 차이는 있지만, 일본문화에 대한 흥미, 일본어라는 언어 자체에 대한 흥미, 일본어를 사용해 원활한 의사소통을 하고 싶다는 욕구 등이 공통된 사항이다.

우리나라만 보더라도 과거에는 대학의 입시제도에 따라 일본어 학습자의 증감이 뚜렷하게 나타났으나 최근에는 정치적, 문화적, 경제적 발전과 더불어 일본과의 관계가 확대됨으로 해서 입시와 관계없이 일본어 학습자가 점점 더 증가하고 있다.

또한 앞에 든 국제교류기금 일본어국제센터 조사에 따르면, 최근에 110여 개국에서 일본어교육이 행해지고 있다고 한다. 이는 과거에 비하여 상당히 증가한 것이다. 관계기관 수도 1만이 넘었고, 교사도 3만에 가까우며, 학습자도 2백만이 넘는다. 물론 이러한 수치는 기관에 소속되어 일본어를 학습하고 있는 사람들의 숫자이므로, TV나 라디오의 일본어 강좌나 개인교수에서의 학습자를 넣으면 더 많아진다고 할 수 있다.

지역별 현황을 살펴보면 학습자의 70%가 동아시아에 집중되어 있으며, 이어 태평양지역을 중심으로 퍼져나가고 있는데, 특히 우리나라와 중국에 많고, 대만, 인도네시아 등도 상당수에 이르고 있다고 한다. 국가별 현황을 좀더 구체적으로 살펴보면 1위인 우리나라의 학습자수는 약 73만 명으로 세계 일본어 학습자의 45.1%를 차지하고 있다. 이어서 오스트레일리아가 약 29만 명, 중국이 약 11만 명, 미국이 약 7만 4천 명, 뉴질랜드가 3만9천 명으로, 5개국이 세계 학습자의 다수를 차지하고 있으며, 대만, 인도네시아, 싱가폴, 태국, 홍콩 등의 아시아 학습자를 합하면 90% 이상이 아시아, 호주, 미국, 뉴질랜드에서 학습하고 있다고 할 수 있다.

또한 정확한 통계는 아직 나오고 있지 않지만, 최근에 중국의 일본 교육활성화로 인하여 학습자 수가 많이 증가하고 있다고 하는데, 정치적, 경제적, 문화적인 요인이나 일본과의 관계가 일본어 학습에 영향을 미치고 있음을 알 수 있다. 교육단계별 현황을 살펴보면 일본어 학습자의 약 70%는 초등, 중등교육기관(초등학교, 중학교, 고등학교 등)의 학습자이며, 고등교육기관(대학원, 대학, 단과대, 전문대 등)이 약 20%, 기타가 약 10%이다.

김숙자의 「일본어교육 국제심포지엄」(日本語教育国際シンポジウム, 2000)에 의하면 한국에서도 2000년 3월 현재 서울지역의 초등학교 3개 학교와 중학교 23개교에서 방과후 학습이나 클럽활동으로 일본어 수업이 행해지고 있다고 한다. 최근에는 정규직 교사와 기간제 교사로 나누어 강의를 실시하고 있으며 초등학교 중학교에서도 약 10만 명 이상이 일본어 학습을 하고 있다. 이들 어린이에게 있어서는 무엇보다도 게임과 애니메이션의 영향이 큰 것으로 보인다.

고등학교 과목으로 일본어가 채택된 것은 1973년이며, 1975년에 일본어가 대입 시험과목으로 지정된 것을 계기로 학습자수가 급격히 증가하여 1986년에는 학급수나 학습자수에 있어서 독일어, 불어, 중국어, 스페인어와 같은 다른 외국어에 비해 가장 높은 수치를 나타내게 되었다.

1998년의 교육부의 「교육통계년보」에 의하면 인문계 고교에 있어서 일본어 학습자수는 독일어에 이어서 두 번째로 많으며, 실업계 고교의 경우에는 일본어가 1위로 되어 있다. 그리고 학습자 중심의 최근 7차

교육과정에서의 외국어교육에서는 인문계, 실업계, 외국어계 모두 일본어가 1위를 차지하고 있다. 일본어 과목을 설치하고 있는 고등학교 수는 서울이 가장 많으며, 7차 교육과정에서 추구하는 것은 학습자 중심의 교육이라는 점이다.

또한 학습내용은 쉽고 재미있게 학습할 수 있도록 하는 것이며, 일본문화를 자연스럽게 도입시키고, 컴퓨터를 활용한 인터넷 정보의 활용을 특히 강조한 것으로, 일본어 교육에 있어서 새로운 전환기를 맞고 있는 것이다.

대학에서 일본어가 전공과목으로서 처음 개설된 것은 1961년 한국 외국어대학교의 일본어과부터이다. 현재 일본어 관련학과가 개설되어 있는 4년제 대학은 100개가 넘는다. 여기에 전문대학의 일본어과와 관광학과까지 합치면, 일본어관련학과가 개설되어 있는 대학은 200곳을 넘는다. 더구나 2000년 이후의 사이버대학 등을 합하면 더 많다고 볼 수 있다.

어떤 학생이 일본어를 배우고 있는가를 살펴보면, 일본어 일본어 교육학 일본연구를 주전공으로 하는 학생이 전체의 약 20%이며, 그 외는 다른 분야를 전공하면서 일본어를 공부하고 있다. 그중에서도 자연과학 전공이 24.4%, 사회과학 전공이 23.3%, 인문과학 전공이 17.5% 이다.

중국에서는 약 40%가 자연과학 전공이며, 태국에서는 약 30%가 사회과학-주로 관광-을 전공하면서 일본어를 공부하고 있다. 학교교육 이외의 기관은 경제나 사회의 상황에 좌우되기 쉽고 유동적인 것이 특징이다. 특히 민간기업에 종사하고 있는 사람이 가장 많이 배우고 있다.

최근 국내에서도 대학의 사회교육원, 문화센터, 여성회관, 독학생 시험, 학점은행제 실시 등으로 인하여 점점 일본어 학습자가 증가하고 있다. 특히 2002년부터 실시한 일본유학시험과 일본문부성 국비장학생 선발시험, 그리고 일본어능력시험(JLPT), JPT, SJPT, FLEX, EJU, BJT와 같은 일본어 능력을 평가하는 시험이 늘어난 것도 일본어 학습자가 증가하게 된 요인 중의 하나라고 할 수 있을 것이다.

일본어 학습의 목적은 국가별, 직업별, 성별에 따라 달리 나타나는데, 우리나라에 학습자가 많은 배경에는 우선 지리적으로 가깝다는 점, 어순이 동일하고 같은 한자문화권에 속한다는 점, 무역관계 등 취업하는 데 있어서 유리하다는 점을 꼽을 수 있다. 즉 학습동기면에서 실리적인 측면과 문화적인 측면이 모두 강하게 작용하고 있다고 하겠다. 이에 비해 중국은 실리지향적인 측면이 강하며, 또 고등교육기관에 자연과학 전공과 이공계의 학생이 많은 것은 일본의 과학기술에 대한 관심이 높기 때문이라고 할 수 있다.

03. 뭐든지 실려 있어 편리한 책

辭典, 事典, 字典

【박재권】

한 나라의 문화 수준의 척도는 여러 가지 기준이 있겠지만, 언어와 문화의 깊은 상관성으로 볼 때, 그 나라말을 잘 설명하고 구사할 수 있도록 갖춰진 충실한 辭典-특히 용례의 충실 여부가 중요한-의 구비 여부에 달려있다고 생각한다. 왜냐하면 사전 편찬에는 막대한 비용과 장구한 시간이 필요한 만큼, 문화의식의 고양과 사회 헌신의 사명감 없이는 완성도 높은 사전 편찬이 불가능하기 때문이다.

일본어로는 발음이 같은 じてん 즉 辭典-辭書 등 포함-과 事典의 차이점에 대해 언급하고자 한다. 앞의 辭가 들어간 경우는 '단어, 어휘'를 중심으로 한 개념의 사전이고, 뒤의 事가 들어간 경우는 '사물, 사항'을 중심으로 한 개념의 사전이다. 또한 辭典과 辭書의 차이는 '辭典'이 완성된 느낌을 주는 데 비해 '辭書'는 꾸준히 개량해나가는 중간단계에 있는 느낌을 준다는 차이가 있다. 따라서 전자매체에 의해 작성 수록된 사전의 경우는 버전업이 쉽다는 특성 때문에 '辭書'라고 부르는 경향이 있다.

그러면 먼저 辞典의 종류 및 그 편찬 배경 등에 대해 살펴보자. 일본에서 처음으로 국가의 지원에 의해 만들어진 사전은 오쓰키 후미히코(大槻文彦)에 의해 1875년 편찬된『겐카이』(言海)이다. 이는 서구의 웹스터사전과 같은 근대 사전에 자극을 받은 문부성이 오쓰키에게 편찬을 명하여, 14년의 각고 끝에 작성된 최초의 현대적 의미의 사전으로 이후의 사전 편찬에 많은 영향을 주었다. 특히 1875년 당시 국가가 사전 편찬을 지원했다는 것은 매우 놀라운 일이라고 할 수 있다.

사전이라면 우선 영어권의『옥스퍼드 영어대사전』(OED. The Oxford English Dictionary, Oxford University Press,1933,1989년 2판 20권 간행)과『웹스터 사전』(웹스터 신국제영어사전 제3판. Websters Third New International Dictionary of the English Language, Unabridged,1963)이 떠오르는데, 전자는 영국에서 간행된 전통성을 중시한 사전이며, 후자는 미국에서 간행된 현대성에 중점을 둔 사전이다. 이들 모두 국가의 지원 없이 작성되었다는 점에서 볼 때, 당시 메이지(明治) 정부는 사전 후발주자인 일본이 서구를 따라잡는 길은 국가가 지원하는 길밖에 없다고 판단했던 것 같다.

일본어의 경우, 일반 대중의 사전으로는 이와나미서점(岩波書店)에서 나온 중형의『고지엔』(広辞苑, 1권)과 소형이지만 용례주의에 입각한『신메이카이국어사전』(新明解国語辞典)(1권, 三省堂, 5판,1997)이 먼저 떠오르고, 대형의 전문 연구자용으로는 일본어 역사적 사전의 최고봉인『일본국어대사전』(日本国語大辞典, 小学館, 전20권, 1972~76)이 생각난다.

일반 대중용의 대표주자인 『고지엔』은 1955년에 제1판이 간행된 이후 23만 어가 수록된 1998년의 제5판 간행 후 현재에 이르기까지 1천3백만 부 이상이 팔려 가정마다 1권씩 비치되어 있다고 말해질 정도의 국민적인 사전이다. 또한 바른 어휘를 구사해야 하는 신문기자들이 항상 책상 위에 두고 본다는 사전으로, 일본어 중형사전 출간 붐-1988년의 『다이지린』(大辞林, 三省堂 등)-을 일으킨 장본인이기도 하다.

　　『고지엔』의 캐치프레이즈는 4판(1991)이 '困ったときの広辞苑'(어휘 사용에서 곤란에 처할 때는 언제나 広辞苑을 찾으라)이었으며, 5판은 'もう、21世紀の日本語を買いましたか'(당신은 21세기의 일본어가 대폭 보강된 広辞苑을 이미 샀습니까?) 였는데, 그 외에도 '引くは一時の恥、引かぬは一生の恥'(사전을 찾는 것은 한 때의 수치이나 모르는데도 찾지 않는 것은 일생의 수치다)와 같이, 옛 격언 '聞くは一時の恥、聞かぬは末代の恥' (타인에게 묻는 것이 창피하다고 하여 모르는 것을 그대로 두면 평생 모르는 채로 끝나게 되며 평생의 수치가 된다)의 형태를 빌린 광고문이 많이 등장한다. 또한 『고지엔』을 끝말부터 거꾸로 찾을 수 있게 한 『갸쿠비키고지엔』(逆引き広辞苑)이 간행되어 파생어 등의 묶음을 아주 쉽게 찾아볼 수 있다.

　　전문 연구자용의 본격사전인 『일본국어대사전』(日本国語大辞典)의 제1판의 표제어 총수는 44만 4천5백여 개이다. 1972년에 제1판 제1권이 간행된 후, 1976년에 전20권이 완간되었고, 1979~81년에는 축쇄판 10권의 형태로 출판되었으며, 그후 2000~2001년에 다시 현대어 용례 등을 대폭 강화한 제2판이 13권의 형태로, 표제어 약 50

만, 용례 약 100만의 형태로 간행되었다. 1판과 2판의 겸임 편집위원은 하야시 오키(林大), 마쓰이 시게카즈(松井栄一)였으며, 시게카즈는 『대일본국어사전』(大日本国語辞典)을 편찬한 마쓰이 칸지(松井簡治)의 손자이기도 하다.

일본어가 고대로부터 중국어 단어의 영향을 많이 받은 만큼 『대한화사전』(大漢和辞典, 大修館書店, 전13권, 1943~60/修正版, 1984~86)과 같은 중국 문헌의 용례를 중심으로 한 사전이 있는데, 이 사전의 한자는 약 5만 자로 중국 사전의 대표인 『강희자전』(康熙字典:字典은 '문자'를 중심으로 한 개념의 사전을 뜻한다)보다 3천 자나 더 많다. 이 사전은 모로하시 테쓰지(諸橋轍次) 박사 개인의 평생 작업의 결과물이라고 할 수 있다.

모로하시 박사가 동경고등사범학교 국어한문과 재학 중일 때의 담임교사가 위에서 언급한 『일본국어대사전』에 큰 도움이 된 『대일본국어사전』(전4권, 1915~19)의 저자인 마쓰이 칸지 박사였는데, 그로부터 '나는 국어대사전을 만들었지만, 한화(漢和)대사전으로는 제대로 된 것이 없으니, 만들어보는 것이 어떤가?'라는 권유를 받은 것이 계기가 되었다고 한다. 이렇게 해서 탄생된 『대한화사전』(大漢和辞典)이 전문가용이라면, 『학연한화대자전』(学研漢和大字典, 学習研究社, 1978)은 1권으로 된 일반인용 한화사전이다.

그 외에 고대어 등을 대상으로 한 『시대별국어대사전』(時代別国語大辞典, 三省堂, 1967), 『가도카와고어대사전』(角川古語大辞典, 角川書店, 전5권, 1982~99)이 있으며, 방언을 대상으로 한 것으로는 『일본방언대사전』(日本方言大辞典, 小学館, 전3권, 1989), 『현대일본방언대사전』(現代日本方言大辞典, 明治書院, 전9권, 1992~94)이 있다.

구체적인 항목을 중심으로 한 것으로는 일본어학을 전반적으로 다룬 『국어학대사전』(国語学大辞典, 国語学会編, 東京堂出版, 1980), 문법 관계를 전문적으로 다룬 『일본어문법대사전』(日本語文法大辞典, 2001), 유명인의 인명을 다룬 『일본인명대사전』(日本人名大辞典, 講談社, 2001), 외래어만을 취급한 『아테지외래어사전』(宛字外来語辞典, 柏書房, 1997) 등이 있다. 장래에는 국립국어연구소에서 전 164권(現代 30, 近世 50, 中世 40, 中古 40, 上代 4)으로 이루어진 대사전을 간행한다고 하는데, 언제가 될지 그리고 어떠한 내용이 될지 출간이 몹시 기다려진다.

또한 형태상으로는 전통적인 책자 형태의 책자사전 이외에, 앞으로는 컴퓨터 사용의 일반화에 따라서 CD 등에 그 내용이 담긴 전자사전 사용이 활발해질 것이며, 또한 최근에는 인터넷의 발달과 더불어 웹사이트에서 이용하는 사전도 출현하게 되었는데, 점차로 그 사용이 증가되어 갈 것이다.

후자인 '事典'에 속하는 것은 종류가 대단히 많아서 대형서점 홈페이지에서 검색을 하면 1만 건이 넘게 나올 정도이다. 특이한 것으로는 『서부극을 보기 위한 사전』, 『약국에서 파는 약을 알기 위한 사전』, 『세계유산 사전』, 『BMW 정평 트러블 해결 사전』, 『이거라면 사도 좋다-친환경적인 생활을 위한 사전』, 『비즈니스에서 금방 쓸 수 있는 사전-사무실 매너부터 능률 향상을 위한』 등 일상생활과 관련된 지식을 제공하는 실용적인 목적과 여가 생활을 위한 것, 그리고 전문적인 지식을 제공하는 사전 등 실로 그 범위는 무궁무진하다.

언어와 관련되는 것으로는 일본어학 일반을 다룬『국어학연구사전』(国語学研究事典, 明治書院, 1983), 일본어교육 일반을 다룬『일본어교육사전』(日本語敎育事典, 大修館書店, 1982), 일본어 일반을 다룬『일본어백과대사전』(日本語百科大事典, 大修館書店, 1988)과『일본어화제사전』(日本語話題事典, ぎょうせい, 1989), 일본어 문법을 다룬『일본문법사전』(日本文法事典, 有精堂, 1981), 일본문화 일반을 다룬『대중문화사전』(大衆文化事典, 弘文堂, 1991) 등이 있다.

이와 같이 셀 수 없을 정도의 많은 '事典'이 나오는 배경에는 '침묵의 문화'라고 불리는 일본 특유의 문화가 있는 것 같다. 모르는 것을 남에게 물어보기를 극도로 꺼리는 문화이기 때문에 사람들은 사전을 통해 지식을 얻는다는 경향이 매우 강한데다가, 일본인의 왕성한 호기심이 더해져 원하는 것을 모두 찾을 수 있을 만큼 다양한 사전이 끊임없이 출판되는 것이다.

04. 일본어의 50음도는 정말 50개의
음을 나타내는 도표?

【김경호】

일본어를 학습하고자 하는 사람들이 큰 마음 먹고 일본어 교재를 펼쳤을 때, 맨 처음 접하는 것이 히라가나의 50음도일 것이다. 그것의 읽고 쓰는 법을 마스터해야 일본어 공부가 시작됨을 알고는 '요까짓 것쯤이야' 하고 쉽게 덤벼들지만, 문자의 생김새가 비슷비슷하여 누구든지 몇 번 정도는 헷갈린 경험을 겪었을 것이다. 하물며 가타카나로 넘어가면 シ, ツ, ソ, ン 등 문자의 생김새가 거의 구별이 안 갈 정도로 똑같이 보여 당황스럽기까지 할 것이다.

아마도 일본어가 쉽다는 이야기를 듣고, 취미로 공부를 시작한 사람들 중에 히라가나와 가타카나의 관문을 통과하지 못하고 도중하차한 사람들도 적지 않을 것으로 여겨진다.

이렇게 일본어 초보학습자들에게 어려움과 좌절을 주는 50음도란 도대체 무엇인지, 그리고 어떻게 구성되어 있는지 현대일본어에서 사용되고 있는 일본어 자모표인 50음도를 중심으로 살펴보도록 하자.

(표1) 가나로 본 50음도

	あ段(a)	い段(i)	う段(u)	え段(e)	お段(o)
あ行	あ ア	い イ	う ウ	え エ	お オ
か行(k)	か カ	き キ	く ク	け ケ	こ コ
さ行(s)	さ サ	し シ	す ス	せ セ	そ ソ
た行(t)	た タ	ち チ	つ ツ	て テ	と ト
な行(n)	な ナ	に ニ	ぬ ヌ	ね ネ	の ノ
は行(h)	は ハ	ひ ヒ	ふ フ	へ ヘ	ほ ホ
ま行(m)	ま マ	み ミ	む ム	め メ	も モ
や行(y)	や ヤ		ゆ ユ		よ ヨ
ら行(r)	ら ラ	り リ	る ル	れ レ	ろ ロ
わ行(w)	わ ワ				を ヲ
	ん ン				

위의 표를 통해 알 수 있듯이 50음도란 가로의 あ, い, う, え, お 의 모음 부분을 단으로 하고 세로의 か, さ, た, な, は, ま, や, ら, わ 의 자음 부분인 /k, s, t, n, h, m, y, r, w/을 행으로 하여 가로의 모음과 세로의 자음을 결합시켜 만들어진 일본어 자모표(문자표)이며, 동시에 음을 나타내는 음표라 할 수 있다.

즉 50음도는 문자적 입장에서 본다면 일본어의 소리를 기록 표기 하는 문자체계이지만, 음성적 입장에서 본다면 가나문자 하나가 하나 의 음절을 구성하여 그대로 소리로 나타나는 일본어의 소리체계라 할 수 있을 것이다. 따라서 일본어의 가나를 음절문자라고도 한다.

일반적으로 문자가 소리를 나타내는가 아니면 의미를 나타내는가 에 따라 표음문자와 표의문자로 구별된다. 지구상의 언어에서 사용되는 문자의 종류는 크게, 음소문자, 음절문자, 표어문자로 구분하는데, 즉 영어에서 사용되는 알파벳 등과 같이 문자 하나가 하나의 음소를 나타내는 것을 음소문자, 일본어와 같이 문자 하나가 하나의 음절을 나타내는 문자를 음절문자, 그리고 한자와 같이 문자 하나가 소리와 의미를 같이 나타내는 것을 표어문자(형태소문자)라 한다. 우리 한글은 음소를 나타내는 요소문자(모음)를 음절단위로 하여, 자음과 모음의 조합에 의해 이루어지므로 음소문자와 음절문자의 성격을 동시에 갖고 있다.

현대 가나표기법에서는 や행의 い, え, わ행의 ゐ, う, ゑ는 あ행의 음과 같은 음으로서, 동일음이 겹치게 되므로 사용하지 않고 있으며, ん은 원래 50음도에 포함되어 있지 않았으나 후에 추가된 문자로서, 이것까지 합하면 현재 일본어에서 사용되고 있는 기본 50음도에 나타나는 가나문자의 종류로는 히라가나, 가타카나 각각 46개씩이 인정되고 있다. 물론 실제 일본어의 가나 표기는 위의 50음도에 추가하여, 기본 가나를 응용한 다음과 같은 표기가 존재한다. 먼저 50음도의 や행의 문자를 작게 해 や행과 わ행을 제외한 그외 모든 행의 い단의 우측 밑에 덧붙여 사용하는 요음(拗音)은 다음과 같다.

(표2) 요음

きゃ, キャ	きゅ, キュ	きょ, キョ
しゃ, シャ	しゅ, シュ	しょ, ショ
ちゃ, チャ	ちゅ, チュ	ちょ, チョ
にゃ, ニャ	にゅ, ニュ	にょ, ニョ
ひゃ, ヒャ	ひゅ, ヒュ	ひょ, ヒョ
みゃ, ミャ	みゅ, ミュ	みょ, ミョ
りゃ, リャ	りゅ, リュ	りょ, リョ
ぎゃ, ギャ	ぎゅ, ギュ	ぎょ, ギョ
じゃ, ジャ	じゅ, ジュ	じょ, ジョ
びゃ, ビャ	びゅ, ビュ	びょ, ビョ
ぴゃ, ピャ	ぴゅ, ピュ	ぴょ, ピョ

또한 청음인 か, さ, た, は행에 탁점(濁点)을 붙여 무성과 유성을 구별하는 が, ざ, だ, ば행의 탁음표기, 그리고 유일하게 は행에만 나타나는 반탁음 표기―ぱ, ぴ, ぷ, ぺ, ぽ―가 사용되고 있다.

(표3) 탁음 및 반탁음

が ガ	ぎ ギ	ぐ グ	げ ゲ	ご ゴ
ざ ザ	じ ジ	ず ズ	ぜ ゼ	ぞ ゾ
だ ダ	ぢ ヂ	づ ヅ	で デ	ど ド
ば バ	び ビ	ぶ ブ	べ ベ	ぼ ボ
ぱ パ	ぴ ピ	ぷ プ	ぺ ペ	ぽ ポ

즉 탁음 및 요음은 원래 50음도에는 포함되어 있지 않은 표기였다. 본래 의음어(의성어·의태어)에서 사용되어오던 음이 한자의 음독을

위해 사용되기 시작해 오늘날에 이르러 50음도에 추가되어 사용되고 있는 것으로, 다시 말하면 기본음도에 포함되지 않은 부차적 음도라 할 수 있을 것이다.

　그 외의 가나표기로서 つ를 작게 한 촉음표기인 っ(促音, つまるおん)와 가타카나로 외래어를 표기할 때만 사용되는 장음(長音, ひくおん) 표기인 막대선(−) 등이 인정되고 있는데, 다른 가나와는 달리 어두에는 나타나지 않고, 어중과 어말에만 나타나는 것이 특징이다.

　이와 같은 일본어의 50음도는 일본어의 문자표이면서 실제로 음을 나타내는 음운표이기 때문에, 일본어의 발음은 기본 50음도에 나타나는 음 외에 요음 및 탁음을 추가한다 하더라도 그 음절수가 매우 적음을 알 수 있다. 그러므로 일본어에 사용되는 음절수는 외래어 표기에서만 나타나는 ティ(tea) 등의 표기를 제외하면, 대략 111개의 음절을 가지고 있는 것으로 알려져 있다. 다른 언어와 비교해보면 한국어는 된소리 자음, 거센소리 자음, 복모음 등 자모로 조합할 수 있는 음절수가 약 11,172개이며, 영어에는 3만이 넘는 음절이 존재하고 있고, 비교적 적은 음절수를 가지고 있는 중국어-북경어-조차도 4백 개가 넘는 것으로 알려져 있으니, 상대적으로 일본어의 음절수가 얼마나 적은가를 알 수 있다.

　또한 50음도는 자음과 모음에 의하여 행과 단으로 구별되어 문자와 음의 구별의 기준을 나타내지만, 그 외에도 문법적 기능에도 관여하고 있다. 즉 모음에 의해 구별되는 あ, い, う, え, お의 단은 동사활용에 관여되어, 일반적으로 일본어 문법에서는 활용형이 あ단, い단, う

단, え단, お단에 걸쳐 활용한다. う단을 중심으로 위쪽의 い단에만 걸쳐 활용하는 동사를 상1단 동사, 아래쪽에 え단에만 걸쳐 활용하는 동사를 하1단동사라고 하고, あ단, い단, う단, え단, お단의 5개의 단에 모두 걸쳐 활용하는 동사를 5단동사라고 하며, 그 밖의 활용동사를 불규칙동사라 칭한다. 그리고 조사로 사용되는 を, は, へ는 あ행의 お, わ행의 わ, あ행의 え와 발음이 같지만, 표기로서는 を, は, へ의 가나를 사용하여 구별하고 있다.

역사적으로 50음도는 그 성립시기 및 작자, 제작의도 등이 분명히 밝혀지지 않고 있지만, 히라가나와 가타카나의 성립에 근거하여 일본어의 음을 표기하기 위한 음표가 정리되어 나타나기 시작한 것이 일반적으로 헤이안(平安) 중기, 약 10세기 중반 경에 만들어진 것으로 추정되고 있다.

일본어의 50음도는 시대 및 문헌에 따라 문자수와 표기 순서 등에 약간의 변화를 거치면서 현재와 같은 50음도가 완성되었으며, 1868년 이후 메이지(明治) 시대에 들어서는 초등학교의 국어교육의 학습교재로서 채택됨과 아울러, 과거 사전 등의 표제어 등의 배열 순서로 사용되어오던 이로하 순서(いろは順)를 대신하여 사전이나 명부 등의 음 배열 순서로 널리 활용되어 현재에 이르렀다.

05. 일본어의 발음은 쉬운 편일까?

【황광길】

특정 언어가 발음하기 쉽다든지 아니면 무척 어렵다든지 하는 것은 언어학적으로는 넌센스적 발상이다. 일본인에게 있어서는 일본어가 가장 발음하기 쉬울 것이고, 한국인은 한국어가 가장 발음하기 편한 언어일 것이다. 즉 자신의 모국어가 가장 발음하기 쉽다는 것은 당연한 일이다. 이는 태어나서 경험적으로 모국어의 음운체계를 습득하여 이것이 이미 머릿속에 정립되어 있기 때문이다.

한국어를 모국어로 하는 사람들은 쉽게 '빵'과 '방', '팡'을 구별할 수 있다. 첫번째는 먹는 음식이고, 두번째는 사람들이 생활하는 공간을 나타낸다. 그리고 마지막은 단독으로는 특정한 의미를 가지지 못한 발음이다. 한국어 화자들은 특정한 교육이나 훈련이 없어도 이것을 쉽게 발음하고 또 쉽게 듣고 구별해낸다. 그러나 일본어를 모국어로 하는 사람들에게 동일한 발음을 들려주고 이를 구별해보라고 하면 그 구별에 매우 어려움을 느낀다. 또한 동일한 발음을 하게 해도 역시 마찬가지다.

그렇다면 일본어 화자는 이런 점을 가지고 '한국어 화자는 매우 어려운 발음을 하고 있다. 그렇게 어려운 발음을 하느라 매우 고생이 많을 것이다'라고 생각할 것인가? 실제로 일본어 화자가 그렇게 생각할지 어떨지는 몰라도, 한국어를 말하는 사람들이 이러한 발음을 구별하는 데 전혀 어려움을 느끼지 않는다. 이는 마치 색연필을 구별하는 데 있어서 색연필의 상표로 분류하는 사람이 다른 사람이 색연필의 색으로 구별하는 것을 보고, '저런 방식으로 구별하는 것은 매우 어려울 것이다'라고 생각하는 것과 마찬가지이다.

각 언어별로 의미를 구별하는데 사용되어지는 특징이 상이할 수가 있다. 일본어에서는 유성음인가 무성음인가에 의해서 의미가 구별된다. 예를 들어 'きんメダル'와 'ぎんメダル'의 'きん'(kin)과 'ぎん'(gin)은 전혀 상이한 의미를 나타낸다. 전자는 '금메달'이고, 후자는 '은메달'인데, 이는 유성음과 무성음에 의한 차이이다. 한국어 화자에게는 유성무성의 구별이 쉽지 않지만 일본어 화자는 너무나 쉽게 구별이 가능하다. 이러한 점에 비추어 특정 언어가 발음이 쉽다든지 어렵다든지 하는 것은 타당하지 않다고 할 수 있다.

그러나 위와 같은 일반적인 설명에도 불구하고 우리는 일본어를 학습할 때 비교적 그 발음에서 큰 어려움을 겪지 않으며 일본어는 한국어보다 발음이 쉽다고 생각하곤 한다. 이것은 아마도 일본어에는 자음이나 모음 같은 음소수가 비교적 적으며, 또 음절의 구조가 자음(C)+모음(V)으로 이루어져 다른 언어와 비교해 간단한 구조를 하고 있기 때문이라고 생각된다.

아무래도 음소의 종류가 많은 언어라면 그것을 구별하는 것이 음소의 종류가 적은 언어보다 부담이 많이 되는 것은 당연한 이치이고, 또 음절구조도 자음+모음을 한 단위로 발음하는 것과 비교해 영어의 경우처럼 CCVCC와 같은 음연속을 한 단위로 발음하는 것이 어려우리라는 것은 쉽게 판단할 수 있다. 이러한 이유로 인해서 일본어는 비교적 발음이 쉽다고 말하곤 한다.

우선 일본어의 음소에 대해서 살펴보면 다음과 같이 되어 있다.

모음 : a i u e o
반모음 : j w
자음 : k g s z t d c n h b p m r
특수음소 : N Q R

위와 같이 생각하면 모음 5, 자음 13, 반모음 2, 특수음소 3으로 모두 23개의 음소를 인정할 수 있지만 학자들에 따라 의견에 다소 차이가 있다. 예를 들어 た행 자음의 경우에는 구체적인 단음으로는 [t tʃ ts]이 나타나고 있는데 이를 상보분포하는 것으로 인정해서 전체에서 하나의 음소 /t/ 만을 인정하는 입장도 있고, 또 각각 단음을 모두 음소로 인정하여 /t tʃ ts/ 3개의 음소를 설정하는 의견도 있다. 또 が행에서도 /g ŋ/ 두 개의 음소를 인정하는 학자도 있는 등 구체적인 음소 인정에 있어서는 다소 이설이 존재한다. 특수음소에서는 구체적 발음이 중화(中和)된 형태로 촉음(促音) 음소와 발음(撥音) 음소 그리고 장음(長音) 음소를 인정하는 것이 보통이다.

다음으로 일본어의 음절구조를 살펴보면 '자음+모음'을 기본으로 하여, 여기에 반모음이 첨부된 형태 그리고 촉음 발음 장음의 특수음소가 첨가된 형태로 구성되어 있어, 모두 16종류의 구조를 보이고 있다.

음절의 종류

		+∅	+촉음	+발음	+장음
V	직음	V 駅[eki]	VQ 一種[issyu]	VN 安全[anzen]	VR いいえ[i:e]
	+반모음	JV 野菜[yasai]	JVQ やっぱり[yappari]	JVN 四[yon]	JVR 友情[yu:zyo:]
CV	직음	CV 春[haru]	CVQ 学校[gakko:]	CVN 簡単[kantan]	CVR 数学[su:gaku]
	+반모음	CJV 書類[syorui]	CJVR 出発[syuppatsu]	CJVN 順調[zyuntyo:]	CJVR 教育[kyo:iku]

일본어의 음절구조에서 가장 복잡한 형태인 '자음+반모음+모음+특수음소'는 대개 か・さ행에 집중되어 있을 뿐 아니라, 아울러 촉음·발음·장음이 결합한 형태가 한어(漢語)에 나타날 뿐 고유어의 경우에는 매우 한정되어 있으므로, '자음+모음'의 구조를 나타내는 것이 대부분이다. 이처럼 음소의 종류가 비교적 적으며 음절의 구조에서도 비교적 간단한 형태를 보이고 있는 점에서 일본어의 발음이 쉽다는 인상을 갖게 되는 것으로 생각할 수 있다.

06. 한국에서는 '맥도날드'가 왜 일본에서는 '마쿠도나루도'

【김경호】

일본어 공부를 해본 사람들이 공통적으로 겪는 어려움 가운데 한 가지는 일본어 속의 외래어 발음을 듣고 그 원어의 발음과 비교하여, 어떻게 의미를 유추해내느냐 하는 것이라고 할 수 있다. 필자도 일본어로 '마쿠도나루도'(マクドナルド)라는 말을 들었을 때 그 의미를 이해하고 자 사전을 찾아보며 도대체 무슨 의미인가 하고 여러 가지 추측을 하며 고민을 하다가, 나중에 우연히 길거리에서 '맥도날드 햄버거' 간판을 보고 그 발음과 의미를 이해하고는 실소를 한 경험이 있다.

그러면 왜 'Mcdonald'가 일본어 발음으로는 'マクドナルド', 한국어 발음으로는 '맥도날드'로 표현되는지 그 원인을 살펴보자.

모든 언어는 언어 상호 간에 차용이 이루어진다. 그리고 언어차용에 있어서는 차용하는 측과 차용되는 측, 즉 차용대상어의 음운체계가 서로 다를 경우에는 반드시 음운변화를 동반한다. 예를 들면 영어 fashion의 순치음 [f]가 한국어나 일본어의 음운체계 내에 존재하지 않기 때문에, 한국어인 경우 양순음 [p]로 대체해 '패션', 일본어는 후두음

[h]로 대체해 '홧숀'(ファッション)으로 발음하는 것처럼, 차용어 간의 음운체계가 서로 다를 경우에는 그와 비슷한 다른 음으로 변화되는 것이 일반적이다. 그러면 영어가 일본어와 한국어에 차용되었을 때 어떠한 음운변화를 일으키는지 간단하게 그 예를 살펴보면 다음과 같다.

원어(영어)	일본어표기 및 발음	한국어 표기 및 발음
1ight [1ait]	ライト/raito/	라이트/raiti/
marathon[mærəθən]	マラソン/marason/	마라톤/maraton/
salad [sæləd]	サラダ/sarada/	샐러드/sælʌdi/

위의 예를 살펴보면 차용대상어인 영어의 음이 일본어와 한국어에서는 각각 음운변화를 일으키고 있음을 알 수 있다. 즉 light[lait]의 경우 원어의 발음은 '라잇'에 가깝지만, 일본어에서는 '라이토'(ライト/raito/), 한국어에서는 '라이트'(/raiti/)로 조금 다른 음으로 나타남을 알 수 있다.

그러면 여기서 이해를 돕기 위해 일본어와 한국어의 음운체계를 비교해보도록 하자.

현대 일본어의 모음은 あ, い, う, え, お로 5개, 자음은 관점에 따라 조금 다르지만, 일반적으로 13개가 인정되며, 그 밖에 특수음소로 어중, 어말에만 나타나는 발음(撥音)인 ん, 촉음(促音)인 っ, 그리고 장음(長音) 등이 존재한다.

이에 비해 현대 한국어 모음은 ㅏ, ㅣ, ㅜ, ㅔ, ㅗ, ㅓ, ㅐ, ㅡ, ㅟ, ㅚ의 단모음이 10개인데, ㅑ, ㅒ, ㅕ 등의 복모음까지 추가하면 그 수가 21개까지 늘어나며, 자음의 수는 ㄱ, ㄲ, ㅋ, ㄴ, ㄷ, ㄸ, ㅌ,

ㄹ, ㅁ, ㅂ, ㅃ, ㅍ, ㅅ, ㅆ, ㅇ, ㅈ, ㅉ, ㅊ, ㅎ 등, 19개로 일본어보다 자음과 모음의 수가 더 많음을 알 수 있다.

모음과 자음의 수가 많다는 것은 달리 표현한다면 음역(音域:발음의 범위)이 넓음을 의미하기도 한다. 음역이 넓다는 것은 다양한 발음을 할 수 있다는 의미이므로 일본어와 한국어의 모음을 단순하게 비교해 본다면 일본어의 5개의 모음이 담당하는 음의 영역보다는 한국어의 10개의 모음이 담당하는 음의 영역은 2배에 해당되며, 그것은 2배의 다양한 발음을 할 수 있음을 의미한다. 예로서 영어의 bus와 band는 각각 [bʌs]와 [bænd]로 발음되는데, 일본어에서는 '바스'(バス), '반도'(バンド)로 발음되며, 한국어에서는 '버스', '밴드'로 발음된다. 즉 일본어의 5개의 모음 중 원어인 영어의 [ʌ]와 [æ]음이 존재하지 않기에, 영어에서는 서로 다른 음이 일본어에서는 같은 음 [a]로 대체된 것이다. 마찬가지로 맥도날드의 원어 Mcdonald의 첫음절 [mæ-]의 모음 [æ]가 일본어에는 없는 음이기에 [a]로 대체되어 マ-로 바뀐 것임을 알 수 있다.

영어 [ʌ, æ] (bus, band, Mcdonald)

일본어(バス, バンド, マクドナルド)[a] ↙ [ʌ, æ] (버스, 밴드, 맥도날드) 한국어

또 하나의 원인은 일본어와 한국어의 음절구조의 차이이다. 한국어는 기본적으로 음절구조가 자음으로 끝나는 음절구조 폐음절구조이다. 이와는 달리 현대 일본어는 모음으로 끝나는 개음절구조로서 예를 들면 사쿠라(さくら/sa+ku+ra/: 자음+모음+자음+모음+자음+모음)와 같

이 음절구조가 자음+모음의 형태를 취하는 것이 일반적이다. 즉 음절의 끝에 자음이 올 수 없는 구조이기에, 앞의 예와 같이 자음으로 끝나는 영어의 2음절어 salad[sæləd]가 일본어에 차용되어 발음되어질 때는 일본어의 음운규칙이 적용되어 '사라다'(サラダ/sarada/)로 변화된다. 즉 영어의 salad가 일본어로 차용되는 과정에서 일본어의 음운체계 내에 존재하지 않는 음인 [æ], [ə]는 모두 일본어 모음 [a]로 대체되고, 어말에 오는 자음 [d]는 자음으로 끝나면 폐음절이 되므로 일본어 음운규칙에는 맞지 않기 때문에 개음절화 시켜주기 위해 [d] 다음에 모음 [a]를 첨가하였음을 알 수 있다. 그러므로 원어에서는 2음절인 어가 일본어에서는 3음절화되었음을 알 수 있다.

이와 마찬가지로 원어의 Mcdonald가 일본어에서는 왜 '마쿠도나루도'로 발음되는지 그 현상을 살펴보기 위해 먼저 원어의 발음을 보면, 원어는 '맥더널d(끝음이 자음으로 실제 소리가 나지 않음)'와 같이 발음된다(맥도날드의 한국지사가 '맥도날드'로 표기한 것은 원어의 스펠링에 준거하여 표기한 것으로 추측된다). 즉 원어에서는 첫음절 [맥]과 셋째음절 [널], 그리고 어 말음이 자음으로서 폐음절로 이루어진 단어임을 알 수 있다. 한국어는 기본적으로 폐음절구조가 가능하기에 첫음절과 셋째음절을 원어와 마찬가지로 그대로 폐음절로 해 [맥도날]로 나타났다. 그러나 한국어에서는 자음이 두 번 겹치면서 발음되는 현상은 나타나지 않기에, 셋째 음절의 받침(종성) [ㄹ/l/] 다음에 오는 [d]에 모음 [ɨ](으)를 붙여 [맥도날드]의 4음절로 표현했음을 알 수 있다.

그러나 일본어에서는 폐음절구조가 존재하지 않기에, 일본어 음운

규칙에 맞추어 개음절인 둘째음절 [도]는 그대로 두고, 첫음절과 셋째음절을 모두 개음절화하기 위해 [맥]의 받침인 자음 [k]에 모음 [u]를 첨가해 [マク]로 [날]의 받침인 자음 [l]에 모음 [u]를 첨가해 [ナル]로 대체하였으며, 어말에 나타나는 [d]에는 모음[o]를 덧붙여 개음절화해, 3음절인 원어가 일본어화하는 과정에서 6음절의 [マクドナルド]로 바뀌게 된 것이다.

이와 같이 차용어는 차용이 이루어지는 과정에서 각 언어의 음운체계 및 규칙에 따라 음운변화가 일어나는 것이 일반적이다. 그러므로 한국어에서 '맥도날드'가 일본어에서는 'マクドナルド'로 발음되어지는 이유는 음운체계의 차이에 기인한다고 할 수 있다.

그러나 일본어식 발음인 マクドナルド와 한국어식 발음인 맥도날드를 미국인에게 직접 물어보면서, 어느 쪽 발음이 원어음에 더 가깝냐고 질문을 해보니, 미국인 왈 '둘 다 무슨 발음인지 모르겠어요!' 하더란다. 즉 이론상으로는 한국어식 발음인 맥도날드가 원어에 가깝다고 말할 수 있을지 모르지만, 실제로는 둘 다 자국어 음운규칙이 적용돼 발음이 변형되었으므로 원어와는 다른 음형으로 들리는 것이다.

이것은 예를 들면 된소리 '쌀' 발음이 안 되는 외국인이 '살'이라고 하는 것과, 된소리는 가능하지만 받침의 유음발음이 안 되는 외국인이 '싸르'라고 발음해놓고, 어느 쪽이 더 가깝냐고 질문하는 것과 마찬가지로, 우리에게는 모두 원 발음 '쌀'과는 다른 음으로 들린다는 이치와 같다고 할 수 있을 것이다.

07. 일본어에도 받침이 있을까?

【류경자】

일본어에는 한국어의 받침과 유사한 역할을 하는 '특수음'이라는 것이 있다. 일본어의 특수음에는 촉음(促音, っ), 발음(撥音, ん), 장음(長音)이 있는데 이 3개의 특수음 중에 한국어의 받침과 유사한 음은 촉음과 발음이다.

■ **촉음(促音) –'っ'**

일본어의 표기에서 '촉음'은 つ를 작게 한 'っ'로 표시된다. 이것은 실제로 발음을 할 때 っ라고 발음을 하는 것이 아니라 한 박자 쉰다는 것을 의미하고 있다.

예를 들면 来て(きて, 와요)는 2박자의 길이로 발음하지만, 切手(きって, 우표)는 3박자의 길이로 발음을 해야 한다.

이와 같이 일본어의 특수음의 하나인 촉음은 많은 외국인이 일본어를 공부하는데 어려움을 겪는 것 중의 하나이지만, 그중에서도 특히 한국인의 경우에는 더욱 습득하기 어려운 발음이다. 왜냐하면 대부분의 한국인이 이 촉음을 한국어의 받침으로 생각해 1박자의 길이로 발음하지 않고 짧게 발음하는 경향이 있기 때문이다.

촉음 っ가 발음 ん과 다른 점은 구체적인 소리가 없다고 하는 점이다. 즉 きって(우표)의 っ는 순간 숨을 정지하고 있을 뿐 구체적인 소리는 나오지 않는다. 소위 소리가 없는 상태인 것이다. 이렇게 소리가 없는 상태를 충분히 유지하지 않으면 촉음의 발음이 제대로 되지 않는 것이다. 아래 예에서 볼 수 있듯이 촉음에 대한 발음이 제대로 되지 않으면 의미가 전혀 달라지기 때문에 촉음은 일본어를 하는데 있어서 매우 중요한 발음이다.

ここにいてください。(여기 있어주세요.)
はやくいってください。(빨리 가 주세요.)

はやくきてください。(빨리 와 주세요.)
はさみできってください。(가위로 잘라 주세요.)

앞에서 촉음 っ는 소리가 없는 상태라고 했지만, 예외적으로 さ행의 음이 계속되는 경우에는 다르다. さ, す, せ, そ음이 계속되는 경우에는 まっすぐ(똑바로)나 けっせき(결석)와 같이 [s] 음이 길게 발음되고 し음이 계속되는 경우에는 まっしろ(새하얗다)와 같이 [ʃ]([s]이 구개음화된 음)의 음이 길게 발음된다. 따라서 이러한 경우에도 [s]나 [ʃ]의 음을 1박자의 길이로 발음해야 한다.

촉음은 한자어(漢語)에 많이 나타나지만 일본고유어(和語)나 외래어에서도 많이 볼 수가 있다. 그러나 おっと(남편)나 きって(우표)와 같은 고유어를 제외하고는 일반적으로 일본고유어나 외래어에 나타나는 촉음은 모음이 탈락해서 생기는 일은 드물다.

이러한 경우는 단순히 촉음이 덧붙여지는 것인데 다음과 같은 종류의 촉음도 몇 가지 있다.

다음의 예1은 말을 강조하거나 회화체로 하기 위해 촉음이 생겨난 경우이고, 예2는 의미가 달라지지는 않고 각각 복합어와 외래어에서 촉음이 생겨난 경우이다.

1. 강조나 회화체의 경우

にほん(일본) : にっぽん(일본)

しかり(확실히) : しっかり(확실히)

やはり(역시) : やっぱり(역시)

すごい(굉장해) : すっごい(굉장해)

2. 복합어나 외래어인 경우

かぎ(열쇠) : かぎっこ(하교 후에 혼자서 집을 보는 맞벌이하는 집의 아이)

ひとり(혼자) : ひとりっこ(외동아이)

top : トップ   hot : ホット

bat : バット   pack : パック

■ 발음(撥音)-'ん'

이번에는 발음(撥音)에 대해서 살펴보기로 하자. '발음'은 일본어 가나로 표기하면 'ん(ン)'이지만 예외적으로 다른 자음과는 달리 모음을 동반하지 않기 때문에 특수음의 하나로 되어 있다. 또 이 발음은 다음에 오는 음의 영향에 의해 [m n ŋ N] 등으로 다양하게 발음된다.

- m, b, p 음 앞에서는 m으로 발음된다.

  さんま[samma:꽁치]　さんばい[sambai:세 잔]

  しんぱい[ʃimpai:걱정]

- n, t, d, z, r 음 앞에서는 n으로 발음된다.

  おんな[onna:여자]　　はんたい[hantai:반대]

  しんだい[sindai:침대] あんず[anzu:팥]　しんらい[sinrai:신뢰]

- k, g 음 앞에서는 ŋ으로 발음된다.

  さんか[saŋka:참가]　えんぎ[eŋgi:연기]

- 모음, 반모음, は행 앞 또는 어말에 올 때는 N으로 발음된다.

  れんあい[reNai:연애]　ほんや[hoNya:책방]

  でんわ[deNwa:전화]　よんひき[yoNhiki:네 마리]

  にほん[nihon:일본]

이 ん은 일본어에서는 단독으로 1박의 길이를 갖고 있지만, 한국어 학습자들은 한국어의 ㄴ ㅁ ㅇ이 받침으로 발음되기 때문에 일본어의 ん을 받침처럼 생각하여 짧게 발음하는 경향이 있다. 예를 들면 일본어의 ほんとう(정말)나 しんぶん(신문)은 4박자의 길이로 발음해야 하는데, 한국인 학습자는 한국어의 받침으로 생각해 3박자 또는 4박자의 길이로 조금 짧게 발음하는 경향이 있다.

일본어의 특수음인 촉음, 발음, 장음은 외국어에는 없는 음성적 특징을 가지고 있기 때문에 이 특수음을 습득하는 데는 많은 노력이 필요하다. 특히 한국어를 모어로 하는 일본어 학습자에게는 촉음과 발음의 경우가 받침으로 인식되는 경향이 있기 때문에 1박자의 길이를 갖고 있다는 점을 강조하지 않을 수 없다.

08. 손뼉치며 배우는 일본어

【황광길】

한국인 학습자가 일본어를 배울 때 틀리기 쉬운 것 중 하나가 장음 절에 대한 발음이다. 신문 등에서 예를 들어 '東京'(とうきょう)를 한글로 '도쿄'로 표기하는 것을 볼 수 있다. 하지만 실제 발음은 [to:kyo:] 이므로 장음을 고려하지 않은 표기라고 하겠다. 한국어에도 '눈:'[雪]과 '눈'[目], '밤:'[栗]과 '밤'[夜]처럼 장단에 의해서 의미가 달라지는 예가 일부 존재하고 있기는 하지만, 현대어에서는 장단에 의한 구별이 거의 사용되지 않는다고 하여도 과언이 아닐 것이다. 반면에 일본어의 경우는 다음과 같이 장단에 의한 의미 구별이 활발하게 나타난다.

おばあさん(할머니) : おばさん(아주머니) - [oba:saN] : [obasaN]

しょうり(勝利) : しょり(処理) - [syo:ri] : [syori]

ビール(맥주) : ビル(빌딩) - [bi:ru] : [biru]

그러므로 '도쿄'처럼 장음을 무시한 발음은 일본어를 학습하는 입

장에서는 바람직하지 못하다. 일본어의 발음을 중시한다면 '도:쿄:' 쪽
이 타당하다고 하겠다.

일본어에서는 이처럼 장음, 단음의 구별이 매우 중요한 것을 알 수
있는데, 길게 발음되는 것으로는 장음음소 외에도 촉음(促音)과 발음(撥
音)을 들 수 있다.

> 촉음 : 후속음에 의한 동화(同化)를 일으켜 [t s k p…] 등 대개 한 박자의
> 무성자음으로 나타난다. いっかい[ikkai), いっさい[issai], いっ
> たい[ittai], いっぱい[ippai] 등이다.
>
> 발음 : 후속음의 조음위치에 의한 동화(同化)를 일으켜 [m n ŋ N]처럼 한
> 박자분의 비음, 성음으로 나타난다. はんたい[hantai], あんがい
> [aŋgai], しんぱい[ʃimpai] 등이다.

촉음과 발음은 위와 같이 설명할 수 있지만, 이러한 특징 외에 촉
음, 발음, 장음이 포함된 음절이 공통적으로 가지고 있는 특징으로는
'자음+모음'으로 구성된 음절과 비교해 시간적으로 길게 발음되는 음
절이라는 점을 들 수 있다. 그러므로 일본어를 학습할 때에는 촉음, 발
음, 장음 등에 주의를 기울여야 한다.

한국어나 영어 등에서는 단어보다 작은 단위로 음절을 설정하는
데, 이것은 전후에는 음의 단락을 둘 수 있지만, 그 내부에는 음의 단
락이 올 수 없는 음의 단위를 가리키는 개념이다. 음성학 지식을 가지
지 못한 일반인들에게 단어를 의미에 관계없이 최대한으로 나누라고

할 때 사람들이 나누는 단위가 바로 이 음절이다. 구체적인 예를 들면 한국어의 '한글', '촛불'은 각각 '한과 '글', 그리고 '촛'과 '불'로 나누어지는데, 이를 음절이라고 한다.

한편 일본어에서도 はる(春), あき(秋)의 경우는 역시 は와 る, あ와 き로 나눌 수 있고, 이 경우는 하나의 가나(仮名)가 하나의 음절과 대응하고 있다. 그러나 촉음, 발음, 장음이 포함된 いっぱい(一杯), はんたい(反対), とうきょう(東京)의 예를 발음의 단락으로 나누어 보면 각각 'ip·pa·i', 'han·ta·i', 'to:·kyo:'로 되어, 하나의 음절이 2개의 가나로 구성되는 경우가 나타난다.

이처럼 2개의 가나로 구성되어 있는 음절은 비록 음의 단락이라는 면에서는 더 이상 나눌 수 없지만 그 길이에 있어서는 다른 음절에 비해 상대적으로 긴 단위이다. 따라서 일본어에서는 촉음, 발음, 장음이 포함된 장음절에 대해서 시간을 기준으로 하여, 다시 이를 분리한 단위를 이용하게 된다. 이를 박(拍)이라는 운율적 용어를 사용하여 나타내는 것이 보통이며, 위에 든 용례의 경우에는 다음처럼 박과 음절이 차이를 보이게 된다.

용례	いっぱい	はんたい	とうきょう
음절	ip/pa/i 3음절	han/ta/i 3음절	to:/kyo:2음절
박	2박+1박+1박=4박	2박+1박+1박=4박	2박+2박=4박

이러한 장음 음절인 촉음, 발음, 장음이 포함된 음절의 발음을 학습할 때 편의상 손뼉을 치면서 익히곤 한다. 즉 단음 음절은 1박자, 장

음 음절은 2박자를 치면서, 그 장단을 구별하는 방법을 익히는 것이다. 다시 언급하지만 일본어에 있어서 장단의 구별은 매우 중요하며, 또 단어를 처음 익힐 때 같이 암기해 놓지 않으면 나중에는 매우 곤란하게 되므로 이처럼 손뼉을 치면서 장음 음절을 암기하는 것도 좋은 방법이라고 생각한다.

일본어에서 사용되는 박을 나타낸 것으로는 50음도를 들 수 있지만, 현대어에는 외래어의 영향도 무시할 수 없으므로 실제로 사용되고 있는 박은 50음도에 외래어박을 포함시켜야 할 것이다. 일본어에서 사용되는 박의 구조와 종류를 나타내면 다음과 같다.

박의 구조 : V CV JV CJV N Q R

(V:모음, C:자음, J:반모음, N:발음, Q:촉음, R:장음)

박의 종류

직음박	요음박	
	−j−	−w−
a i u e o	ja ju (je) jo	wa (wi) (we) (wo)
ka ki ku ke ko	kja kju kjo	(kwa)
ga gi gu ge go	gja gju guo	(gwa)
sa si su se so	sja sju (sje) sjo	
za zi zu ze zo	zja zju (zje) zjo	
ta (ti) (tu) te to	(tju)	
da (di) (du) de do	(dju)	

직음박	요음박	
	-j-	-w-
(ca) ci cu (ce) (co)	cja cju (cje) cjo	
na ni nu ne no	nja nju njo	
ha hi hu he ho	hja hju (hje) hjo	(hwa) (hwi) (hwe) (hwo)
ba bi bu be bo	bja bju bjo	
pa pi pu pe po	(pja) (pju) (pjo)	
ma mi mu me mo	mja mju mjo	
ra ri ru re ro	rja rju rjo	
N Q R		

괄호에 나타낸 박은 주로 외래어, 의성어, 의태어 등에서 출현한다.

09. 말소리의 길이와 인생의 길이는 비례한다?

【민광준】

1. 장음과 단음

일본어에서는 'こうこう(高校)', 'コーヒー'(coffee)의 밑줄 친 부분처럼 앞글자의 발음을 1박자만큼 길게 발음하는 경우를 볼 수 있는데, 이처럼 바로 앞글자의 모음을 음가를 변화시키지 않은 채 그대로 1박자만큼 길게 늘여서 발음하는 음을 장음 또는 장모음이라 한다. 장음은 1박자만큼의 길이를 유지하는 것이 중요하며, 앞에 든 'こうこう'와 'コーヒー'는 모두 4박자의 길이를 갖는 4박어이다.

4박어	1	2	3	4
高校	こ	う	こ	う
コーヒー	コ	ー	ヒ	ー
平仮名	ひ	ら	が	な
アメリカ	ア	メ	リ	カ

일본어에서는 소리의 길이가 단어의 뜻을 구별하는 역할을 한다. 예를 들면, 한국어의 '아저씨'는 일본어로 'おじさん'이라 하고, '할아

51

버지'는 'おじいさん'이라 한다. 한편 '아주머니'는 일본어로 'おばさん', '할머니'는 'おばあさん'이라 하는데, 이들 2쌍의 단어는 다음의 그림에 나타낸 것처럼 'じ'와 'じい', 'ば'와 'ばあ'의 차이로 구별된다. 즉, 'おじさん'과 'おばさん'은 4박어, 'おじいさん'과 'おばあさん'은 5박어이다.

따라서 소리의 길이로 단어의 의미를 구별하는 습관을 갖고 있지 않은 한국인 일본어 학습자가, 일본어의 장음과 단음을 구별해서 발음하고 들을 수 있기 위해서는 다음에 제시한 것과 같은 단어를 소리내어 발음하고 듣는 연습을 하지 않으면 안 된다.

a. ビル(building)-ビール(beer)　　b. ちず(地図)-チーズ (cheese)

c. つち(土)-つうち(通知)　　　　d. とる(取る)-とおる(通る)

e. くろ(黒)-くろう(苦労)　　　　f. しゅかん(主観)-しゅうかん(習慣)

2. 청음과 탁음

일본어를 배우기 시작한 지 얼마 되지 않은 한국인 학생이 파티에서 일본어로 자기소개를 했다.

はじめまして。金です。かんごくから来ましたたいがくせいです。よろしくお願いします。

　그 순간 일본인 학생들이 의아한 표정을 짓는 것이었다. 왜 그랬을까? 한국인 유학생의 일본어 발음에서 그 해답을 찾을 수 있다. 한국인 유학생이 'かんこく'(韓国)를 'かんごく'(監獄)로, 'だいがくせい'(大学生)를 'たいがくせい'(退学生)로 잘못 발음했기 때문에 일본인 학생들이 그 의미를 파악하는데 순간적으로 당황한 것이다. 즉, こ와 ご, た와 だ의 차이가 단어의 의미 구별에 결정적인 영향을 미친 것이다.

　일본어 표기에 사용되는 가나문자를 5개의 단-세로축-과 10개의 행-가로축-으로 배열한 일람표를 50음도(五十音図)라 하는데, 음도의 가로축에 있는 か행음(か, き, く, け, こ), さ행음(さ, し, す, せ, そ), た행음(た, ち, つ, て, と), な행음(な, に, ぬ, ね, の), は행음(は, ひ, ふ, へ, ほ), ま행음(ま, み, む, め, も), や행음(や, ゆ, よ), ら행음(ら, り, る, れ, ろ), わ행음(わ, を)을 일반적으로 청음(清音)이라 하고, 음도에는 포함되어 있지 않지만 か행, さ행, た행, は행 음절의 오른쪽 위에 탁음을 나타내는 부호인 탁점(濁点)을 찍어 만든 が행음(が, ぎ, ぐ, げ, ご), ざ행음(ざ, じ, ず, ぜ, ぞ), だ행음(だ, ぢ, づ, で, ど), ば행음(ば, び, ぶ, べ, ぼ)을 탁음(濁音)이라 한다.

　그런데 일본어 가나문자 중에는 か행-が행, さ행-ざ행, た행-だ행, は행-ば행처럼 청음과 탁음이 대응되는 경우가 있으며, 단어의 의미를 구별하는 역할을 한다. 한편, 일본어 가나문자에는 탁음 외에 반탁음(半濁音)이 있는데, ぱ행음 -ぱ, ぴ, ぷ, ぺ, ぽ- 이 바로 그것으로, 발음상으로 ば행음과 대응관계를 이룬다.

    a. か행-が행 : きん(金)-ぎん(銀), クラス(class)-グラス(glass)

    b. さ행-ざ행 : そうり(総理)-ぞうり(草履), かし(菓子)-かじ(火事)

    c. た행-だ행 : たいがく(退学)-だいがく(大学),

                  てんき(天気)-でんき(電気)

    d. は행-ば행 : ほん(本)-ぼん(盆), ひこう(非行)-びこう(尾行)

    e. ぱ행-ば행 : ピザ(pizza)-ビザ(visa), パス(pass)-バス(bus)

청음과 탁음 및 반탁음의 차이는 성대 진동의 유무에 의해서 구별된다. 예를 들면, 청음인 た/ta/와 탁음인 だ/da/의 차이는 두 음절의 공통점인 /a/를 제외한 /t/와 /d/의 차이라고 볼 수 있는데, /t/는 발음시에 성대가 진동하지 않는 무성자음이고, /d/는 성대가 진동하는 유성자음이다. 반탁음 ぱ/pa/의 /p/는 /t/와 마찬가지로 성대가 진동하지 않는 무성자음이다.

    그렇다면 /t/와 /d/의 본질적인 차이는 무엇일까? /t/와 /d/는 모두 혀끝을 잇몸에 대었다가 떼면서 발음하는 치경파열음인데, 성대 진동의 개시 시점과 혀끝을 잇몸에 대어 날숨의 흐름을 폐쇄했다가 혀끝을 잇몸에서 떼어 막혀있던 날숨을 파열시키는 순간의 타이밍을 어떻게 조절하느냐에 따라서 구별된다.

    다음 그림은 'たいがく'(退学)와 'だいがく'(大学)의 음성 파형(상단)과

스펙트로그램(하단)을 나타낸 것이다. 그림 하단의 화살표 A는 성대가 진동하기 시작하는 지점을, 화살표 B는 혀끝을 잇몸에서 뗀 지점을 나타낸다. 예를 들면, /t/의 경우는 혀끝을 잇몸에 대었다가 뗀 파열 순간(B)에는 성대가 진동하지 않고, 바로 뒤의 모음 /a/에서 성대 진동이 시작된다. /d/는 혀끝을 잇몸에 댄 폐쇄 순간(A)부터 성대가 진동하기 시작한다. 즉 혀끝을 잇몸에서 떼기 전부터 성대가 진동하는 것이다.

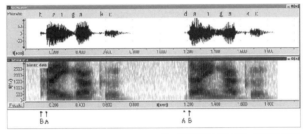

(A:성대 진동 시작 지점   B:파열 지점)

그런데 일본어의 か행음, た행음, ぱ행음과 유사한 한국어 /ㄱ,ㄲ,ㅋ/, /ㄷ,ㅌ,ㄸ/, /ㅂ,ㅍ,ㅃ/은 모두 파열이 일어난 뒤에 성대가 진동하기 시작하기 때문에, 한국인 일본어 학습자에게 성대진동의 유무와 그 타이밍을 이용한 일본어 청탁음의 구별은 매우 어려운 과제라 할 수 있다.

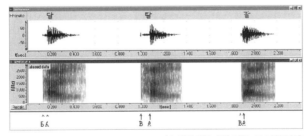

(A:성대 진동 시작 지점   B:파열 지점)

10. 'はし'는 '젓가락'? 아니면 '다리'?

【이범석】

우리나라 사람에게 '악센트란 무엇인가?'라고 묻는다면 아마도 영어를 배울 때의 기억을 머릿속에 떠올리거나, 그 기억을 되살려 단어의 어느 한 부분을 강하게, 혹은 세게 발음하는 것이라는 정도의 대답을 할 것이다. 그러나 특별한 경우를 제외하고 우리말 즉 한국어를 모어로 하는 사람들에게 악센트를 이야기한다는 것 자체가 어쩌면 무리일지도 모른다. 그도 그럴 것이 우리말은 일부 방언을 제외하고 악센트가 없기 때문에 악센트에 대한 인식이 그만큼 낮을 수밖에 없다.

반면 일본어는 악센트에 의해서 단어의 의미가 달라질 뿐만 아니라, 악센트가 문법적 기능을 가지고 있기 때문에 간혹 의사소통에 오해를 불러 일으키는 경우가 있을 정도이다. 즉 표준어는 물론 대부분의 방언에도 고유의 악센트-단어 각각의 고저(高低)-체계가 존재하고 있다.

예를 들어 일본어(표준어)에서 젓가락을 뜻하는 はし(箸)의 경우를 살펴보면, 'は'가 높게 발음되고, 'し'는 낮게 발음된다. 그리고 다리를 나타내는 はし(橋)의 경우에는 반대로 'は'가 낮게 발음되고, 'し'는 높게

발음된다. 이처럼 일본어는 각 단어에 음의 높낮이가 부여되는 소위 고저형(高低型) 악센트(pitch type) 체계를 가지고 있다. 다시 말해 각 단어에 일정한 높낮이가 부여되는데, 이때 모든 단어가 각기 다른 고저의 배치를 가지고 있는 것이 아니라 음절수(音節數) 혹은 단어별로 고유의 악센트형을 가지고 있다.

이렇게 보면 악센트형이 매우 복잡한 것 같지만 반드시 그러한 것도 아니다. 일본어의 악센트는 일정한 법칙(제약)과 특징이 있어, 이를 이해하면 생각보다 간략하게 정리된다. 즉 앞서 거론한 각 단어에 고저(高低) 배치는 일정한 제한이 있는 것이다. 예를 들어 3음절로 된 단어-●과 ○은 음절을 나타낸다-에서 고저 2단계로 실현가능한 악센트형은 다음과 같이 8가지의 형태가 가능할 것이다.

●○○, ●●○, ●●●, ○○○, ○○●, ○●●, ○●○, ●○●

(● : 높은 부분, ○ : 낮은 부분)

그러나 실제로 위의 실현가능한 악센트가 모두 존재할까? 그렇지는 않다. 다음과 같은 제약이 있어 실제로는 악센트의 종류가 적어진다.

첫째, 제1음절과 제2음절은 기본적으로 높이가 다르다. 즉 제1음절이 높으면 제2음절은 낮게 발음되고, 반대로 제1음절이 낮으면 제2음절은 높게 발음되어, 제1음절과 제2음절은 같은 높이로 발음되지 않는다. 그러므로 ●●○, ●●●, ○○●, ○○○형은 존재하지 않고 ●○○, ○●●, ○●○, ●○●형만 남게 된다.

둘째로는 하나의 단어 혹은 문절 안에 2개의 높은 부분이 존재하지 않는다는 제약이 있다. 다시 말해 한 번 하강하면 다시 상승하지 않는다는 것이다. 위의 예에서 보면 ●○●과 같이 한 번 낮아지면 다시 높게 발음되지는 않는다. 만일 한 번 내려갔다가 다시 상승하면, 듣는 사람은 새로운 단어가 시작되는 것으로 인식하게 된다. 그래서 결국은 3음절로 된 단어의 경우는 ●○○, ○●●, ○●○ 같이 3가지형의 악센트만 존재하는 것이다. 단 ○●●형은 연결되는 조사의 고저에 따라 평판형(平板型)과 미고형(尾高型)으로 구별된다.

그렇다면 일본어에서 악센트는 어떠한 역할을 할까?

첫째, 앞서 제시한 はし(橋:다리) 와 はし(箸:젓가락)의 예에서도 알 수 있듯이, 단어에 부여된 음의 높낮이로 동음이의어(同音異義語)의 의미가 구별되는 소위 변별적기능(弁別的機能)을 가지고 있다.

둘째, 단어의 경계를 표시하는 문법적 기능을 가진다. 즉, 다음의 예문에서 'もうしました'의 부분을 악센트를 부여하지 않고 발음을 한다면 1과 2는 아마도 'もうしました'라는 한 단어로 인식될 것이다.

1. それはわたしが　　　もうしました
2. それはわたしが　　　もうしました

그러나 각각의 단어에 고유의 악센트를 적용하게 되면, 1의 경우는 もうしました와 같이 발음되는데, 이때는 산이 2개 있으므로 하강한 부분 　　　에 의해서 단어의 경계가 표시되어, 전자의 'もう'와 후자의 'しました'는 각기 다른 단어로 결국 'もう', 'しました'의 의미가 된다. 한 단어 내에서 한 번 하강하면 다시 상승하지 않는다는 법칙

이 있으므로, 다시 상승할 때는 다른 단어가 시작된다고 보는 것이다.

2의 경우는 も う し ま し た와 같이 발음되어 산이 하나만 존재하여 이것으로 전체가 하나의 단어가 되어 '申しました'의 뜻이 된다. 이처럼 일본어의 경우에는 악센트에 의해 단어의 의미가 구별되고 또한 단어의 경계가 표시되는 문법적 기능을 가지고 있다. 따라서 만일 위의 예처럼 악센트를 부여하지 않고 말을 할 경우 의사소통이 그만큼 부자연스러울 것은 당연하다.

하지만 일본 전지역에 동일한 악센트형만 존재하는가 하면 그렇지는 않다. 전국에는 표준어 악센트와 같거나 유사한 지역도 있지만 전혀 다른 악센트형을 가지는 지역도 있다. 다만 이를 서로 유사한 악센트지역으로 나누어 보면, 지역별로 어느 정도의 비슷한 경향이 있음을 알 수 있다.

일본의 전지역을 악센트형별로 크게 나누어 보면 3가지의 타입이 존재하는데, 하나는 일본의 수도인 동경방언을 중심으로 하는 악센트형으로 아래의 악센트 지도에서 B지역이 이에 해당된다. 그리고 교토(京都)와 오사카(大阪) 방언을 중심으로 하는 악센트형으로 지도에서 보는 지도에서 A지역이 해당된다. 그리고 다른 하나는 우리 한국어와 마

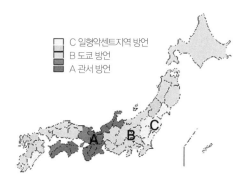

C 일형악센트지역 방언
B 도쿄 방언
A 관서 방언

찬가지로 악센트를 가지지 않는 소위 무악센트(無악센트, 一型악센트라고
도 함) 지역으로 지도에서 C지역이 해당된다.

특히 도쿄(東京) 지방을 중심으로 하는 지역과 교토와 오사카를 중
심으로 하는 관서(関西) 지방의 악센트의 경우는 동음이의어(同音異義語)
의 일부가 서로 반대되는 악센트형을 갖는다. 즉 교토와 오사카지방에
서는 도쿄지방과는 반대로 箸(젓가락)의 경우 'は'를 낮게 발음하고, 'し'
를 높게 발음한다. 그리고 橋(다리)의 경우는 'は'를 높게, 'し'를 낮게 발
음한다. 이와 같은 차이로 인해 가끔씩 양 지역 출신자 간에 재미있는
에피소드가 일어나기도 한다.

이상 소개한 바와 같이 일본어는 각 단어마다 높낮이에 의한 고유
의 악센트가 존재하는데 실은 우리말의 경우에도 일본어 악센트와 유
사한 특징을 가지는 방언이 있다. 경상도 방언이 이에 해당하는데, 이
로 인해 많은 사람들이 경상도 지역 사람들은 타지역 사람들보다 일본
어를 유창하게 한다고 인식하고 있는 것 같다.

물론 어떤 면에서는 그럴 수도 있지만 이처럼 유사한 점이 오히려
일본어다운 일본어를 구사하는 데 장해요인으로 작용할 수도 있다는
것도 알아야 한다. 단어에 높낮이를 부여하여 악센트를 구사할 수 있다
는 점에서 본다면 일본어 악센트를 습득할 때 유리하리라 여겨지지만,
일부는 경상도 방언식 악센트 혹은 억양을 그대로 일본어에 적용시켜
발음하는 경우가 있어 그것이 오히려 일본어다운 일본어를 구사하는
데 장해 요인이 되고 있다는 점도 간과해서는 안 될 것이다.

11. 일본어에서 사용하는 문자 왜 이렇게 많을까?

【정상철】

다음 예1과 2는 같은 내용의 일본어 문장이다. 어느 쪽이 보통 일본에서 쓰이고 있는 문장일까?

1. ニュースでは今年度の研究費がＧＮＰ5％枠を突破したという。
2. ニュースではこんねんどのけんきゅうひがGNP5％わくをとっぱしたという。

(뉴스에서는 금년도 연구비가 GNP 5%선을 돌파했다고 한다)

일본어를 조금이라도 학습한 사람이라면 1의 한자와 가나를 같이 사용한 문장이 자연스러운 일본어라는 것은 쉽게 알 수 있는 사실이다. 2의 문장은 초등학교 저학년 혹은 교양이 낮은 사람이 쓴 것 같은 인상을 주기 쉽다.

이처럼 일반적으로 일본어에서는 4종류의 문자를 사용하고 있다. 즉 今年度, 研究費, 枠, 突破와 같은 한자, では, の, が, を, したという

등과 같은 히라가나, ニュース 등과 같은 가타카나 그리고 GNP 등과 같은 로마자이다.

일본어가 이와 같이 4종류의 문자를 사용하고 있는 것은 역사적 배경에서 기인한다. 원래 일본어는 문자를 갖지 못한 언어였는데, 중국의 한자를 수입해서 의사를 표현했다. 하지만 한문은 배우기가 어렵기 때문에 와카(和歌)나 서간문에서 사용하던 만요가나(万葉仮名)로부터 히라가나가 등장하게 되었으며, 주로 어린이나 여자가 쓰는 문자로 무시되고 널리 사용되지는 않았다. 가타카나는 한문을 훈독하기 위한 보조기호로 사용되었다.

오늘날과 같은 한자·가나혼용문(漢字仮名混じり文)이 공식적인 표기법이 된 것은 메이지(明治)시대 이후이다. 한편 로마자는 포르투갈인들에 의해 들어왔는데 이것도 당시에는 종교적인 이유로 정착되지 않았다고 한다. 하지만 근대에 들어와 서양문물의 수입과 더불어 일본어의 문자로서 무시할 수 없는 지위를 차지하게 되었다.

그러면 기능적인 관점에서 각 문자별로 좀더 상세히 보기로 하자.

父は会社に行き、母は山に行きました。

(아버지는 회사에, 어머니는 산에 가셨습니다.)

첫번째는 한자와 히라가나인데 위의 예문에서 확인할 수 있듯이 한자는 주로 父, 会社, 母, 行, 등과 같이 실질적인 개념을 나타내는 데 사용한다. 이러한 한자는 물론 중국에서 수입된 것이 많지만 원래 중국어를 표기하는데 사용하던 관계로 일본어에 대응하지 않는 면도 있다.

이를 극복하기 위해 働, 辻 등과 같이 일본에서 새로 만들어진 일본제한자[国字], 串, 据 등과 같이 한자의 일본적 의미용법에 의해 만들어진 훈인 국훈(国訓), 電話, 勉強, 手紙 등과 같이 일본적인 한자용법인 일본제한자어[和製漢語] 등이 만들어져 현대 일본어에 많이 유포되어 있다.

두번째로, 만요가나에서 유래했다고 하는 히라가나는 한자를 보조하는 개념인 は, に와 같은 조사나 き와 같은 오쿠리가나(送り仮名)나 ました와 같은 소위 조동사 등 문법적인 기능어를 표기하는 데 사용한다. 히라가나(平仮名)의 平이란 '각이 없고 세속적으로 평이하다' 또는 '남녀 귀천없이 사용된다'고 하기도 하는데, 정확한 학문적인 근거는 없는 듯하다. 또한 가나(仮名)는 원래 かんな(仮字)라고 하여 おのこで, おんなで, かたかんな의 총칭이다. 이에 비해 본래 용법의 한자를 まな(真名)라고 한다.

세번째 문자는 가타카나이다. 가타카나는 헤이안(平安) 초기 나라(奈良)의 오래된 전통 있는 종파의 승려들이 학습에서 사용하기에 편리하도록 만요가나를 간략화해서 사용한 것에서 유래한다고 한다. 즉 그 무렵 승려들이 한문으로 쓰여진 불전에 관한 강의를 듣고 그 불전을 일본어로 읽는 능력(훈독)을 익히기 위해 텍스트의 자간이나 행간에 음훈이나 오쿠리가나 등을 기입하기 시작하는 데에서 시작되었던 것이다.

이러한 가타카나는 다음과 같은 경우에 주로 사용된다.

1. 외국인명, 지명 : スミス，パリ，トルコ

2. 외래어, 외국어 : コーヒー，タバコ

3. 의성어, 의태어 : トントン，ツルツル

4. 전문용어 : アタリ，キク

5. 강조 : ワガママな女性はイヤだ。

최근 젊은층에서 가타카나를 상당히 많이 사용하고 있는데, 그 이유는 물론 외래어의 증가가 차지하는 비중이 크지만 또 다른 이유는 다음 문장과 같이 자신의 평가나 감정을 나타내는 부분을 강조하기 위해서도 쓰여지기 때문이다.

私ってサ、イガイと内気な人なのヨネ。

(나말야, 의외로 내성적인 사람이야)

마지막으로 로마자이다. 로마자 표기법은 각 나라에 따라 다르다. 예를 들면 chi라고 써도 프랑스에서는 /시/, 독일에서는 /히/, 이탈리아나 영어에서는 /치/라고 읽는다. 이와 같이 같은 유럽어족 안에서도 발음과 철자법은 일치하지 않는다. 일본어의 로마자 표기법에는 헤본(J.C.Hepburn)식과 일본식, 훈령식(訓令式)이 대표적인 표기법이다. 먼저 헤본식은 개인이 만든 것 같은 인상을 주지만 실제로는 1867년 헤본이 펴낸『와에고린슈세』(和英語林集成)가 보급됨에 따라, 이 책에 사용된 영어식 철자법이 널리 쓰였기 때문에 이 계통의 철자법을 헤본식 또는 표준식이라고 부르게 되었다.

　그 후 메이지시대에 들어와 로마자 운동이 활발하게 전개되었는데, 이때는 헤본식이 주류가 되었다. 하지만 헤본식이 너무 영어에 치우쳐 있다고 하여 1885년 다나카 타테아이키쓰(田中館愛橘)가 일본어 고유의 음운에 입각한 철자법을 『이학협회잡지』(理学協会雑誌)에서 제안하여, 이가 그 뒤 일본식 로마자 표기법의 원형이 되었다.

　따라서 메이지(明治) 다이쇼(大正) 시대에는 헤본식과 일본식이 로마자 표기법의 커다란 주류였는데 이 두 가지 방식을 통일하기 위하여 문부성은 1930년 임시 로마자 조사위원회를 설치하여 내각훈령에 의해 통일된 로마자 철자법을 공표하게 되었다. 이것이 훈령식인데 일본식에 중점을 둔 수정안으로 다음과 같이 だ행과 わ행만이 약간 다를 뿐이다.

　　일본식 : だ행(da di du de do) わ행(wa wi wu we wo)
　　훈령식 : だ행(da zi zu de do) わ행(wa i u e o)

　하지만 전쟁 후 훈령식이 표준식이 되어 지명이나 역명의 로마자 표기는 주로 약간 수정된 표준식으로 표기하게 되었다. 이와 같은 역사적인 배경을 갖고 있는 로마자 표기법은 주로 다음과 같은 경우에 사용된다.

　　약어 : CD(compat disk), GNP(gross national product),

MVP(most valuable player)

약자 : TV(televison), TEL(telephone)

단위 : km(kilo meter), cm(centimeter)

고유명사 : SONY, TOSHIBA, TOKYO

로마자 표기법의 최근 동향으로는 KATOH나 OHNO 등과 같이 프로야구선수의 로마자 인명에 OH를 사용한 ぉ열 장음 표시가 눈에 띈다.

12. 한 개의 한자에 읽는 법이 몇 가지씩이나!

【오미선】

한자(漢字)는 고대 중국어에 기원을 갖는 뜻글자로 현재 중국과 일본 그리고 우리나라에서 사용되고 있으며, 이전에는 베트남과 같은 중국문화의 영향을 받은 지역에서도 사용되었다. 한자는 뜻글자이기 때문에 각 글자가 의미를 갖는다. 예를 들면, '犬'이라는 한자 한 글자는 영어로는 'dog', 한국어로는 '개', 일본어로는 'いぬ'라는 의미를 나타내게 된다.

현재 일본에서는 대형사전에 게재되어 있는 4~5만 개의 한자 중 극히 일부분을 사용하고 있다. 1946년에 문부성은 공문서·의무교육·일반 잡지·신문 등에 사용되고 있는 한자를 1,850자로 제한하여, 일상생활에서 사용되는 한자군으로 정하고 당용한자(当用漢字)라 하였다. 이 당용한자는 1981년에 상용한자(常用漢字) 1,945자로 확대되어 현재에 이르기까지 널리 일반적으로 쓰이고 있다.

일본어 표기에서 한자는 중국 기원의 한자어에도 일본 고유어에도 사용되며, 읽는 방법에는 다음과 같은 2가지가 있다.

67

1. 중국어의 발음을 모방한 것

중국인이 발음할 때의 '東'은 [tuŋ]이다. 이것을 듣고 'とう'로 읽은 것처럼, 중국어의 자음(字音)이 일본어의 음운체계에 동화되거나 유사한 형태로 받아들여진 것.

2. 그 한자의 의미를 일본어에 할당한 것

東이라는 의미를 갖는 일본어의 내용 'ひがし', 'あずま'를 한자와 연관시킨 것.

1은 음독(音読)이라 불리는 것으로 음, 즉 중국어 읽기의 음을 나타내는 한자를 할당하고 있다. 2는 훈독(訓読)이라 불리는 것으로, 문자에 포함된 의미를 풀어내어 한자의 의미를 일본어로 나타낸다는 뜻을 가지고 있다.

이와 같이 중국어의 한자의 음은 한 글자에 하나가 원칙이지만 일본어에서는 한 글자를 음으로 읽을 뿐만 아니라 훈으로도 읽는다. 그러나 무엇보다도 일본어의 한자에서 문제가 되는 것은 글자에 따라 한자가 가지는 의미의 다양성에 의해 음과 훈이 여러 개 존재하는 경우가 많다는 것이다.

우선 음독의 경우 같은 한자를 다음과 같이 의미에 따라 음을 구별한다.

樂　즐기다 → らく　　　　　　　娛楽(ごらく, 오락)

음악 → がく　　　　音楽(おんがく, 음악)

省　되돌아보다 → せい　　　反省(はんせい, 반성)

　　생략하다, 관공서 → しょう　省略(しょうりゃく, 생략)

　　　　　　　　　　　　文部省(もんぶしょう, 문부성)

또한 한자음이 일본에 들어온 시기에 따라 같은 한자를 여러 음으로 발음하기도 한다.

行　行事(ぎょうじ, 행사)/ 行動(こうどう, 행동)/ 行脚(アンぎゃ, 행각)

生　一生(いっしょう, 일생)/ 　生命(せいめい, 생명)

훈독의 경우는 山에 やま, 花에 はな와 같이 한 글자에 하나의 훈만 있는 경우가 일반적이나 2개 이상의 훈이 있는 경우도 적지 않다.

行　い(行)く - 가다, おこな(行)う - 행하다

生　なま(生) - 생, 날것, う(生)む - 낳다, うま(生)れる - 태어나다,

　　い(生)きる - 살다, き(生) - 순, 순수

또한 훈은 글자 하나에 대해 고정되는 것이 일반적이지만 다음과 같이 두 자 또는 그 이상의 글자가 결합한 것에 대응하는 것도 있다.

土産 (みやげ, 선물) 飛鳥(あすか, 아스카－지명) 従兄(いとこ, 사촌)

위의 음독과 훈독의 예만 보아도 '生'에는 7가지, '行'에는 5가지의 읽기가 있는 것을 쉽게 알 수 있다. 바로 이 점이 한 글자의 한자에 음독 하나가 일반적인 한국어의 한자 읽기와는 전혀 다른 것이며, 어순이나 문법의 유사성으로 쉽게 접근했던 대부분의 학습자들이 일본어를 공부할수록 어렵게 느끼게 되는 원인이 되는 것 같다.

게다가 2글자 이상의 한자어의 경우 음이나 훈만으로 통일하여 읽지 않고 음과 훈을 결합해서 하나의 단어를 만드는 경우도 있다. 예를 들면 '身分'이라고 하면 'しんぶん'으로 음독해야 할 것 같은데 실제로는 'みぶん'이라고 읽는다. 이와 같이 음과 훈을 섞어서 읽는 방법에는 주바코요미(重箱読み)와 유토요미(湯桶読み)가 있다.

重箱読み(음+훈) : 本箱(ほん·ばこ, 책장)　　一時(いっ·とき, 일시)
湯桶読み(훈+음) : 身分(み·ぶん, 신분)　　切符(きっ·ぷ, 표)

그 밖에 아테지(宛字) 등 보통 한자 본래의 의미와 관계없이 사회적으로 관용되어 고정된 읽기를 갖고 있는 것도 있다.

面白い(おもしろい, 재미있다) 丁度(ちょうど, 정확히) 煙草(タバコ, 담배)
倶楽部(クラブ, 클럽)

한편 일본어에는 '働'(はたらく, 일하다)와 같은 국자(国字)라고 불리는 일본제 한자가 있다. 이는 대부분 일본 고유어의 내용을 표기하

기 위해 고안되었기 때문에 거의 훈독되며, 드물게 '働'(はたらく)는 'ど
う'라는 음을 갖고 있다. 한국어에서 '勞動'이라고 쓰는 '노동'은 일본어
에서는 '労働'이라고 써야 하며 'ロウドウ'라고 읽는다. 그 밖에 책선할
'시'(偲)가 '偲ぶ'(しのぶ:그리워하다)로 쓰인다든가 빌 '충'(沖)이 '沖'(おき:앞
바다)로 쓰이는 것처럼 한자는 같아도 일본어에서는 전혀 다른 의미로
쓰이고 있는 것도 있다.

이와 같이 일본어에서는 같은 한자가 여러 가지로 읽히기 때문에 다
음과 같이 읽는 방법에 따라 의미가 전혀 다른 예들을 자주 볼 수 있다.

国語学の大家(たいか) / 국어학의 대가

大家(たいけ)のお嬢様 / 뼈대있는 가문의 아가씨

大家(おおや)に月8万円の家賃を払う。/ 집주인에게 월8만엔씩 방세를 지불하다.

生物(せいぶつ)の授業を受ける。/ 생물수업을 듣다.

夏、生物(なまもの)は腐りやすい。/ 여름, 날것은 부패하기 쉽다.

大手(おおて)企業に就職する。/ 대기업에 취직하다.

大手(おおで)をふって歩く。/ 활개치며 걷다.

あつい(厚い–두껍다·熱い–뜨겁다·暑い– 덥다), ぜんぶん(全文–
모든 문·前文–앞의 문), はいすい(排水–배수(구)·配水–배수(관)·廃水
–폐수)와 같이 같은 음이지만 의미가 다른 예도 있어 알면 알수록 일본
어의 한자는 어렵기만 한 것 같다.

13. 일본에서는 중국인도 모르는
한자를 사용한다는데

【이광수】

일본에 한자가 처음으로 수입된 것은 4세기 말에서 5세기 초로 추정된다. 일본의 오진(応神) 천황 때, 백제왕이 아직기(阿直岐)를 보냈다. 아직기의 높은 학문에 탄복한 일본왕이 "그대보다 뛰어난 학자가 있는가?"하고 묻자, 그는 "왕인(王仁)이라는 인물이 있습니다"라고 답했다. 이에 일본왕은 왕인을 초빙해 태자를 가르치게 했다. 당시 왕인은 논어 10권과 천자문 1권을 갖고 갔는데, 이가 한자 전래의 시초가 되었다고 한다. 일본인들이 한자와 점점 친숙해짐에 따라, 한자를 만드는 방법(造字法)을 알게 되어, 헤이안(平安) 시대 초기부터 일본제 한자를 만들어 쓰기 시작했다.

일본의 국자(国字)는 회의(会意 : 한자의 육서의 하나, 둘 이상의 문자를 의미상으로 조합해서 새로운 문자를 만드는 방법)에 의한 구성이 많고, 보통 한자의 훈(訓)으로 읽히는 경우가 많지만, 働(どう)나 鮟鱇(あんこう : 아귀)와 같이 음으로만 읽히는 것도 있는데 이는 한자음을 유추한 것으로 볼 수 있으며, 일본제(和製) 한자, 왜자(倭字), 화자(和字)라고도 한다.

1770년에 간행된『도분쓰코』(同文通考)에 수록된 내용을 보아도 원칙적으로는 한자의 뜻만 있음을 알 수 있다.

国字といふは本朝にて造れるところにて異朝の字書に見えぬをいふ。
故に其訓のみありて其音なし。
국자란 일본에서 만든 것으로, 다른 나라의 자전에서는 보이지 않는 것을 말한다. 따라서, 그 훈(일본식 뜻말)만 있고 음이 없다.

일본제 한자는 鰯(いわし:정어리), 鱈(たら:대구), 樫(かし:떡갈나무), 榊(さかき:비쭈기나무) 등 물고기·새·풀·나무를 나타내는 것이 대부분을 차지하는데, 참고로 물고기에 관한 일본제 한자를 열거해 보면 다음과 같다.

鮗(このしろ:전어)·鯔(ぼら:숭어)·鯒(こち:양태)·鯏(あさり:바지락)·鯰(なまず:메기)·鯱(しゃち:범고래)·鰤(ぶり:방어)·鱚(きす:보리멸)·鰹(かつお:가다랭이)·鱠(えそ:매퉁이)·鰰(はたはた:도루묵)·鮖(いしもち:조기)·鰌(どじょう:미꾸라지)·鯑(かずのこ:청어알) 등등

이외에도『다이칸와사전』(大漢和辞典)에는 '魚'가 있는 한자가 약 680자가 있는데, 이 중 일본제 한자가 34자나 있다. 이는 일본이 섬나라라는 자연환경 때문에 만들어진 결과로 보이며, 결국 중국과의 어휘체계의 차이에 따른 보완현상이라고 할 수 있겠다.

이러한 일본제 한자는 1천5백여 자에 이르고 있다. 물론 그중에는 이미 도태된 것도 많지만, 오늘날에도 비교적 자주 쓰이는 것으로는 다음과 같은 것이 있는데, 그 의미와 조자법(造字法)이 무척 재미있다.

辷(すべる:미끄러지다) : 사람이 일자(一字)처럼 넘어짐.

辻(つじ:사거리) : 길이 십자(十字)처럼 교차하는 곳.

丼(どんぶり:밥사발) : 우리나라에서는 우스개 소리로, 우물(井)에 돌이 빠져 풍당 '풍'자라고도 하는데, 왜 일본에서는 밥사발이 되는지?

凩(こがらし:찬바람) : 바람(風)이 나무(木)사이를 스쳐지나감.

凪(なぎ:잔잔한 바다) : 바람(風)이 멎음(止).

畠(はたけ:밭) : 青田(푸른 밭)은 논이고, 白田(흰 밭)은 밭이라.

籾(もみ:나락) : 벼(禾)가 칼날(刃)처럼 뾰죽하다고.

峠(とうげ:고개) : 산(山)길을 올라와(上), 내려가니까(下).

裃(かみしも:에도시대 무사복) : 옷(衣)이 위(上) 아래(下)로 나누어져 있음.

榊(さかき:비쭈기나무) : 신사(神社)에서 신(神)에게 바치는 나무(木).

樫(かし:떡갈나무) : 딱딱한(堅) 나무(木).

働(はたらく:일하다) : 사람(人)이 움직임(動).

毟(むしる:뜯다) : 털(毛)을 뜯으면 적어지니까(少).

雫(しずく:빗방울) : 비(雨)가 내릴(下) 때 생기는 것.

鰯(いわし:정어리): 큰 물고기의 먹이가 되는 약(弱)한 고기.

鱈(たら:대구): 눈(雪)처럼 흰 고기. 또는 눈 내리는 철에 잡히는 고기.

躾(しつけ:자녀교육, 훈련): 몸가짐(身)을 아름답게(美) 갖추게 함.

이 외에도 19세기 이후 근대화 과정에서 만들어진 吋(inch), 粍
(millimeter), 粁(kilometer), 糎(centimeter), 噸(ton), 瓩(kilogram),
呎(feet) 등이 있으며, 잘 쓰이지는 않지만 독특한 조자법을 보이는 것
으로 다음과 같은 것이 있다.

凧(たこ:연): 바람(風)에 날리는 수건(巾). 흔히 오징어 연을 말함.

俤(おもかげ:닮은 모습): 동생(弟)은 형의 모습을 닮는다는 의미에서 유래함.

俥(くるま:인력거): 사람(人)이 끄는 수레(車).

恦(こらえる:견디다): 마음(心)을 느긋하게(永) 가짐.

杢(もく:목수): 목(木)과 공(工)을 합한 자. 즉 목공을 말함.

粂(くめ:인명): く(久)와 め(米)를 합한 자. 주로 인명이나 지명에 쓰임.

麿(まろ:인명): ま(麻)와 ろ(呂)를 합한 자. 주로 옛사람의 인명에 쓰임.

糀(こうじ:누룩): 누룩곰팡이를 쌀(米)에 핀 꽃(花)에 비유함.

艝(そり:썰매): 눈(雪)속을 나아가는 배(舟). 퍽 낭만적인 발상.

蚫(えび:새우): 수염 달린 새우를 늙은(老) 벌레(虫)로 비유함. 보통 '海老'
로 쓴다.

일본제 한자는 한자문화권에 있는 우리나라나 중국 사람들이 일본
어를 배울 때, 특히 주의해야 하겠지만, 일본의 학생들은 중국제인지
일본제인지 구별을 못하는 경우가 많다.

참고로 우리나라에서 만든 한자로는 답(畓), 쇠(釗), 마(亇, 亇) 등
과 함께 한글의 받침과 한자를 조합한 글자들이 있다.

1. 한글 받침을 직접 붙인 것

둑(쒁): 두(斗)에 ㄱ을 붙였다.

작(耆): 자(者)에 ㄱ을 붙였다.

둔(툐): 두(豆)에 ㄴ을 붙였다.

놈(耂): 자(老)에 ㅁ을 붙였다.

둥(쌍): 두(斗)에 ㅇ을 붙였다.

2. 한글 받침 ㄹ을 한자 을(乙)로 대치시켜 만든 것

골(乬, 廛), 굴(乫), 놀(㐏, 耆), 돌(乭), 둘(㐑, 乤, 乧), 볼(乶),

솔(乺, 乭), 울(乯), 잘(耆), 줄(乼), 톨(乧), 할(乭) 등

3. 한글 받침 ㅅ을 한자 질(叱)로 대치시켜 만든 것

갓(笝), 갯(巼), 것(唟), 곳(廤, 猫, 廛), 굿(旕), 똥(晘, 屍), 뿐(畓),

둣(旕), 숫(旕), 엇(旕), 엿(旕), 잣(柘) 등

14. 일본의 한자정책
한국의 한자정책 무엇이 다른가

【이우석】

중국에서 들어온 한자(漢字)가 한·일 양국에서 같은 의미·용법으로 사용되는 경우가 있다는 것은 대조연구나 언어의 습득·교육에 있어서 편리하다. 그러나 같은 한자라 하더라도, 한자의 전래 이후 오랜 시간을 거치면서 각 언어에 맞게 변화되어 한자의 모양뿐만 아니라 한자에 의해 구성된 한자어(漢字語)의 의미·용법에 있어서 일치하지 않는 것도 많이 존재한다. 특히 현재의 중국 한자의 경우 한국과 일본보다 상당히 다른 모습을 한 한자가 많다는 것을 보면 과거 동일한 한자를 쓰던 한자문화권이라는 고정된 틀을 갖고 현재의 한자를 생각하는 것은 위험한 일인 것 같다.

한국과 일본, 중국의 한자의 특성을 결정지은 많은 요인 중 하나가 각 나라에 있어서의 한자정책이다. 특히 근대 이후의 한자정책을 살펴봄으로써 한국과 일본, 중국의 한자가 어떻게 달라졌나를 보기로 하자.

중국한자와 일본한자는 왜 우리 한자의 모양과 다를까?

현재 중국에서 쓰는 한자는 간체자(簡体字)라고 하여 중국공산당 정부가 수립된 이후, 당시 80%에 달했던 문맹률의 원인이 어려운 한자에 있다고 판단한 정부는 이를 타파하기 위해 1956년 기존의 한자 중에 획수가 많아 어려운 한자와 변 등을 대폭 간략화한 1,700여 개의 간체자를 공표하여 쓰게 하였다. 이렇게 됨으로써 중국의 한자는 한국어 및 일본어에서 쓰는 한자와 모양이 다른 것이 많이 생겨나게 된 것이다.

한편 일본의 경우는 1923년 일상적으로 쓰이는 한자 1,963자를 선정하여 상용한자표(常用漢字表)라는 이름으로 공표했는데 이 중에 154개의 약자를 만들게 되었다. 중국의 간략화 한자에 비하면 매우 적은 수의 한자가 간략화된 것으로, 한국인에게 중국의 한자보다는 일본의 한자가 읽기 쉬운 이유는 바로 이 때문이다. 한편 한국의 경우 중국의 간체자 성립 이전의 정자체(正字体)를 그대로 현재도 쓰고 있다.

■ 일본의 한자정책

한자의 자수(字數)는 대단히 많다. 그러나 그 많은 한자를 다 쓸 필요도 없고 학습할 필요도 없다는 인식 하에 메이지(明治) 시대에 들어와 국자개량론(国字改良論)이 대두되면서 한자를 합리적인 수준에서 제한하려는 움직임이 활발해졌다. 물론 이와 같은 움직임은 한자를 적극적으로 써야 한다는 보수파의 반대에 부딪치게 되었고, 이후 70여 년 간의 논란을 거듭한 끝에 1946년에 이르러 일반생활에서 쓰는 한자 1,850자를 당용한자표(当用漢字表)로 공표하여 사용하게 되었다. 1949

년에는 당용한자자체표(当用漢字字体表)가 발표되고 이때 획수가 적고 자체(字体)가 간단한 것은 『강희자전』(康熙字典)의 정자체(正字体)를 그대로 사용하였으나, 획수가 많고 자체가 복잡한 한자 5백 자에 대해서는 다음의 예와 같이 간략화 즉 약자화하였다.

壓→圧(압) 醫→医(의) 榮→栄(영) 應→応(응) 假→仮(가)

會→会(회) 學→学(학) 號→号(호) 國→国(국) 體→体(체)

당용한자표에서 중요한 또 한 가지는 한 개의 음에 여러 개의 한자를 쓰는 소위 동음이훈(同音異訓)이라는 관습에 대해 제한을 가한 점이다. 예를 들어 [akeru]라는 단어에 대해 히라가나 표기 외에 한자로는 아래와 같이 '明ける', '空ける', '開ける'와 같이 이전에는 서로 다른 표기를 사용해왔지만 당용한자표에서 ▲ 표시가 되어 있는 부분을 인정하지 않음으로써 기본적으로 한 개의 한자에 대해 한 개의 훈만을 인정한다는 원칙이 세워졌다.

あける　明ける　▲空ける　▲開ける

이를 통해 보다 합리적인 한자 사용이 가능하다는 이유에서였다. 그러나 이 원칙은 많은 반대에 부딪혀 뒤에 나오는 상용한자표에서 대폭 완화되게 된다.

1981년에 이르러서는 그동안의 연구 검토 결과 1,850자에 다시 사용빈도가 높은 95자를 추가 보완하여 1,945자를 상용한자표(常用漢字表)로 제정하였고, 2010년에는 기존의 상용한자 중 5자를 제외하고 196자를 추가한 2,136자의 상용한자표를 제정하고, 이를 내각고시로 공표하여 지금까지 사용해오고 있다. 이 상용한자는 법령·공용문서·신문·잡지·방송 등 일반 사회생활에 있어서 일본어를 표기할 때의 중요한 기준이 되고 있다.

그리고 상용한자 2,136자에 포함되지 않는 한자의 표기는 어떻게 할 것인가 하는 문제에 대해 일본은 '음이 같고 뜻이 유사한 한자로 바꾸어 쓴다'는 정책을 취하고 있다. 즉 다음의 예와 같이 대용한자(代用漢字)를 쓴다는 정책이다.

掘鑿(굴착) → 掘削(굴삭)　　　屍体(시체) → 死体(사체)

銓衡(전형) → 選考(선고)　　　洗滌(세척) → 洗浄(세정)

尖端(첨단) → 先端(선단)　　　綜合(종합) → 総合(총합)

메이지유신 전 해인 1866년 마에지마 히소카(前島密)가 장군 도쿠가와 요시노부(德川慶喜)에게 국민의 교육과 학문의 발전, 나아가 국력을 신장하기 위해서는 서양과 같은 표음문자(가나)를 써야 한다는 한자폐지론을 건의한지 110여 년이 흐른 뒤에 한자제한이 완성된 것이다.

■ 우리나라의 한자정책

우리나라의 한자에 대해 처음으로 이론적으로 문제를 제기한 것은

1906년 주시경 박사이다. 그는 한자는 외국의 문자이며 학습하기 어렵고 완전히 이를 읽고 쓸 수 있는 자는 거의 없다며 한글의 정비와 보급에 즉시 나서야 한다고 주장한 것이다. 서구열강의 침략이 눈앞에 닥쳐 있던 시절로 민족적 자각과 일반 민중의 문맹타파에 의한 교육을 통해 국권회복을 하는 유일한 길은 한글 전용밖에는 없다는 인식에서 비롯된 것이다.

한글전용이 구체적으로 실시되는 것은 식민지 지배가 끝나고 난 뒤인 1948년 10월 9일, 한글전용법이 법률 제6호로 공포되면서부터이다. 한글전용을 급하게 실시하게 된 실제 배경은 1945년 조선총독부에 의해 실시된 문맹률 조사를 보면 쉽게 이해할 수 있는데, 당시 12세 이상 인구 중 78%가 한글을 읽지도 쓰지도 못하는 완전문맹이었다는 것이다. 이는 1930년대 이후의 학교에서의 한국어 교육의 폐지 및 한국인에 대한 우민화 정책으로 인한 교육의 박탈 등이 큰 요인으로 작용했다고 볼 수 있다. 해방 이후 민주국가 건설에 있어서 이와 같은 엄청난 문맹률을 타파하기 위해서는 한자까지 교육할 여유는 없었던 것이다.

한글전용의 결과 1959년의 문맹률은 21%까지 떨어지게 되었다. 한편 급격한 한글전용에 대한 반발도 심해서 1948년 이래 우리의 문자정책은 현재까지 표면적으로는 한글전용이 10번, 한자혼용이 7번 뒤바뀌며 매우 혼란한 모습을 보였다.

1970년 이후 한자는 초·중·고교의 교과서에서 그 모습을 감추었다가 1975년부터 다시 중·고교의 교과서에 등장하게 된다. 그러나 그것은 한자혼용이 아니라 한자를 괄호 속에 넣어 보조적으로 표기하는 한자병용이다 이러한 한자병용정책은 지금에까지 이르고 있으며 현재 초·중·고교에서 '국어'시간 중의 한자교육은 거의 이루어지지 않고 있다.

다만 1972년에 제정된 한문교육용 '기초한자' 1,800자를 '한문'시간에 가르치고 있을 뿐이며, 따라서 학교에서의 한자교육은 매우 빈약한 편이다. 이는 표면적으로는 한글전용과 한글한자병용이 혼재하는 것처럼 보여도 실제로는 한글전용이 해방 이래 꾸준히 계속되고 있다는 것을 의미하는 것이며 일본의 110여 년에 걸친 한자제한과는 달리 우리의 경우는 한글한자 혼용에서 급격히 한글전용으로 이행한 점이 다르다. 월드컵 4강과 같은 신화는 한자정책에서도 볼 수 있는 것이다.

15. 'はなぢ'와 'はなじ', 어느 쪽이 맞을까?

다음 중 어느 쪽 예문이 올바른 표기법인가?

1. はなぢ(코피)

2. はなじ(코피)

3. 少しずつ後ろく(조금씩 뒤로)

4. 少しづつ後ろく(조금씩 뒤로)

일반적으로는 1과 3의 표기가 많지만, 가끔 2와 4 같은 표기가 보이기도 한다. 이와 같이 단어의 올바른 표기법을 정서법(正書法, orthography)이라고 하는데, 이것은 '가나표기법(仮名遣い)과 밀접한 관계가 있다.

가나표기법이란 가나(仮名：히라가나, 가타카나)에 의해서 단어를 표기할 때 제시된 일정한 규범적인 기준을 의미한다. 이런 가나표기법이 생겨난 배경에는 음절문자인 가나가 초기에는 음절과 1대1의 대응관계를 유지하고 있었지만, 음운이 조금씩 변화하면서 그 대응관계가 무너지기 시작했다는 사실이 관여하고 있다. 따라서 변화 전의 표기법과 변화를 반영한 표기법이 동시에 나타나 혼란을 초래한다. 이러한 혼란을 해소하고자 그때마다 일정한 기준이나 지침으로 나타나는 것이 가나표기법이다.

가나표기법에는 여러 가지가 있지만, 크게 '역사적 가나표기법'과 '현대가나표기법'의 2가지로 나눌 수 있다. 이 중 현대어와 관련이 깊은 것은 당연히 후자인 '현대가나표기법'으로, 일본정부에 의해 1946년 11월 16일 당용한자표(当用漢字表)와 함께 제정되었다가, 1971년 7월 1일 내각고시 제1호에 의하여 폐지되었다. 1971년에 제정된 현대가나표기법은, 일반 사회생활에 있어서 현대의 국어를 표기하기 위한 가나표기법의 기준을 정한 것으로, 주요내용을 소개하면 다음과 같다.

- 이 가나표기법은, 어(語)를 현대어의 음운에 따라서 표기함을 원칙으로 하는 한편, 표기의 관습을 존중하여 일정의 특례를 인정하는 것으로 한다.
- 이 가나표기법은, 주로 현대문 중에서도 구어체에 적용한다.
- 원문 가나표기법에 의해 필요한 경우, 또는 변경하기 힘든 경우에는 제외한다.

위의 내용에서 알 수 있듯이 현대가나표기법은 '현대어의 발음대로'라는 것을 기본원칙으로 하면서 '관습을 존중'하는 것도 허용하고 있어, 일관성이라는 점에서 많은 문제를 갖는 기준 아닌 기준이라고도 볼 수 있다. 그러면 현대가나표기법의 구체적인 내용과 문제점을 살펴보기로 하자.

첫번째 내용으로는 요쓰가나(四つ仮名)의 문제이다. 현대어에서는 일부 지방의 방언을 제외하면 じ, ず와 ぢ, づ의 발음이 같아졌다. 따라서 현대가나표기법에서는 2가지 예외를 인정하면서 じ, ず를 사용하는 것을 원칙으로 삼고 있다. 첫 번째는 はなぢ(はな+ち:코피), そこぢから(そこ+ちから:저력), みかづき(みか+つき:초승달) 등과 같이 2단어가 합성되는 경우 ぢ, づ를 인정하는 것이다. 하지만 2단어의 합성이라는 점에서 개인차가 생겨 せかいじゅう/せかいぢゅう(온 세계), いなずま/いなづま(번개)가 혼용되고 있는 것이 현실이다.

5. 箱詰め はこづめ(상자 채우기)
6. 差詰め さしずめ(결국)

위의 단어는 모두 합성어이지만, 5의 경우는 づめ로 표기하고, 6의 경우는 ずめ로 표기하게 되어 있어, 관습이라는 잣대의 기준이 명확하지 않다는 비판을 면하기 힘들다.

두 번째 예외는 동음연호(同音連呼)라고 하여 ちぢむ(줄어들다), つづく(계속되다), つづみ(장구) 등과 같이 같은 글자가 반복되는 경우 ぢ, づ를 인정하는 경우이다. 이는 소위 조사의 문제인데, 다음 예문의 밑줄 친 부분처럼 조사로 쓰이는 は, を へ는 발음이 편리하다는 관습에서 각각 wa, o, e로 발음한다.

7. 私は田中と申します。(나는 다나카라고 합니다)

8. 昨日は図書館で本を読んでいました。

  (어제는 도서관에서 책을 읽었습니다.)

9. 中田さんはイタリアへ行ったそうです。

  (나카타씨는 이태리에 갔다고 합니다)

  は의 경우 위의 조사 이외에 こんにちは, こんばんは 같은 인사말에서도 wa로 발음하는 것이 보통이다. 흥미 있는 점은 최근 일본 TV에서 こんにちわ 같은 표기가 보이기 시작한다는 점이다. 인사말의 경우, は로 종결되며, 명사와 조사의 구분이 필요 없이 인사말 전체가 한 덩어리의 의미를 나타내므로 わ로 표기해도 지장이 없을 수도 있으나, 조사표기에 관한 대원칙이 흔들리는 결과를 낳게 되어 혼동될 소지가 있다.

  세 번째는 소위 장음의 문제이다. 즉 あ/い/う/え열의 장음의 경우는, 아래와 같이 あ/い/う/え로 표기하고, お列의 경우는 'う'로 표기하는 것이 원칙이다.

10. おかあさん(어머니)

11. ちいさい(작다)

12. ゆうびん(우편)

13. ねえさん(언니)

14. ろうそく(초)

10의 か의 장음은 あ로 표기하고, 11의 ち의 장음은 い로, 12의 ゆ의 장음은 う로, 13의 ね의 장음은 え로 표기한다. 14의 ろ의 장음은 う로 표기한다. 하지만 이와 같은 기준에 어긋나는 경우도 있다. え列의 경우 다음과 같은 표기가 보인다.

15. 経済 – けいざい(경제)
16. 衛生 – えいせい(위생)

15의 経은 けえ로 읽히지만, けい로 표기하고 있다. 16의 한자는 ええせえ로 읽히지만, えいせい로 표기하고 있다.

お열의 경우는 역사적 가나표기법의 영향으로, お열의 장음을 う로 표기하지 않고, おおかみ(늑대), こおり(얼음), とお(열) 등과 같이 표기하고 있다. 또한 おおきい(크다) 등도 정착되어서 おうきい로 바뀌기는 힘든 실정이다.

이 밖에도 동사 言う(말하다)는 いう로 표기하며, 연체형과 종지형에서 ユー로 발음하고 있는 문제가 있고, たくさん(많이), がくせい(학생) 등의 단어도 표기와는 달리 たっさん, がっせい로 발음되는 문제도 있다.

87

16. 어디부터 가나(仮名)로 쓰면 될까?

【김옥임】

언어를 갖고 있지 않은 민족은 없으나 고유문자를 갖고 있지 않은 언어는 상당히 많다. 일본어도 그런 언어 중의 하나였으나 한자(漢字)를 차용함으로써 비로소 문자를 획득했다. 한자는 일본어와는 상당히 특징이 다른 중국어를 표현하기 위해 만들어진 문자이기 때문에 원래부터 일본어를 표현하기에 적합하다고는 할 수 없다. 특히 중국어의 동사·형용사가 어형 변화를 하지 않는 것과는 달리 일본어의 동사·형용사는 변화를 하기 때문에 한자만으로는 나타낼 수 없다.

일본인은 이런 변화를 나타내기 위해서 어형(語形) 중 일부는 한자로 쓰고 나머지 일부는 가나로 쓰는 편법을 만들어 냈는데, 이른바 '오쿠리가나'(送り仮名)이다.

오쿠리가나의 사전적 정의는 '送る'(보내다)의 る나 '分かる'(알다)의 かる 등과 같이 한자와 가나를 섞어서 단어를 표기할 때, 그 한자의 읽는 방법과 어형을 분명히 하기 위해 한 단어-복합어의 경우는 복합요소-의 뒤에 붙이는 가나(仮名)를 말한다고 되어 있다. 따라서 한 단어

一 일본어는 맵장어 한국어는 자장 一

전체를 한자 혹은 가나만으로 표기하는 경우에 오쿠리가나는 있을 수 없다.

가령 'ご親切'(친절)이란 단어 앞부분의 ご의 가나 표기, '編さん'(편찬)이라는 말의 さん 등과 같이 한자 읽기를 확정짓기 위한 목적이 아닌 편의상 한자를 가나로 표기한 것은 오쿠리가나라고 할 수 없는 것이다.

문헌상에는 오쿠리가나의 기원이 한자의 훈독(訓読)에 기준하여 나라시대부터 시작되었으며 헤이안시대에는 이미 한자와 가타카나(片仮名)의 혼용문에서도 오쿠리가나 역할을 한 것이 있었다고 전해지지만, 에도(江戸) 시대까지만 해도 지금과 같은 오쿠리가나를 사용하지 않았기 때문에 그 당시의 문헌은 좀처럼 읽기 어려운 경우가 많았다.

그런데 오쿠리가나에 있어서 어디부터 가나로 쓰면 될 것인가를 파악하는 것은 쉬운 일이 아니다. 예를 들어 'あらわす'(나타내다)를 '表す'로 표기해야 좋을지, '表わす'로 써야 좋을지의 문제가 발생하고, 落葉(낙엽)의 경우도 음으로 읽을지 뜻으로 읽을지의 판단이 어려우므로, 뜻으로 읽으려면 '落ち葉'라고 표기해야 더욱 읽는 방법이 분명해질 것이다.

이러한 경우 때문에 오쿠리가나 규칙에는 대체로 활용어미를 가나로 적는다고 되어 있다. 'わける'(나누다)를 예로 들어보면, 'わけない'(나누지 않는다), 'わけます'(나눕니다) 등으로 변화하여, わけ 부분이 변하지 않으므로 이 부분을 '分'으로 표기한 후 오쿠리가나를 붙여 '分る'로 쓰면 될듯 싶지만, 이렇게 나타내면 '分かる'(알다)라는 동사와는 구별이 되지 않으므로 'わ' 부분만을 '分'으로 하여 '分かる', '分ける'로 표기해야 할 수밖에 없는 것이다.

그렇다면 일상생활에서 흔히 볼 수 있는 'おおうりだし'(왕창세일)은 '大売出し'일까 아니면 '大売り出し'일까? 오쿠리가나의 규칙에는 또 '読む'(읽다), '走る'(달리다), '動く'(움직이다) 등과 같이 어떤 사물의 움직임이나 모습을 나타내는 말이 조합되어 다른 사물의 이름이 될 때도 역시 오쿠리가나를 그대로 살려서 붙인다는 것을 원칙으로 하고 있다. 따라서 '大売出し'라는 말도 '売る'(팔다)라는 말과 '出す'(내다)라는 말이 조합된 후에 다시 '크다'의 의미인 '大'라는 말이 붙은 것이므로 '大売り出し'가 원칙에 맞는 오쿠리가나라고 할 수 있다.

그러나 자주 쓰는 말로서 옛날에는 오쿠리가나를 붙이지 않았던 것, 혹은 오쿠리가나를 붙이지 않아도 읽을 수 있는 것, 또 오쿠리가나를 붙이면 말이 길어지는 것 등은 오쿠리가나를 붙여도 되고 안 붙여도 된다고 하는 별개의 규칙이 있다. '大売り出し'는 이 규칙에도 적용되므로 '大売出し'라고 써도 상관이 없다. 따라서 '大売出し'나 '大売り出し' 어느 쪽을 써도 틀리지 않는 것이다.

원래는 오쿠리가나를 반드시 붙여야 하지만 붙이지 않아도 좋은 예로는 '言い直し'(바꾸어 말함)을 '言直し'로 하거나, '打ち消し'(취소)를 '打消し'로 하는 경우를 들 수 있다. 또한 그중에는 옛날부터 오쿠리가나를 떼어버리고 사용하는 말도 있다. 일상에서 주로 사용하는 말 중에 '受け付け'(접수)는 '受付'로, '小包み'(소포)는 '小包' 등으로 쓰는 예가 그것이다.

'あかり'(빛)의 예는 이것과는 또 다르게 '明かり'로 써도 좋고 '明り'로 써도 좋은데, 이러다 보니 오쿠리가나는 일정한 규칙이 없는 것이 아닌가 하는 의구심이 들지만 그래도 옛날에 비하면 어느 정도 규칙을 갖게 되었다고 할 수 있다.

오쿠리가나를 만든 이유는 결국 한자와 가나가 섞인 단어에서의 한자부분을 읽기 쉽게, 또 잘못 읽지 않도록 하기 위해서이다. 그러나 한자를 읽을 수 있는 수준이 사람에 따라 차이가 있을 뿐 아니라 위와 같은 문제 때문에, 메이지시대부터 지금에 이르기까지 각 방면에서 오쿠리가나를 붙이는 방법에 관한 조직적인 규칙을 명시한 「오쿠리가나법」이 발표되고 있지만 모든 사람을 만족시키는 것에는 미치지 못하고 또 앞으로도 그럴 것이다.

메이지시대 초기에는 불분명했던 오쿠리가나법은 1889년 이후 조정되었다. 국어사전 제일 뒷장에 실려 있으므로 대조하면서 읽으면 이해가 쉬워지며, 다음과 같은 규칙이 있다.

1. 부사, 접속사는 마지막 음절을 가나로 적는다. (예 : 必ず, 少し)

2. 활용이 있는 단어는 활용어미(活用語尾)를 가나로 적는다.

   (예 : 荒い)

3. 활용이 없는 단어는 가나를 달지 않는다. (예 : 月, 花)

참고로 메이지시대에는 오쿠리가나를 소에가나(副仮名)라고도 했고, 한자를 중심으로 생각하여 스테가나(捨て仮名)라는 명칭도 있었다. 특히 경전(経伝)이나 한문(漢文)에서는 그림과 같이 한자의 오른쪽 밑에 가타카나(片仮名)로 작게 붙여 표기하기도 한다.

17. 일본인도 외국것을 좋아한다?

토박이 일본어와 차용어

【장원재】

　어휘는 한 나라의 문화를 그대로 반영한다고 한다. 일본은 외국의 것을 받아들여 자기 것으로 만드는 데 매우 뛰어나다고 하는데 일본어 어휘에도 역시 그런 경향이 보인다.

　일본어 어휘를 각 단어의 출신 즉 국적에 따라 분류하면 일본에서 원래부터 쓰여지고 있었던 토박이 말인 일본고유어[和語]와 외국에서 수입한 차용어로 크게 나눌 수 있다. 차용어에는 중국에서 받아들인 한자어[漢語]와 중국 이외의 나라-대부분이 서양-에서 받아들인 외래어(外来語)가 있다. 또한 고유어, 한자어, 외래어 3가지 중 2개 이상이 혼합된 혼종어(混種語 :혼합어)도 있다.

　이들 차용어는 부족한 토박이 일본어를 보충하여 사용되었는데, 한자어의 차용은 고대 중국의 문화를 수용했고, 외래어의 차용은 근대 이후 일본에 들어온 새로운 문물, 문화와 밀접한 관련이 있기 때문에 문화와 어휘는 관련이 있다는 것이다.

　이렇게 문화의 수용과 함께 일본어에 정착한 차용어는 각각 현대 일본어에서 어떤 역할을 하고 어느 정도의 위치를 차지하고 있는 것일까?

1964년 국립국어연구소에서 잡지 90종류를 대상으로 조사한 바에 의하면, 단어의 개별어수(異なり語数)로서는 일본고유어가 36.7%, 한자어가 47.5%, 외래어가 9.8%, 혼종어가 6.0%로, 차용어인 한자어가 토박이 일본어보다 많은 비중을 차지하고 있다.

그러나 단어의 빈도수(延べ語数)로 보면, 일본고유어가 53.9%, 한자어가 41.3%, 외래어가 2.9%, 혼종어가 1.9%로 일본고유어가 한자어 보다 많았다. 이것은 한자어가 단어의 종류는 많지만 언어생활에서 많이 사용되지는 않는다는 말이며, 토박이 일본어는 단어의 종류는 적지만 많이 사용되고 있다는 것을 말해주고 있다. 조사 -が, は, て 등-의 종류는 몇 개 되지 않지만 한 문장 안에서도 여러 차례 사용되는 것을 생각하면 쉽게 이해할 수 있을 것이다.

일본어 어휘는 일본어의 중추적인 역할을 하는 토박이 일본어가 저변에 깔려 있고 그 위에 차용어가 있는 구조를 가지고 있다. 바꿔 말하면 일본어의 기본적인 의사소통을 하기 위해서는 일본고유어가 필요하지만 다양한 표현을 구사하기 위해서는 차용어를 필요로 한다는 것이다.

지금까지 살펴본 일본고유어와 한자어의 비율은 문체나 말하는 상황에 따라 다르다. 예를 들면 사실을 있는 그대로 보도하는 딱딱한 표현의 신문보다는 자신의 체험을 적은 수필이, 회의에서 긴장된 상황의 표현보다는 친구들과 잡담하는 상황의 표현에서 한자어보다는 일본고유어의 비율이 높다는 조사 결과가 있다.

이렇듯 일본고유어와 차용어의 비중을 달리함으로써 같은 내용을 다르게 표현할 수 있는 도구가 된다. 차용어는 토박이 일본어를 단지 보충하는 것만이 아니라, 단어의 어감을 달리하는 역할도 한다. 예를 들어 비속적인 어감을 갖고 있는 일본고유어를 'とこや → 理髪店', '小使 → 用務員'인 한자어로 대체하는 현상을 낳게 되고, 또한 일본고유어는 일상적인 말로 인식되어 있기 때문에 공적인 용어나 학술용어 그리고 법률용어 등은 한자어로 사용하는 경우가 있다. 'つれあい → 配偶者', '花びら → 花弁' 등이 그것이다.

　　한자어는 고유어에 비하면 딱딱한 어감이 있고 외래어에 비하면 구식의 느낌을 받는다. '旅館'보다는 'ホテル'가, '化粧室'보다는 'トイレ'가 새롭고 깨끗한 어감을 갖고 있는 것만 보아도 알 수 있다. 한편 외래어가 신선한 어감을 갖게 된 것은 근대 이후 새로운 지식과 문물의 수입과 함께 외래어가 비교적 상류층 사회로 침투된 원인에 의한 것이다.

　　그렇다면 현대 일본어의 고유어와 차용어의 비율은 언제 어떻게 형성된 것일까? 한자어가 차용되기 전인 나라(奈良) 시대에서는 당연히 일본고유어가 100%에 가까운 비율을 차지하고 있었으나, 헤이안(平安) 시대부터는 한자어가 차용됨에 따라 상대적으로 일본고유어의 비율이 낮아지는 반면 한자어의 비율은 증가되었다. 점차적인 증가를 보이던 한자어는 메이지(明治) 시대부터 급격히 증가했다. 이는 새로운 서양 문물과 지식을 유입함과 동시에 새로운 용어들이 필요하게 되었고, 그 역할을 한자어가 담당하게 되었기 때문이다.

　　한자어가 쓰여진 이유는 한자가 표의문자로 새롭게 만든 단어라도 한자를 보고 의미를 파악할 수 있다는 것과 조어력(造語力) 즉 단어를 만드는 힘이 강했기 때문이다. 예를 들어 접두사 不, 無, 非 등이나 접미사 的, 化, 性 등은 이것에 2자로 된 한자어를 붙이면 새로운 단어를 쉽게 만들 수 있다. 그러나 이러한 한자어의 조어력은 메이지시대를 정점으로 점차 비중이 줄어들고 이를 대신해서 1912년 다이쇼(大正) 시대 이후부터는 외래어가 증가하고 있는 현상이 보인다.

현재 일본어에 외래어가 범람한다는 우려의 목소리가 높아지고 있듯이, 일상생활에서 많은 외래어를 쉽게 접할 수 있다. 특히 유행이 빠른 패션이나 미용 관련 분야 혹은 최첨단의 기술을 반영하고 있는 컴퓨터 분야 등의 용어를 보면 외래어가 많은 것을 알 수 있다. 컴퓨터용어에 대해 『현대용어의 기초지식』(現代用語の基礎知識)의 1985년, 1990년, 1995년, 2000년을 자료로 조사한 것을 보면 한자어는 감소하는 반면에 외래어는 일관되게 증가하고 있다는 결과가 보이고 있다.

물론 지금까지 살펴본 자료는 1964년의 데이터로 다소 오래된 느낌이 있으므로, 비교적 최근인 2002년의 데이터를 가지고 외래어의 비중을 다시 한 번 살펴보자. 이에 따르면 『신센국어사전』(新選国語辞典,2002)의 표제어를 조사한 것으로, 일본고유어가 33.8%, 한자어가 49.1%, 외래어가 8.8%, 혼종어가 8.4%로 나타났는데, 외래어의 비중이 증가하지 않았다는 사실은 다소 의외라고 할 수 있다. 이는 현재 외래어가 급증하고는 있지만 일본어 어휘체계를 변화시킬 만큼 그 위력은 크지 않다라고 해석할 수 있다

어휘체계를 변화시킬 만큼의 위력을 갖기 위해서는 남녀노소 모두

어떤 외래어에 대한 인지도나 사용도가 높아야 되는데 위에서 언급한 것처럼 어떤 한정된 분야에서만 많이 사용되고 있기 때문일 것이다. 예를 들어 2000년도에 조사된 '국어에 관한 여론조사'(国語に関する世論調査)에 의하면 'コンテンツ'(콘텐츠)를 알고 있다고 대답한 사람이 16.1%로 인지도가 낮은 것으로 나타났다. 이를 성별과 연령별로 살펴보면 30대 남성이 인지도가 39.1%로 가장 높았고, 60대 여성은 1.2%에 지나지 않았다. 이처럼 연령과 성별에 따라 많은 차이가 난다는 것이다. 또한 외래어 사용에 대한 의식도 연령층에 따라 다른데 젊은 층보다는 장년층, 노년층이 외래어 사용에 대해 바람직하지 못하다는 의식을 갖고 있다는 조사가 있다.

이와 같이 외래어의 범람과 한정된 사용범위는 원활한 커뮤니케이션이 이루어지지 않게 할 우려를 안고 있어, 현재 외래어를 알기 쉬운 한자어로 대체하자는 대안을 검토 중인데 'コンテンツ → 情報内容, 内容, 番組', 'ガイドライン → 指針, 指標, 手引', 'コンソーシアム → 共同事業体, 事業連合' 등이 이러한 예일 것이다.

앞으로 일본에서 사용될 차용어는 한자어보다는 주로 외래어가 될 것이고 양적으로도 지금보다 더욱 더 증가할 것으로 생각된다. 어휘의 증가는 그 시대의 변화에 따라 피할 수 없는 것으로 새로 만들어지고 유입되는 외래어가 일본어 어휘체계 안에서 일본고유어 혹은 한자어와 함께 상호보완적인 역할을 함으로써 표현의 다양화를 추구할 수 있으리라 생각된다.

18. 일본은 외래어 천국

현재 일본어에서 외래어라고 하면 통상 서양어를 가리킨다고 할
수 있으며 오래 전 중국에서 전래된 한자어나 한국어, 아이누어 등은
그것이 서양어가 아니라는 이유로 외래어에 포함시키지 않는 것이 보
통이다. 단 ラーメン(라면), マージャン(마작), ギョーザ(만두) 같은 근대
또는 현대음의 중국어나 キムチ(김치), チマ(치마), チョゴリ(저고리) 같
은 현대 한국어에서 차용된 것은 외래어에 포함시키는 것이 일반적이
나 그 숫자는 매우 제한되어 있다.

일본어에서 외래어는 가타카나(カタカナ)로 표기하는 것이 원칙이
나, たばこ(담배)처럼 전래된 후 오랜 시간이 경과한 외래어는 히라가나
(ひらがな) 표기가 병행되기도 하는데, 이는 외래어로서의 인식이 약화
된 때문으로 볼 수 있다.

서구 전래의 외래어는 1543년 무로마치(室町) 시대 말에 포르투갈,
스페인 등지에서 유입된 말을 시초로 하여 메이지(明治) 이후에 영어를
중심으로 하여 프랑스어, 독일어, 이탈리아어 등을 폭넓게 수용했는

—일본어는 뱀장어 한국어는 자장—

데, 이 가운데 영어는 외래어의 약 80%를 점하고 있다.

'지나치다 싶을 정도로 많은 외래어를 이대로 두어도 좋은가?'라는 의견도 종종 나오고 있으나 일본어에서 외래어는 쇠퇴하지 않고 계속 늘어가고 있는 추세이다. 외래어의 사용을 혼란스럽거나 경박스럽게 느끼는 사람도 존재하지만, 외래어의 증가를 외국과의 문화 교섭에 따른 필연적인 추세로서 용인하는 의견도 있으며, 특히 젊은 층에서는 외래어가 가지는 신선한 느낌으로 인하여 쉽게 받아들여지는 경향이 있는 것으로 보인다.

외래어가 많이 쓰이는 것은 생활필수품보다는 사치스럽거나 호화스런 느낌의 '꿈'을 팔려고 하는 상품의 경우에 현저하다고 할 수 있다. 상업광고에서는 외래어의 비율이 평균적으로 높은 편이나 여성의 의복이나 화장에 관한 것에 특히 사용빈도가 높은 것은 '꿈'을 팔고자 할 때 외래어가 유용한 역할을 하기 때문이라고 할 수 있을 것이다.

예를 들면 다음과 같은 여성의류와 화장품 광고문구는 외래어-밑줄 친 부분-의 비율이 얼마나 높은가를 여실히 보여주고 있다.

ドット(水玉)プリントをたくさん使い、1950年代のドレスを作りました。パニエをあわせたときのシルエットが美しく出るように、ウエストはすっきりさせ、裾に向かってボリュームが出やすいフレアーになっています。前中心は、深く開くクラシックラインのデコルテにしました。

なかでも、スーパー保湿力を誇る「ゲルクリーム」はリピート率も高い大人気商品。スキンケアからメイクまで、いずれも400円以下の低コストキット。肌

トラブルで悩む人の救世主コスメとしての底力を試すには絶好のチャンス。

　외래어 중에는 이미 일반화되어 있는 것도 많으나, 아직 일반화의 정도가 그다지 높지 않아 해당분야에 대한 지식이 별로 없는 경우는 의미를 알기 어려운 경우도 적지 않다. 예를 들면 위의 여성복 광고문구 중의 'パニエ'(스커트를 부풀리기 위해 입는 속옷)과 'デコルテ'(팔과 등을 노출시킨 여성의 정장 야회복)은 프랑스어에서 유래된 외래어이나, 이러한 외래어는 일반인은 알기 어려운, 일반화의 정도가 상당히 낮은 경우로 볼 수 있을 것이다.

　상업광고에서 외래어의 비율이 높은 것은 일본인들이 서구에 대해 일반적으로 문화적 선진국이라는 좋은 이미지를 가지고 있듯이, 외래어에 대해서도 대체적으로 좋은 이미지를 가지고 있어 이를 상업적으로 적극적으로 이용하려는 때문인 것으로 생각된다. 즉 외래어가 가지는 좋은 이미지로 인하여, 외래어로 나타내어지는 대상도 좋을 것이라는 일종의 착각을 불러일으키는 효과를 노리는 것이라고 할 수 있을 것이다.

　백화점에 가보면 상품명에 외래어가 많이 쓰인다는 것을 바로 알 수 있다. 백화점의 상품명은 대부분이 외래어로 되어 있다. '乳母車'(うばぐるま, 유모차)라는 이름 대신에 지금은 'ベビーカー'가 쓰이며 '赤ちゃん用品売場'(아기용품매장) 대신에 'ベビー用品売場'가 쓰인다.

　일반생활에서도 '贈り物'(おくりもの, 선물) 보다는 'プレゼント'(present)가, '礼儀'(れいぎ, 예의) 보다는 'エチケット'(etiquette)가,

'写真機'(しゃしんき, 사진기) 보다는 'カメラ'(camera) 쪽이 우세한 것으로 보인다.

자동차와 관련된 외래어도 비교적 흔히 접하게 되는 외래어이다. 자동차의 부분을 나타내는 말은 대개 외래어가 쓰이며, 그 외에도 'スカイパーキング'(sky parking), 'レンタカー'(rent a car), 'カークーラー'(car cooler), 'キープーレフト'(keep left) 등이 자주 쓰이는 자동차 관련 외래어이다.

외래어 중에는 원래의 서구어에는 존재하지 않고 일본에서 만들어진, 일본제외래어(和製外来語:대부분은 영어와 관련)로 불리는 것이 있는데, 야구용어인 'ホームスチール'(home steal), 'バックネット'(back net) 등을 위시하여 'ガールハント'(girl hunt), 'マイカー族'(my car족) 등이 여기에 해당한다.

위의 예에서 'ガールハント'는 영어에서는 'pick up a girl', 'マイカー族'는 'people who own their own cars'라고 해야 하나 영어에 비하면 '일본제 영어' 쪽이 간단해서 좋다는 것이다.

외래어 중에는 'マス・コミュニケーション'(mass communication)이 'マスコミ'가 되고 'コミ'가 'ロ'(くち, 입)와 복합하여 'ロコミ'(입에서 입으로 정보전달하는 것)라는 새로운 단어를 만들어내는 것처럼 재생산되는 경우도 있다.

우리는 일본어라고 하면 흔히 일본고유어, 한자어 정도만을 떠올리기 쉬우나 일본어에서 외래어가 많이 사용된다는 것은 일본어를 제대로 이해하기 위해서는 외래어에 대한 지식도 필요하다는 것을 의미

한다. 적어도 어느 정도 일반화가 진행되어 있는 외래어에 대한 지식
은 일본어를 이해하기 위한 필수적인 요소에 해당한다고 할 수 있을
것이다.

19. '라지카세'는 무엇일까?

【최병규】

현대일본어의 어휘는 크게 나누면, 원래부터 일본인이 사용하던 和語(大和言葉)라 불리는 일본고유어와 외국어에서 들어온 차용어(借用)의 2종류가 있다. 차용어는 크게 중국어에서 들어온 한자어(漢語)와 그 밖의 외국어에서 들어온 외래어로 나누어지며 일본어, 한자어, 외래어 중 2종류 이상이 혼합된 혼종어(混種語:혼합어)도 있다.

외래어에는 외국어가 일본어에 들어와서 완전히 정착하여 시민권을 얻은 것, 일시적으로 사용되다가 사라진 것, 어떤 특정의 영역이나 직업에 종사하는 사람들에게만 통용되는 것 등 여러 종류가 있다.

외국어가 외래어로서 정착하는 과정에는 여러 요인들이 작용한다. 우선 발음에 관해서는, 일본어의 음운체계의 허용 범위 내에서 발음되는 것이 보통이다. 즉 일본어화 되어 일본어로서 사용되는 것이다. 발음뿐만 아니라 의미, 용법도 원어와는 상당히 다른 것이 되기도 한다. 이 점은 외래어가 일본어라는 입장에서 생각하면 어느 정도 이해가 된다. 그리고 한편으로는 외래어의 습득이 외국인에게 결코 쉽지 않은 문제가 되는 것도 예측할 수 있다.

여기서는 우리 일상에서 많이 사용되는 어휘들을 중심으로 살펴보
기로 한다.

1. 문법적인 요소의 생략

영어의 복수를 나타내는 '-s', 분사 '-ed, -ing', 관사 'the'나,
'and' 등은 생략되는 경향이 있다.

1) -s의 생략

コンフレーク(cornflakes)　　　サングラス (sunglasses)

ハイヒール(high-hills)　　　　パジャマ (pajamas)

ストッキング(stockings)　　　スリッパ(slippers)

マナー(manners)

2) -ed의 생략

コンビーフ(corned beef)　　　パスボール(passed ball)

ロールキャベツ(rolled cabbage)　アイスティー(iced tea)

3) -ing의 생략

ハッピーエンド(happy ending)　フライパン(frying pan)

スペル(spelling)　　　　　　メジャーカップ(measuring cup)

スケーテ(skating)　　　　　スキー(skiing)

4) the의 생략

アルプス(the Alps)　　　　オンエア(on the air)

オフレコ(off the record)

5) and의 생략

ジントニック(gin and tonic)　　ハムエッグ(ham and eggs)

2. 단어의 일부 생략

1) 후반생략

영어에서는 자음이 단어 끝에 오기도 하고 몇 개가 연속되기도 하지만, 일본어는 원칙적으로 모음으로 끝나야 하므로, 자연히 음절수가 길게 된다. 예를 들면, 영어의 'text'는 1음절이지만 일본어에서는 'テキスト/テクスト'가 되어 4음절이 되기 때문에, 일부를 생략하여 짧게 하는 것이다. 이때는 대부분 후반 부분이 생략되며, 이렇게 해서 생겨난 단어들은 'スト/ストライキ, ダイヤ/ダイヤモンド, インフレ/インフレーション'와 같이, 생략전의 형태가 동시에 쓰이는 경우가 많다. 이 생략법은 일본어다운 방법이라 하겠다.

2) 전반생략

전반부를 생략하고 후반부를 남기는 것은 드물다.

ドライバー(screw driver)　　バイト(アルバイト, Arbert)

クリーニング(dry cleaning)　　ミシン(sewing machine)

チップ(foul tip)

3) 복합어의 생략

일반적으로 앞 단어에서 두 글자, 뒷 단어에서 두 글자를 취한 네 글자 구성의 단어가 상당히 많다.

エアコン(エアコンディショナー air conditioner)

ハイテク(ハイテクノロジー high technology)

リモコン(リモートコントロール remote control)

ラジカセ(ラジオカセット radio cassette)

ワープロ(ワードプロセッサー word processor)

マスコミ(マスコミュニケーション mass communication)

パソコン(パーソナルコンピューター personal computer)

セクハラ(セクシュアルハラスメント sexual harassment)

3. 일본제외래어(和製外来語)

일본제외래어란 ラジカセ(카세트라디오), ホームドラマ(홈드라마)와 같이 주로 일본 내에서 아무런 원칙 없이 만들어진 단어들의 총칭으로서, 보통 원어에서는 사용되지 않는 것들이다. 흥미본위로 만들어진 단어뿐만 아니라, 문법적인 지식부족에서 오는 오용, 유추에서 생긴 오용, 지나친 생략이나 탈락의 결과 의미가 통하지 않는 것, 발음이나 의미, 용법 등의 비약으로 생긴 것 등 그 종류가 다양하다.

여기서는 일상에서 자주 사용되는 어휘들(물론 일본제외래어의 대부분이 영어임)을 중심으로 살펴보기로 한다.

イメージアップ(image up)　　　イメージダウン(image down)

スピードアップ(speed up)　　　スピードダウン(speed down)

ホームドラマ(home drama)　　　サラリーマン(salary man)

シルバーシート(silver seat)　　　スーパーレディー(super lady)

ワイドショー(wide show)　　　サイドブレーキ(side brake)

ペーパードライバー(paper driver)

モーニングサービース(morning service)

이 밖에 영어, 독일어, 프랑스어를 섞어 만든 다국적 외래어도 많이 있다.

ゴムテープ(gom tape / 네덜란드어+영어)

ルポライター(repo write / 프랑스어+영어)

バカンスウェア(vacances wear / 프랑스어+영어)

テーマソング(Thema song / 독어+영어)

4. 혼종어(혼합어)

일본어만큼 세계 각국에서 여러 가지 단어가 들어온 언어도 많지 않다. 이 때문에 일본고유어(和語) 혹은 한자어(漢語)와 외래어가 서로 결합되어 생긴 복합어가 많다. 이것을 보통 혼종어(혼합어)라 하며, 대표적인 것들은 다음과 같다.

일본어+외래어 : からオケ (가라오케)　　　生なビール (생맥주)

외래어+일본어 : エン(円)高 (엔고)　　　　ドル箱 (달러박스)

한자어+외래어 : 財テク (재테크)　　　　賃貸マンション (임대맨션)

満タン(가득 채움)　　　社交ダンス (사교댄스)

외래어+한자어 : サラダ油 (사라다유)　　　スリル満点 (스릴만점)

ヒット曲 (히트곡)

20. 더 필요한 단어 어떻게 보충하나

【이경수】

인간 생활의 언어는 동물과 달라서 시대와 함께 항상 변해간다. 자주 사용하는 말은 발전하게 되어 점점 세분화되어 가나, 사용하지 않는 말은 쇠퇴해버리거나 사멸해버리고 만다. 특히 어휘는 보다 변화가 심한 부분 중의 하나이다. 어휘는 외계의 사물이나 인간의 사고방식, 감성 등 말의 재료가 되는 것과 밀접한 대응관계에 있는 만큼 시대의 변화를 보다 민감하게 반영하기 때문이다. 일반적으로는 어휘란 특정의 사람 또는 그 사람의 작품에 사용된 말의 총수를 의미한다. 따라서 세익스피어의 어휘나 나쓰메 소세키(夏目漱石)의 어휘는 방대하다거나, 여성은 적은 어휘를 가지고도 남성보다 잘 표현한다는 등의 말을 할 수 있는 것이다.

어휘는 복잡하기 그지 없는 하나의 체계를 이루며 또 서로 다른 단어가 결합하여 다양한 형태로 변화 생성한다. 특히 세계화와 인터넷의 보급으로 언어사용은 급변하고 있고, 그에 동반하여 재래의 단어만으로는 다 표현할 수 없는 것들이 발생한다.

그러한 경우에 언어는 어떠한 방법으로 그 상황에 응할 것인가. 말할 것도 없이 새로운 말을 발생시키는 방법에 의거하는 경우가 많다. 그러나 새로운 사물이나 개념을 말로 나타내는데 반드시 새로운 단어가 필요한 것은 아니다. 즉 하나의 단어로 표현할 수 없는 것을 복합이나 파생의 방법으로 만들어내는 것이다. 복합의 기준을 정하는 것은 어렵지만, 우선 일반적이지 않은 특수한 복합에 대하여 살펴보자.

'一姫二太郎'(いちひめにたろう)는 우리나라 말 중에 위에는 딸 아래는 아들 그래서 100점이라는 말에 해당하는 표현이다. '一姫二太郎'의 본래의 뜻은 첫아이로는 딸이 좋고, 둘째아이는 아들을 낳는 것이 좋다는 것이다. 즉, 여자아이는 비교적 기르기 수월하니 먼저 낳아 길러 두면, 둘째아이를 기를 때 첫아이에게는 손이 덜 가서 아들-딸의 순서보다는 아이들을 기르기 쉽다는 뜻이다.

그리고 이 표현은 대를 이을 아들을 바라는 집안에서 첫아이로 딸을 낳은 경우, 출산한 여성에게 '一姫二太郎'(아들이 아니어서 아쉽지만, 첫딸을 길러두면, 다음 남자아이를 낳았을 때에 아이들 기르기가 쉬워져요)라며 위로의 의미로 사용했다고 한다. 그런데 이 말이 실제로 다음과 같이 사용되고 있는 것을 보면, 이 말을 제대로 이해하고 사용하는 일본인은 많지 않은 것 같다.

A : ところで、お子さんは? (그런데 자녀는 어떻게 되세요?)

B : うちは三人です。上の二人が男で一番下が女です。

(세 명입니다. 위의 둘이 남자이고 제일 밑이 여자입니다)

A：ほう、一姫二太郎ですか。(아아, 이치히메 니타로이시군요)

이러한 잘못된 사용은 복합어에 대한 이해부족에서 오는 것이라 할 수 있다. 딸 하나에 아들 둘인 삼형제를 말하는 것이 아닌데 잘못 알고 있는 경우의 대표적인 사례이다. 이와 유사한 숫자 속담도 존재하고 있다. 꿈에 보면 재수가 좋다는 것을 늘어놓은 말로 '一富士二鷹三茄子'(いちふじにたかさんなすび)란 말이 있다. 제일 좋은 꿈은 '富士山'(후지산)을 꿈꾸면 경사스러운 일이 있다는 것이고, 다음은 'たか'(매), 그다음이 'なすび'(가지)를 꾸면 좋다는 것이다.

이 이외에 복합어로는 신조어가 많다. 문자가 깨진 것을 의미하는 '文字ばけ'를 예로 들어 설명해보겠다. 컴퓨터에서 메일 등을 읽는 경우 흔히 '글씨가 깨졌다'라는 말을 사용하는데 이 경우 일본어에서는 '文字がばけた'(문자가 깨졌다)라고 한다. 'ばける'(둔갑하다)는 '본래의 모습을 바꾸어 다른 것의 형태가 된다'는 뜻으로, '둔갑하다, 변신하다, 변장하다'의 뜻을 나타내는 말이다. 즉, '文字'라는 한자어에 'ばける'라는 和語를 합하여 새로운 컴퓨터 신조어를 만들어 내어 단어를 늘렸다는 것을 알 수 있다. 그리고 휴대폰 등의 진동이라는 의미의 'マナーモード'(매너모드), 착신멜로디 '着信メロディー'를 줄인 '着メロ' 등의 예가 보인다. 그리운 애창곡이라는 'なつかしのメロディー'를 줄여서 만든 'なつメロ' 등도 마찬가지이다.

또한 톱니바퀴라는 의미의 '歯車'(はぐるま)라는 단어도 처음부터 있었던 단어가 아니다. '歯'와 '車'라는 이미 있었던 단어를 결합해서 새로

한자어와 외래어의 결합인 '흡연구역'

운 복합어를 만들어낸 것이다. 톱니바퀴의 의미로 사용된 '機械の歯車がかみ合っている'(기계의 톱니바퀴가 서로 물고 물리고 있다)로 사용되고, 비유적으로는 리듬의 의미 '生活の歯車が狂う'(생활의 리듬이 깨지다)로도 사용된다.

좀더 구체적으로 살펴보면, 일본어 고유어와 외래어가 결합된 'たばこ屋'(담뱃가게), 한자어와 외래어의 결합인 '豚カツ'(돈가스), 외래어와 외래어의 결합인 'ニュータウン'(뉴타운), 외래어와 용언이 결합한 'インテリくさい'(인텔리 냄새가 물씬 풍기는), 'アルバイトする'(아르바이트 하다) 등이 있다. 복합될 때 일본어 고유어와의 결합은 부드럽고 상냥한 느낌을 주며, 한자어와의 결합은 딱딱하고 진지한 느낌이고, 외래어와의 결합은 세련되고 상쾌한 느낌을 준다고 할 수 있다.

이처럼 의미와 형태에서 보아 두 개 이상의 단어나 단어에 준하는 것의 결합에 의해서 성립되었다고 인정되는 단어를 일본어에서는 '복합어'라고 부른다. '복합'과 병행하여 주요한 단어형성의 방법으로 '파생'이 있다. 독립적인 용법을 가진 단어에 비독립적인 요소(접사)가 첨가된 것에 의해서 새로운 단어가 파생하는 것이다. 접사에는 접두사와 접미사가 있다.

　파생어는 복합어와 달리 앞뒤에 독립성이 없는 접사를 첨가하여 만들어지는 것이다. 'やすい'(쉽다)에 접두어 'た'가 붙어서 생긴 'たやすい'(쉽다), 'くろ'에 'まっ'이 붙어서 생긴 'まっくろ'(새까맣다)와 같은 접두 파생어가 있다. 이와는 달리 어근에 접미해서 파생어를 형성하는 것도 있다. 'これ'(이것)에 복수를 나타내는 'ら'가 결합되어 'これら'(이들)가 되어 복수를 나타내는데 쓰인다. 'きみら'(너희들), 'かれら'(그들)도 마찬가지이다. 그러나 'ら'는 'どちら'(어느 쪽)와 같이 지시대명사 또는 그 어근에 붙어서 장소, 방향, 사물 등을 대략적으로 가리키는 경우에도 쓰인다. 또한 'どちら'에 존경을 나타내는 파생어 'さま'가 보태져서 'どちらさま'(어느 분)가 되기도 하는데, 이 'さま'는 사람의 신분, 이름, 편지봉투의 상대방의 이름 뒤에 붙여 경의를 나타내는 것이다. 이때 '様'와 함께 사용할 수 있는 것으로 'どの'(殿)가 있다.

　보통 '殿'가 '様' 보다 더 정중한 표현이라고 알고 있으나 '様'가 더 정중한 표현이다. 따라서 공용문 등에서도 'どの'보다는 'さま'를 더 많이 사용하고 있다. 이와는 쓰임이 다른 것으로 접두어 'お(ご)'와 함께 사용되고 있는 '様'가 있는데 이는 '~한 상태에 있는 것'의 의미를 나타내는 정중어로도 쓰인다. '오래 기다리셨습니다'에 해당하는 'お待ち遠様', '잘 먹었습니다'에 해당하는 'ご馳走様', '수고하셨습니다'에 해당하는 'ご苦労様' 등이 (접미)파생어에 속하는 것이다.

　그 외에 문법적 기능을 부여하는 것으로는 다른 품사로부터 명사, 동사, 형용사 등을 만들 때 조어적 성분이 되는 것이 있다. '重い'(무겁다)에 명사형 접미사 'さ'가 형성되어 '重さ'(무게)나 '重み'(무게)가 되며 동사의 연용형에 'やすい'가 형성되어 '書きやすい'(쓰기 쉽다)가 되거나 하는 것이다. 따라서 조어 등의 모든 방법은그 언어 체계 속에 이미 있는 요소에 위의 복합어, 파생어와 같이 새로운 표현 단위를 만들어냄으로서 표현효과를 더 올릴 수 있는 것이다.

그러므로 새로운 단어가 필요한 경우 이상과 같이 복합어, 파생어를 만들어 사용할 수 있으며, 또한 상대적으로 어휘가 부족하다 하더라도 복합어나 파생어를 적절히 활용하면 그 만큼 표현의 폭이 넓어진다고 할 수 있다.

21. 일본어는 비논리적인 언어?

【정상철】

다음의 예1의 일본어를 예2의 영어와 비교해보자.

1. A: 明日、田中さんも一緒に東京に行かれますか?

   (내일 田中씨도 같이 동경에 가십니까?)

   B: はい、行きます。(네, 갑니다)

2. Life without faith has no meaning.

   (신념이 없는 삶은 의미가 없다)

예1의 B에서 주어인 '田中さん'이 생략되어도 일본어 화자들 사이에서는 자연스런 일본어로 인식되어 의사소통에 아무런 지장을 초래하지 않는다. 반면 예2 영어문장에서 밑줄부분으로 주어인 'Life'는 생략할 수 없다. 이런 점에서 영어와 같이 주어가 기본적으로 생략되기 힘든 언어를 모어로 하는 화자들에게는, 일본어는 주어가 없고 비논리적인 언어라고 생각될 수도 있다.

하지만 모든 일본어 문장에서 주어의 생략이 가능한 것이 아니라 반드시 명시해야 될 필요가 있는 문장도 있다. 다음 예를 보자.

3. A: 図書館には誰が行ってくれるの? (도서관에는 누가 가줄래?)
   B: はい。私が行きます。(예, 제가 가겠습니다.)

3의 B에서 주어인 '私'를 생략하면 부자연스러운 일본어가 되어 의사소통에도 많은 지장을 초래한다. 즉 일본어에서도 주어의 생략이 가능한 경우는 주로 회화체 문장에서 화자−청자 간에 주어를 특별히 명시하지 않아도 충분히 알 수 있는 문맥에 한정된다. 대표적인 예는 소위 감정형용사를 술어로 하는 경우이다.

4. あ、いたい! (아, 아퍼!)
5. 嬉しいなあ。(기분 좋은데)

이상의 논의를 간단히 정리해 보면, 세계의 언어 중에서는 영어와 같이 주어를 반드시 명시해야 되는 언어도 있고, 일본어와 같이 문맥의 존도가 높은 언어에서는 콘텍스트에 따라 화자−청자 간에 충분히 추론이 가능한 경우 생략이 가능한 언어도 있다, 라는 것이 된다. 따라서 제목의 '일본어는 비논리적인 언어인가'라는 질문의 답은 YES도 NO도 될 수 있다.

전자의 경우는 표면적으로 주어가 없을 수도 있으니까 일본어는 비논리적인 언어가 되는 것이다. 주어부정론자로 잘 알려진 미카미 아키라(三上章)는 일본어에는 서구어와 같은 주어가 없으므로 극단적인 주어폐지론까지 주장하기도 했다. 또한 후자의 경우는 일본어에도 모든 문장에 주어와 술어가 있지만 문맥상 확연한 경우 서구어에 비해 비교적 자유롭게 생략된 것에 불과한 것이므로 논리적인가 비논리적인가 하는 물음은 우문(愚問)이 될 수 있다.

명사가 격변화를 하지 않는 일본어에서는 형태론적으로 곡용(曲用, declension)이 없기 때문에 일반적으로 주어가 표시되는 방법으로는 크게 다음과 같이 3가지 경우가 있다.

6. 目が回る。(눈이 돈다)

7. 空は青い。(하늘이 파랗다)

8. あなた、いたの? (당신, 있었어?)

조사 は와 が에 대해서는 뒤에서 설명하기로 하고, 예8은 조사 は와 が가 없는 것이 더 자연스러운 일본어 문장이다. 이것도 구문적인 위치로 주어를 표시하는 방법인데 이러한 문장의 이해에는 일본어의 역사적인 발전과정이나 배경을 고려해야 한다. 즉 고어에서는 다음 예문과 같이 명사가 조사를 동반하지 않고 주어를 표시해왔던 것이다.

9. 花咲き、鳥鳴く。(꽃 피고 새 운다)。

하지만 그 뒤 현대일본어로 발전하면서 점차 は 나 が를 동반하여 주어를 사용하게 되었고 아직 그 잔존이 현대어에서도 남아 있는 것이다.

한편 다음과 같은 'XはYが' 구문에서는 어느 것이 주어인가가 문제가 될 수 있다.

10. 象は鼻が長い。(코끼리는 코가 길다)
11. 辞書は新しいのがいい。(사전은 새것이 좋다)

위 문장은 일본어학에서는 비교적 유명한 예로 종래에는 이중주어구문(二重主格構文)이라 불렸던 것인데, 그 해석도 다음과 같이 2가지 입장에서 가능하다.

12. 象は(主語) 鼻が(主語) 長い(述語)。
13. 辞書は(主語) 新しいのが(主語) いい(述語)。
14. [象は[鼻が長い]]。
15. [辞書は[新しいのがいい]]。

우선 12와 13에서는 일차원적으로 주어를 2개 인정한 해석인데 반해, 14와 15는 일차적으로는 '鼻が'(主語)와 '新しいのが'(主語)가 '長い'(述語) 그리고 'いい'(述語)와 연결된 다음 전체 문장의 주어인 象과 辞書가 전체 문장의 술어인 鼻が長い와 新しいのがいい와 연결된다는 이중구조적인 해석이다. 물론 전체 문장의 주어인 象와 辞書를 부분문장의 주어인 鼻が, 新しいのが와 차별화하기 위해 '총주어'라 부르기도 했다.

또한 일본어의 주어와 관련해서 문제가 되는 것은 '주제'라는 용어이다. 다음의 예를 보자.

16. この花は きれいです。(이 꽃은 예쁩니다.)
17. 肉は 食べません。(고기는 먹지 않습니다.)

위 문장에서 밑줄친 조사 は는 주제를 나타낸다고 한다. '주어'라는 용어는 '술어'와 대응되는 말로 문장성분을 논리적인 측면에서 가리키는 말인 반면 '주제'(theme)는 쉽게 말하자면 표현적인 측면에서 '설명'(rheme)과 대응하는 용어이다. 즉 주제는 위의 예4와 5에서 この花와 肉처럼 설명 또는 해설되고 있는 대상을 가리키며, 설명은 きれいです나 食べません처럼 그 주제에 대하여 설명 내지는 해설되는 부분을 가리킨다.

따라서 주어는 반드시 주제와 일치하지 않는데 위 예문에서 설명하자면, 4의 この花는 주제인 동시에 주어가 되는 반면, 5의 肉는 주제는 되지만 주어는 될 수 없다. 이것은 위의 예들을 다음과 같이 격조사 구문으로 치환해 보면 간단히 알 수 있다.

18. この花が きれいです。(이 꽃이 예쁩니다.)
19. 肉を 食べません。(고기를 먹지 않습니다.)

이와 같이 주제를 표시하는 조사는 '제제의 조사'(提題の助詞)라 불리기도 하는데 일본어에는 は 이외에도 も, なら, さえ, こそ, って, だけ, ばかり, しか, でも, くらい 등이 있다.

22. 우리말 조사와
일본어 조사는 일치한다?

【최병규】

　문(文)은 술어를 중심으로 이루어진다. 예를 들면, 殴る(때리다)라는 동사는 1처럼 과거형으로 쓰여 문장이 되기도 하지만. 대개는 2처럼 사용되어야 완전하다고 할 수 있다.

　1. 殴った(때렸다)

　2. 昨日学校で太郎が花子を殴った。

　　(어제 학교에서 다로가 하나코를 때렸다)

　이때 昨日, 学校で, 太郎が, 花子をと는 모두 殴る라는 술어의 내용을 한정하며, 각각 시간, 장소, 동작주, 대상을 나타내고 있다. 그러면 다음의 문장들을 비교해보자.

　3. 太郎が花子を殴った。(다로가 하나코를 때렸다.)

　4. 花子が太郎を殴った。(하나코가 다로를 때렸다.)

이 문장들을 구성하는 요소는 太郎, 花子, 殴った로 같지만, 두 문장이 나타내는 사태는 정반대이다. 이것은 명사가 が나 を를 수반해서 '동작주'(動作主), '대상'(対象)이라고 하는 서로 다른 문법적인 의미를 나타내기 때문이다. 이와 같이 명사는 문장 속에서 술어-주로 동사가 담당한다-에 대해서 특정한 문법적인 관계를 담당하고 있다. 이 관계를 격(格)이라 하는데, 명사는 격을 가짐으로써 비로소 문장 속에 존재하게 되는 것이다.

격을 표시하는 방법에는, 한국어나 일본어처럼 조사에 의한 경우-교착어(膠着語)-와, 러시아어나 독일어처럼 명사의 활용에 의한 경우-굴절어(屈折語)-와, 영어나 중국어와 같이 어순에 의한 경우-고립어(孤立語)-의 3종류가 있다. 문법적인 구조가 거의 비슷한 한국어나 일본어에서 격은 술어와의 관계에 따라서 다양한 조사(격조사)를 수반하게 되며, 그 종류는 다음과 같다.

が(이/가)格, を(을/를)格, に(에/한테)格, ヘ(에/로)格, で(에서/로)格, から(부터/한테)格, まで(까지)格, と(와/과)格, より(보다)格, の(의)格

각 격(格)에 대한 구체적인 의미와 한국어, 일본어 간 용법을 대조해보면 다음과 같다.

■ が(이/가)格

5. 花が咲く。(꽃이 핀다)

6. 天気がいい。(날씨가 좋다)

기능상 주격을 나타내며 서로 잘 대응하고 있으나, 한국어에는 '이/가'의 서로 다른 두 개의 형태가 존재한다는 점과, 경어의 형태로서 '께서'가 있으나 일본어에는 대응하는 형태가 없으나, 그 대신 접두사 お/ご를 첨가하여 나타낸다는 점은 서로 다르다.

7. 선생님께서 가신다. (先生がいらっしゃる。)

일본어는 주격표시가 の로 대체되는 경우가 있으나, 한국어의 경우는 '이/가'가 사용된다.

8. 授業が(→の)ない日は休みます。(수업이(×의) 없는 날은 쉽니다.)

다음의 경우도 서로 대응하지 않는다.

9. ことばの意味がよくわかりません。(말의 의미를(×가) 잘 모르겠습니다.)
10. 私は犬が好きです。(나는 개를(×가) 좋아합니다.)

또한 부정어 '아니다'의 보어를 나타내는 경우(私は先生では(×が)ない:나는 선생이 아니다)나, 변화의 결과를 나타내는 경우(会社員に(×が)なる:회사원이 되다) 등도 특수하다.

■ を(을/를)格

11. ご飯を食べる。(밥을 먹다)

12. 橋を渡る。(다리를 건너다)

대상격은 양국어가 잘 대응하고 있으나, 다음의 경우는 서로 대응하지 않는다.

13. 健康のために飲みます。(건강을 (×의) 위해서 마십니다)

■ に(에/한테)格

14. 弟に本を見せてやった。(동생에게(한테) 책을 보여주었다)

15. ここにお金がある。(여기에 돈이 있다)

다음 구문들은 일본어가 に격을 요구하지만, 한국어는 '을/를' 격을 요구하므로, 특히 주의해야 한다.

16. バスに乗って学校へ行った。(버스를 타고 학교에 갔다)

17. 昨日街で友達に会った。(어제 시내서 친구를 만났다))

18. 母について行った。(엄마를 따라서 갔다)

19. 会社に遅れる。(회사를/에 지각하다)

20. 駅に向かって走った。(역을 향해 달렸다)

21. 相手に勝つ。(상대를/에게 이기다)

■ の(의)格

22. 彼の話はおもしろい。(그의 이야기는 재미있다)

23. 大学の書店は便利だ。(대학의 서점은 편리하다)

　の(의)格의 의미와 용법을 대조해 보면, 위의 예문과 같이 양국어가 서로 대응하는 경우와, 課長の山田さん(과장인 야마다씨:동격), 机の上(책상), 木の椅子(나무의자), 私の作ったパン(내가 만든 빵:주격), 日本語の好きな学生(일본어를 좋아하는 학생:대상격), これは誰のですか?(누구의 것:こと, もの를 나타냄)와 같이 대응하지 않는 경우들이 있음을 알 수 있다. 이것은 일본어의 の가 한국어의 '의'에 비해서 보다 의미영역이 넓고 그 용법이 다양하기 때문으로 학습시 세심한 주의가 요망된다.

　격조사 외에도 주제를 나타내는 は(은/는), 첨가의 의미를 나타내는 も(도), 같은 종류의 사물 중에서 한정의 의미를 나타내는 でも(라도), だけ(만, 뿐), しか(밖에), 한계적인 의미를 나타내는 さえ(까지) 등, 어떠한 의미를 특별히 강조하는 효과를 가지는 강조(強調)조사-とりたて助詞-도 그 의미와 용법에 있어서 서로 유사한 점이 많다.

24. 象は鼻が長い。(코끼리는 코가 길다)

25. 誰もいない。(아무도 없다)

26. お茶でも飲みましょう。(차라도 마시죠)

27. 残った人は私だけだ。(남은 사람은 나뿐이다)

28. こんな例さえある。(이런 예까지 있다)

특히 양국어의 대조에 있어서 'が/이 · 가'와 'は/은 · 는'의 구별이 있으며, 용법이 비슷하다는 사실은 대단히 중요하지만, 세부에 있어서는 미묘한 차이가 있다.

29. 誰が(×は)木村さんですか。(누가(×는) 기무라씨 입니까?)
30. 病院は(×が)どちらですか。(병원은 (×이) 어느 쪽입니까?)
31. 여기가/는 어디입니까? (ここは(×が)どこですか。)
32. 이것이/은 무엇입니까? (これは(×が)なんですか。)

의문문의 경우, 주어에 의문사가 있을 때에는 양국어 모두 'が, 이/가'를 사용한다. 하지만 술어에 의문사가 있을 경우, 일본어는 'は'만을 사용해야 하지만 한국어는 특수한 반어법적인 용법의 경우, '이/가', '은/는'의 사용이 가능하다.

이같은 사실에서 한국어의 '이/가', '은/는'이 일본어의 'が', 'は' 보다도 사용범위가 넓다는 점을 알 수 있다.

일본어와 한국어는 매우 유사한 언어라고 일컬어지고 있는 만큼, 양 국어의 조사체계와 각 형식의 의미용법에는 유사한 점이 많지만 언어체계가 서로 다른 특징을 갖고 있으므로 일본어를 배울 때에는 유사점과 동시에 상이점도 파악해두는 것이 중요하다.

23. 일본어는 뱀장어, 한국어는 자장

【황미옥】

일본어 학습시 초급단계에서 나오는 문형은 '~은/는 ~이다(입니다)'에 해당하는 '~は~だ(です)'이다. 예를 들면 자기소개를 할 때 'はじめまして。私は金です。どうぞよろしく'(처음 뵙겠습니다. 저는 김 아무개입니다. 잘 부탁합니다)라고 배우며, 이 중 '私は金です'라는 '~は~だ(です)'(~은/는 ~이다(입니다)) 문형을 만나게 된다.

'私は金です'라는 문장에서 '私'라는 주제에 대한 술어는 '金です'라는 부분이다. 金과 같은 명사는 단독으로 술어가 될 수 없으며, だ나 です 등을 필요로 한다. だ를 영어의 be동사에 비추어, 아리스토텔레스 논리학에서 말하는 코풀러(copula, 繫辞)로 간주하는 설이 일반적이다. '코풀러'란 'S is P'와 같은 문(文)에서 주어와 술어를 동일한 것으로 결합하는 등(等) 기호인 것이다.

'~은/는 ~이다(입니다)', '~は~だ(です)' 문형에는 이러한 용법 이외에 다음과 같은 용법도 있다. 외국인이 일본에 와서 음식점 등에서 주문을 할 때 'ぼくはうなぎだ'(나는 장어다), 'わたしは天ぷらです'(저는 튀김입니다)라고 하는 표현을 자주 듣게 된다. 서구사람들은 이런 말을 듣고 일본어는 비문법적이라든가 비논리적이라든가 하며, 놀라는 사람도 많다.

모리 아리마사(森有正)라는 철학자에 의해 일본어에는 문법 등이 없다는 학설까지 나올 정도이다. 모리 아리마사는 프랑스 대학에서 일본어를 가르칠 때 제일 곤란한 점은 '일본어는 문법적인 언어, 즉 그 자체에 자기를 조직하는 원리를 가지고 있는 언어가 아니라는 사실에 있다고 생각한다'고 서술하고 있다.

그러나 한국인은 '나는 장어다'라는 표현에 친밀함을 느낄 것이다. 왜냐하면 한국어에도 음식을 주문할 때, '나는 자장면이다', '나는 김치찌개다'라고 하니까.

긴다이치 하루히코(金田一春彦)는 '雨が降っている'(비가 내리고 있다)라는 문장을 '雨だ'(비다)라고 말할 수 있으며, '君は何を食べる?'(자네는 무엇을 먹지?)에 대해 'ぼくはうなぎを食う'(나는 장어를 먹는다)라는 대답 대신에 'ぼくはうなぎだ'(나는 장어다)라고 짧게 말할 수 있는 것은 주의해야 하는 'だ용법'의 하나라고 지적하며, 이 'だ'는 긴 어구를 의미상에서 근간을 이루는 '명사+だ'로 표현하는 용법이라고 지적하고 있다. 우나기문(うなぎ文)이라고 표현을 하지 않았지만, だ용법에 대한 중요한 지적이라 할 수 있다.

스즈키 시게유키(鈴木重幸)는 '나는 장어를 주문한다', '내가 주문하는 것은 장어다'라는 의미에서 말하는 '나는 장어다'라는 문을 '생략

문'(はしょり文)이라고 정의하고 있다. 이 생략문은 장면이나 문맥 중에서 비로소 의미를 가지게 되는 것으로, 장면이나 문맥이 다르게 되면 '나는 장어를 좋아한다', '나는 장어를 먹었다' 등 여러 의미로 되는 것이다.

이에 대해 오쿠쓰 케이치로(奧津敬一郎)는 『'나는 장어다'의 문법』이라는 책을 써서 '우나기문'(うなぎ文)이라는 용어를 문법용어로서 정착시켰다. 오쿠쓰 케이치로는 이 책을 쓴 덕분에 모임에 가면 '선생님은 장어를 드셔야지요' 하기 때문에 비싼 장어를 대접받는다고 농담을 하곤 한다.

마쓰시타 다이사부로(松下大三郎)는 문법학적인 주어와 논리학적인 주어를 구분하고 있다. '桜が咲く'(벚꽃이 핀다)에서 '桜が'는 문법학적인 주어, 즉 진정한 주어가 되며, '桜が咲く'(벚꽃은 핀다)에서 '桜は'은 의식상에서 무언가에 주목하고 있는 것에 불과하므로, 이는 제목어라고 해야 하며, 논리학상에서는 주어이지만 진정한 주어는 아니라고 하고 있다. 이러한 마쓰시타의 '제목의 제시'라는 발상으로부터 마루야 사이이치(丸谷才一)는 우나기문이 금방 이해된다고 한다. '나는 (무엇을 먹느냐 하면) 장어다'라고 되지, '나는 (무슨 동물이냐 하면) 장어다'라고는 결코 될 수 없다고 설명하고 있다.

우나기문이란 선행하는 문맥이 있으며, 그것에 입각하여 술어를 생략하고 술어를 'だ'에 의해 대용하는 문을 말하며, 일상생활에서 자주 사용되고 있다.

이런 우나기문은 고전에서도 찾을 수 있다. 8세기의 『만요슈』(万葉

集)에서 덴치(天智) 천황이 봄 산에 흐드러지게 피어 있는 꽃의 화사함과 가을 산에 물든 나뭇잎의 아름다움 중에 어느 쪽이 깊은 정취가 있느냐고 묻자, 누카타(額田) 왕은 '秋山そ我は'(가을 산입니다. 나는)라고 했다. 즉 '뭐라 해도 가을 산이 좋다고 생각합니다. 나는'이라는 표현을 우나기문을 써서 표현한 것이다.

한편 『마쿠라노소시』(枕草子) 제1단에서도 '봄은 새벽이 좋다', '여름은 밤이 좋다', '가을은 해질 녘이 좋다', '겨울은 이른 아침이 좋다'라는 표현을 '春はあけぼの'(봄은 새벽이다), '夏は夜'(여름은 밤이다), '秋は夕暮れ'(가을은 해질 녘이다), '冬はつとめて'(겨울은 이른 아침이다)라고 우나기문으로써 표현하고 있다.

일본의 대표적인 고전에까지 우나기문이 이용되고 있는 사실로서 마루야 사이이치는 그러한 문화상황의 축약인지 모르지만, 우나기문적인 영어의 광고문-예를 들면, 'FORKLIFT is TOYOTA', 'Floppy Disk is Sony' 등-이 일상생활에서 자주 발견된다고 말하고 있다.

우나기문이란 한국과 일본 양 언어에서 선행하는 문맥이 있으며, 그것에 입각하여 요점만 지정하면 충분히 성립하는 것이다. 우나기문의 중점은 ~だ(~이다) 앞에 오는 명사이며, 명사가 없으면 문장은 성립하지 않는다. 이와 같은 우나기문은 일본어, 한국어 이외에 영어, 중국어, 독일어, 프랑스어 등에도 나타나는 것을 관찰할 수 있다.

오쿠쓰 케이치로는 '덕불고필유린(德は孤ならず必ず隣あり, 덕이 있는 자는 외롭지 않아 좋은 협력자가 반드시 나타난다)이라는 공자의 말을 인용하면서 우나기문은 일본어에만 있는 현상이 아니기에 일본어가 결코 특

일본어는 뱀장어 한국어는 자장

130

별한 언어가 아니며, 특히 어려운 언어도 아니라고 밝히고 있다.

　세계의 언어에는 특수성이 있으며, 또한 인간의 언어로서 공통점이 있다. 그러므로 우리들은 외국어 습득이 가능하며, 말을 통하여 세계인들과 교류할 수 있는 것이다.

24. 과거, 현재, 그리고 미래

【이미숙】

자연세계의 시간에서는 과거, 현재 그리고 미래의 구별이 분명하지만, 이를 언어에서 범주화하는 방법은 언어에 따라 다르다. 다시 말하면, 문장에서 나타내는 운동이 말하는 순간을 기준으로 하여, 그 이전이면 '과거', 동시라면 '현재', 이후라면 '미래'가 되지만, 언어마다 이를 구별하는 3개의 언어형식이 존재하는 것은 아니라는 것이다. 참고로 이러한 시간적 전후관계를 시제(時制, tense)라 한다.

편의상 이야기를 동사술어에 한정하여 한국어와 비교하여 살펴보기로 하자. 우리말과 일본어의 경우, 미묘한 차이는 있으나 운동 및 사건의 시간적 전후관계를 '비과거형=현재·미래'와 '과거형=과거'라는 2개의 언어형식으로 표현한다.

한국어와 일본어 동사의 시제

시제＼＼＼＼언어	한국어 동사	일본어 동사
비과거형(현재·미래)	읽는다	読む
과거형(과거)	읽었다	読んだ

　먼저 한국어의 경우, 종래, '읽는다'를 '현재형'으로, '읽겠다'를 '미래형'으로 보아 과거, 현재, 미래의 3분법을 인정했다. 그러나 '읽는다'의 경우, 아래의 예문 1이나 2와 같이 기본적으로 '현재'를 나타내되, 문맥에 의해 '미래'를 나타낼 수도 있으므로, 이를 고려하여 '비과거형'이라 보는 것이 바람직하다고 본다. 또한 '미래형'이라 일컬어져 온 '읽겠다'는 예문 3과 4에서 알 수 있듯이 주어가 제3자인 경우에는 '추측', 1인칭인 경우에는 '의도'라는 의미를 동반하는 서법적 의미를 나타낸다. 예문 5와 같이 과거를 나타내는 경우에도 사용되는 것을 보면 더욱 확실해진다. '언어에는 미래(?)가 없다'는 말을 들어본 적이 있는지? 그렇다. 언어에 있어 순수한 미래는 없는 것이다.

1. 그는 책을 읽는다. (현재, 단정)

2. 그는 (내일) 책을 읽는다. (미래, 단정)

3. 그는 (지금) 책을 읽겠다. (현재, 추측)

　　cf. 나는 (지금) 책을 읽겠다. (현재, 의도)

4. 그는 (내일) 책을 읽겠다. (미래, 추측)

　　cf. 나는 (내일) 책을 읽겠다. (미래, 의도)

5. 그는 (어제) 책을 읽었겠다. (과거, 추측)

그렇다면 일본어의 경우는 어떠한가? 먼저, 일본어의 '비과거형'이라 불리는 読む형의 용법은 ① 読む(읽다), 食べる(먹다), かわく(마르다)와 같이 '동작이나 변화를 나타내는 동사'인지, ② いる・ある(있다), 長すぎる(너무 길다) 등의 '존재나 상태를 나타내는 동사'인지에 따라 달라진다.

동사의 대부분을 차지하는 ①의 '동작이나 변화를 나타내는 동사'의 경우, 読む형은 문맥에 의해 파생적으로 예문 7과 같이 습관적, 항구적 성질'을 나타내는 경우가 있으나 기본적으로 예문 6과 같이 '미래'를 나타낸다.

6. 私は本を読む。(나는 책을 읽겠다) – 미래, 의지

7. 週に一回は本を読む。

(일주일에 한 번은 책을 읽는다) – 습관적, 항구적 성질

여기서 잠깐! 그렇다면 일본어의 동사의 경우, 앞서 한국어의 '읽는다'가 나타내는 '현재'의 운동은 어떻게 표현하는 것일까? 한국어에도 '하고 있다' 형이 있듯이, 일본어는 예문 8처럼 読んでいる형으로 현재를 표현한다.

8. 나는 책을 읽는다 / 읽고 있다. → 私は本を読んでいる。(현재)

그렇다고 예외가 없는 것은 아니다. 'よろしくお願いします'(잘 부탁합니다), 'ちかうよ'(맹세해)와 같이, 말을 하는 동안에 이미 달성되는 행위를 나타내는 경우에는 '비과거형'으로 '현재'를 나타낸다. 또한, 심리·생리상태를 나타내는 동사의 경우에도 '頭痛がします'(두통이 납니다), '変なにおいがします'(이상한 냄새가 납니다)와 같이 '비과거형'으로 '현재'의 상태를 나타낸다.

한편 예는 적지만 ②의 '존재나 상태를 나타내는 동사'의 '비과거형'은 '미래'(예문 10)는 물론 '현재'(예문 9)를 나타낸다. 그러면 일본어의 読む형을 '비과거형'이라 부르는 이유를 어느 정도 이해할 수 있을 것이다.

9. ここに本がある。→ 여기에 책이 있다. (현재)
10. 午後会議がある。→ 오후에 회의가 있다. (미래)

일본어의 '과거형'은 한국어의 경우와 같이 동사의 일부분을 변화시켜 만든다.

11. 本を読んだ → 책을 읽었다. (読む → 読んだ)
12. 昔, ここに木があった → 옛날에 여기 나무가 있었다.
    (ある → あった)

단 과거형의 경우에도 예외는 있다. 극히 적지만, '과거'가 아닌 '발견'(예문 13)이나, '상기(相起)'(예문 14)를 나타내거나, 예문 15처럼 '명령'에 가까운 의미를 나타내기도 한다.

13. あ! ここにあった。→ 아! 여기에 있었네! (현재, 발견)

14. そうだ。あした会議があった。→ 그렇다. 내일 회의가 있었다.

(미래, 상기)

15. (짐을 끌고 가면서 앞사람에게) さあ! どいた! どいた。

→ 자, 비켜요1 비켜! (명령)

이제 일본어에 있어 과거, 현재, 그리고 미래를 표현하는 방법을 어느 정도 이해했을 것이다. 더불어 우리말과 유사하면서도 다른 미묘한 차이를 이해하지 못했다면, 당장 'コーヒー飲む?'라고 묻는 일본인 친구의 말을 이해하지 못해서 큰 낭패(?)를 보게 될지도 모른다. 'コーヒー飲む?'는 '커피를 마실 것인지' 여부를 묻는 것이지 '현재 커피를 마시고 있는지'를 묻는 것이 아니다. 특히 커피마니아인 분들은 유념하시기를!

25. 지금은 산에 오르는 중

【이광수】

흔히 일본어와 우리말은 유사하다고들 한다. 실제로 어순이나 문법구조 그리고 한자어를 쓰는 어휘체계도 비슷하여, 세계에서 이 두 언어는 가장 유사하다고 해도 과언이 아니다. 그러나 두 언어의 문법구조를 자세히 관찰해 보면 미묘한 차이가 발견된다. 많은 차이 가운데서도 특히 '아스펙트'(アスペクト, aspect)와 관련된 한일 양국어의 유사성과 차이를 살펴보자.

'아스펙트'란 한 마디로 정의하기가 힘들지만, 어떤 상태나 동작이 어떤 과정 또는 국면에 있는가 하는 내용이라고 간단히 말할 수가 있다. 예를 들어 '책을 읽다'라는 동작은 전체의 모습을 나타내는 것이고, 부분적인 모습을 나타내기 위해서는, '책을 읽으려 한다'와 같은 동작개시 전의 모습이나, '책을 읽고 있다'와 같은 동작의 진행 중의 모습, 또는 '책을 읽었다'와 같은 동작의 결과의 모습 등과 같이 나타낼 수가 있다.

여기에서는 우리말의 '~하는 중'이라는 표현과 관련되는 일본어의

대응표현과, 일본어의 '中(ちゅう・じゅう)'의 용법을 소개하고, 다음으로 '이 산은 전에도 올랐다'와 같은 과거의 경험이나 경력을 나타내는 표현을 일본어로 어떻게 나타내는지에 대해 살펴보도록 하겠다.

'지금은 산에 오르는 중이다'를 일본어로 바꿀 때, '今は 山へ登っている 中だ'라고 직역을 하면 어색해진다. '今は 山へ登っている 途中だ'라고 하면 동작의 진행 중을 나타내며, 우리말과 의미상으로 접근하지만, '今は 山へ登っている ところだ'라고 해야 가장 자연스럽다. 즉 동작의 진행 중의 모습을 나타내는 한국어의 '~하는 중'과 대응하는 일본어 표현은 '~している ところ'가 가장 자연스러운 것이다.

■ 中(ちゅう)

요즘 일본의 TV 방송에서 '생각 중'이란 의미로 '考え中'(かんがえちゅう)라는 표현이 유행하고 있다. 진행을 나타내는 '~中' 본래 '会議中'(회의 중)과 같이 한자어와 결합하는 것으로 '考え'와 같이 동사의 명사형에 접속하면 어색한 느낌이 드는데, 동사의 명사형이라고 해서 전부가 '中'과 결합할 수 없는 것이 아니다.

'着替え中'(옷 갈아입기 중), 'ペンキ塗り替え中'(페인트 도색 중) 등 '~をする'(~을 하다)로 할 수 있는 것은 가능한 듯하다. '着替えをする'(?갈아입기를 하다)와 '?考えをする'(생각을 하다)를 비교해보면, 일본어와 한국어는 서로 대립하고 있다. 즉 일본어의 '着替え中'는 자연스럽지만, '갈아입기 중'은 어색하며, '考え中'는 어색한데 비해 '생각 중'은 자연스러운 것이다.

이와 같은 '中'은 '準備中'(준비 중), '食事中'(식사 중), '滞在中'(체재 중)과 같이 주로 동작을 나타내는 명사와 결합하여 그 행위를 진행하고 있는 상태를 나타내는 표현인데, 일본어에서는 '故障中'(?고장 중), '停車中'(?정차 중), '来客中'(?내객 중)과 같이 동작의 진행이 아니라 결과·완료의 상태가 지속되는 의미를 나타내는 말이 쓰이고 있다. 이런 예외적인 용법은 우리말에서는 통용되지 않기 때문에 우리에게 기이하게 느껴질 것이다.

■ 中(じゅう)

한편 中(じゅう)로 발음하는 '一日中'(하루 종일), '一年中'(1년 내내), '夏中'(여름 내내)와 같은 시간적 길이나 '国中'(온 나라), '家中'(온 집안)과 같은 공간적 범위의 전체를 나타내는 '中'의 용법은 한국어에는 없다. 그러나 中(じゅう)로 발음하는 '11月中に'(11월 중으로), '今日中に'(오늘 중으로), '夏休み中に'(여름방학 중으로)와 같이 '시한'을 나타내는 용법은 한일 양국어에 공통적으로 사용되고 있다.

■ している

동작이나 사건이 어느 단계까지 와 있는지를 나타내는 문법수단인 아스펙트는 일본어의 경우, 동사의 て형에 보조동사 いる를 접속시킨 している형에 의해 분명하게 나타난다. 이 している를 한국어와 대응시키기가 그리 만만하지가 않다.

우선 '彼は 今 本を 読んでいる'(그는 지금 책을 읽고 있다)와 같이 동작의 진행을 나타내는 'している'는 한국어의 '~하고 있다'와 대응이 되고 있다. 그리고 '街灯がついている'(가로등이 켜져 있다)와 같이 동작의 결과가 존속되고 있음을 나타내는 'している'는 '~되어 있다'와 대응이 되고 있다. 이로 미루어 생각해 볼 때, 아스펙트를 나타내는 문법 형식이 일본어보다 우리말이 더 발달된 듯하다.

참고로 모리야마 타쿠로(森山卓郎)에 의하면 현재 일본의 오카야마현(岡山県)·에히메현(愛媛県)·기후현(岐阜県)·와카야마현(和歌山県)·미에현(三重県)의 일부지방에서 쓰이는 방언에서는 우리말의 '~고 있다'와 대응되는 'しよる'와 '~되어 있다'와 대응되는 'しとる'라는 표현이 분화되어 있다고 한다.

또한 과거의 동작이 현재의 경험이나 경력을 나타내는 している의 용법이 있다. 예를 들어 '이 산은 전에도 올랐다'를 일본어로 바꾸어 보면, 'この山は 前にも 登っている'와 같이 한국어의 형태소 '었/았'에 해당하는 일본어의 표현이 'している'임을 알 수 있다.

유사한 예로 '결혼했다'나 '졸업했다'를 '結婚した', '卒業した'와 같이 나타낼 경우, 과거의 행위로만 그치고 마는데 비해, '結婚している', '卒業している'와 같이 나타낼 경우, 과거의 행위가 현재의 경험이나 경력으로 존속하고 있음을 나타내게 된다. 일반적으로 일본에서는 후자의 표현이 다용되며, 이는 한국인으로서는 까다롭기 그지없는 표현이라고 할 수 있겠다.

이외에도 '似ている'(닮았다), 'ふとっている'(살쪘다), '痩せている'(여위었다) 등과 같이 'している'가 '었/았'과 대응하는 경우와 '優れてい

る'(훌륭하다), '尖っている'(뾰족하다), 'ありふれている'(흔하다)와 같이 'している'가 한국어의 형용사와 대응하는 경우가 있다.

이와 같이 아스펙트를 나타내는 형식인 'している'에 대한 우리말의 대응은 다양함을 알 수 있다.

26. 일본인은 왜 なる를 많이 사용하나

【정혜경】

동사를 의미에 따라 분류하면, 행위나 작용을 나타내는 する와, 과정이나 상태의 변화를 나타내는 なる, 그리고 존재를 나타내는 ある로 크게 나눌 수가 있다.

그런데 일본어적 발상에서는 동작주(動作主)인 즉 인간이 어떠한 일을 일으키는 것이 아니라, 일이 일어나는 것은 자연의 한 과정이라고 보는 경향이 강하다. 소위 자발 동사라는 것에 그것이 잘 나타나 있는데, 이 자발동사를 사용하면 화자의 의지가 표면에 드러나지 않으므로 동작주가 숨어버리는 결과가 된다. 그러므로 일본인은 타동사에 좀처럼 익숙하지가 않다.

서양에서는 '자연'이라는 것을 인간이 어떤 주체적 의지를 갖고 정복하고 자신의 삶 속에 끌어들이는 것으로 받아들인다면, 동양에서는 자연 속에 인간이 동화되고 순응하여 조화를 이루며 정복자로서가 아니라 그 일부로서 살아가려는 도교적 사고방식에 강한 영향을 받고 있는 결과의 하나라고 생각하는 때문인 듯하다.

사물과 행위의 인식을 주체적 의지동사인 する, 즉 타동사에 의해 파악하기보다는 자연스럽고 필연적인 자연현상의 한 과정으로서 인식하는 なる, 즉 자동사를 기본적인 그들의 사고의 틀로서 즐겨 사용하는 것이다. 이 なる의 계열에 속하는 동사는 자동사 및 위에서도 언급한 소위 '자발동사'라고 하는 '見える, 聞こえる, 消える, 燃える, 産れる'와 같은 것들과, 수동태를 만드는 접미사인 '~れる・られる'에 의한 수동태동사가 이에 속하는데, 수동은 자발에서 발달한 것으로 보여지고 있다.

이러한 부류의 동사가 들어간 표현을 일본인들은 일상에서 즐겨 쓰는 것이다. 바꿔 말하면 이러한 동사를 사용하는 것이 자연스러운 일본어, 일본어다운 일본어의 표현이 되는 지름길이라 할 수 있다. 의지의 주체인 화자를 주어로서 내세우는 する적 표현보다, 화자가 표면에 드러나지 않는 なる적 표현이 훨씬 일본어다운 표현이 되는 것이다.

그런데 이와 관련하여 재미있는 현상이 일어난다. 그것은 일상에서 자연스러운, 곧 언마크트(unmarked)의 일차적인 표현은 자동사를 사용하는 표현인데, 이에 반하여 일부러 말하는 화자를 두드러지게 표면에 내세워 말하는 경우가 있다. 이것은 마크트(marked), 즉 거기에 주위를 집중시키는 효과를 낳아 또 다른 의미를 부여하고 창출시키기 위해 의도적으로 타동사인 する계열의 동사를 사용하는 것이 바로 그것이다.

미즈타니 오사무(水谷修)의 한 저서에 담긴 내용을 통해서도 그 표현 효과와 의도를 엿볼 수가 있다.

어떤 외국인 유학생 A가 일본인 친구 B로부터 스토브를 빌려서 사용하고 있었는데 얼마 후 고장이 나서, A는 주인인 B에게 돌려주기 위해 가지고 가서 다음과 같이 말했다고 한다.

この前からお借りしていたストーブが壊れてしまいました。
(일전에 빌린 스토브가 고장났습니다)

왜 고장이 났는지를 물어본 즉, 이유는 잘 모르지만 빌려온 날 아침 불을 지피려 했더니 불이 안 붙더라, 그러니까 고장이라는 것이었다. 평소 A의 인품이나 성격으로 보아 그렇게 말할 사람이 아니라고 생각한 B는 '壊れました'(こわれました, 고장났습니다)와 '壊しました'(こわしました, 고장냈습니다)의 표현법의 차이에 대해서 이야기를 나눴다.

두 표현은 문법적으로 말하면, 타동사적 표현과 자동사적 표현의 차이에 지나지 않는다. 그러나 여기에서 커뮤니케이션상의 문제가 되는 것은, 실은 어느 쪽을 선택하는가에 따라 물건과 사람과의 관계에 있어 상대에 대한 자신의 태도를 명확히 나타내게 된다는 것이다. 즉 '壊しました'라는 표현은, 문자 그대로라면 분명 고장이 난 것에 대해서 자신이 뭔가 책임을 갖고 있는 경우, 혹은 의도적으로 그 행위를 한 경우에 한정되는 것이다. 반면에 '壊れました'는 물건 자체가 고장난 상태를 객관적으로 나타낸다. 따라서 물건이 실제로 고장나 있으며, 고장난 일에 대해서 당사자가 특별히 책임을 느끼지 않는다면 '壊れました'라는 표현을 써도 무방하다.

하지만 일반적으로 이러한 경우에 일본인은 이 2가지 표현 중에 어느 쪽을 선택할 것인가를 생각하며, 관습적으로 오히려 많은 사람이 '壊しました'를 사용할 것이다.

물론 개인이나 세대에 따라 약간의 차이가 있기는 하다. 그러나 아주 '일본적' 내지 '어른다운 표현'을 하는 사람이라면, 설령 고장의 원인이 불분명하고 자신의 책임 유무도 불분명하더라도 아마 '壊しました'라는 표현을 선택할 것이다. 스토브가 상대방에게 속한 것이므로 그것을 빌렸었다고 하는 관계 속에서, 일단 고장에 대한 책임을 자신이 느끼고 있다는 사실을 표현하는 것이 주체적 의지동사 즉 타동사인 '壊しました'라고 파악하고 있는 셈이다. 극단적으로 말하면, 물건 자체가 원래 불량하여 그 결과 고장이 난 경우라 할지라도, '壊しました'라고 하는 타동사로 자기에게 책임이 있다고 하는 표현형식을 선택하는 일이 많다는 것이다.

여기에서 우리는 많은 것을 느낄 수 있다. 즉 일본인의 자동사적 표현과 타동사적 표현의 극명한 두 갈래의 사용법을 추론하여 감지할 수가 있는데, 다음과 같이 간단히 정리할 수가 있다. 자동사적 표현은 자신의 책임, 권한 밖, 자연스런 일의 추이, 자연 현상적인 것이므로, 이 표현을 썼을 때는 화자의 의지와는 무관해지고 자신의 영향권 밖의 일이 된다.

그러므로 자신과 직접적인 상관관계에 있는 사안에 대해서는 '자동사적 표현'을 사용함으로써 어떠한 의미에서 언급하는 사안의 결과가 극히 자연스러운 일이거나 겸손 및 겸양의 표현효과를 낳게 되는 것이다. 그와 반대로 자연 현상적으로 벌어진 일이나 자기와 무관한 일일지라도 '타동사적 표현'을 사용함으로써, 그 일의 책임 소재가 자신에게 있다는 것을 명시하는 결과가 되어, 오히려 상대방으로부터 그렇지 않다고 하는 부정이나 양보를 얻어내거나 또는 상대방에게 적어도 자신의 좋은 인상을 남기는 효과를 낳게 되는 것이다.

이것이 일본어다운 표현이며 커뮤니케이션 효과인 것이다. 될 수 있으면 작은 대립이라도 피하고 화(和)를 중시하는 일본인의 사고방식 뒤에 숨어 있는 커뮤니케이션 룰의 단면을 엿볼 수가 있는 것이 바로 이 자동사와 타동사에 관한 그들의 파악방법이라 하겠다.

27. 일본어에는 왜 이리 수동태가 많아!

【정수현】

　　일본어는 수동태를 많이 사용하는 경향이 있다. 일본어에서 수동 표현을 많이 사용한다는 느낌을 받게 되는 이유 중의 하나로, 자동사도 수동태로 많이 사용한다는 점을 들 수 있다. 이들 자동사의 수동태는 피해나 손해를 입었다는 느낌을 표현하는데 편리하기도 하다. 우리말과는 아주 상이한 느낌을 받는 부분인데, 이는 세계 어느 나라 언어와 비교해도 희귀한 현상이다. 심지어 자연현상 표현까지도 아래 예문처럼 수동형으로 일상생활에서 많이 사용하고 있다.

　　1. 雨に降られてくろうをした。(비를 맞아 고생했다)
　　2. 今ここに彼に来られると困る。(지금 여기에 그가 오면 곤란하다)
　　3. 君にそこに居られては, まずい。(자네가 거기 있으면 곤란하다)

　　'피해를 입다'라는 느낌을 나타내는 수동태 표현으로는 자동사 표현 외에 타동사에서도 물론 가능하다. 이것은 간접적으로 피해를 당했

147

음을 나타내는 표현으로서, 우리말로는 수동태 표현이 곤란하다. 따라서 이와 같은 일본어 수동태를 한국어로 번역할 때 그 미묘한 느낌의 차이를 나타내기 어렵게 된다.

4. 弟にお菓子を食べられた。(동생이 과자를 먹어버렸다)

5. 母に恋人からの手紙を読まれた。

(엄마가 애인에게서 온 편지를 읽어버렸다)

6. 空地に家を立てられ、子供は遊び場を失なった。

(공터에 집을 지어버려서 아이들은 놀이터를 잃었다)

또한 일본어의 경우 사역형조차도 수동표현을 사용하여 '본인은 하고 싶지 않지만, 어쩔 수 없이 시키니까 할 수밖에 없다'라는 느낌을 나타낼 때 사용하는 표현으로 정착된 것 같다.

7. 友人にむりやり酒を飲まされた。(飲ませられた)

친구가 억지로 술을 마시게 했다. (어쩔 수 없이 마셨다)

8. 彼女に一時間も待たされた。(待たせられた)

그녀가 한 시간이나 기다리게 했다. (어쩔 수 없이 기다렸다)

이렇게 본다면 일본어의 수동태라는 것은 화자의 미묘한 감정이나 뉘앙스를 간단한 형식 '~れる·られる'를 통해서 나타낼 수 있는 '일본어다운 일본어 표현'이라고 볼 수 있다.

일본어에 수동태가 많다는 느낌을 받게 되는 또 하나의 예로서 아래와 같은 경우가 있다. 예문처럼 능동표현보다는 수동표현을 즐겨 쓰기 때문이다. 이 경우 우리말이라면 능동형을 더 많이 사용할 것이다.

9. 私は見知らぬ人に話しがけられた。(모르는 사람이 나에게 말을 걸어왔다)

한국어에서의 수동태 형식은, 타동사의 경우에 주로 피동형 접미어 '이', '히', '기', '리'를 첨가해서 표현한다.

먹다 — 먹히다
물다 — 물리다

그 밖에 이중표현 형식을 사용하여 '지다', '되다' 또는 '이', '히', '기', '리'와 '지다'를 함께 사용하기도 한다.

보다 — 보여지다, 보이다
먹다 — 먹혀지다, 먹히다
씻다 — 씻겨지다, 씻기다

그 외에 피동의 뜻을 가진 어휘들을 사용하여 수동을 나타낸다.

받다 — 칭찬받다

당하다 – 창피당하다

맞다 – 도둑맞다

보다 – 욕보다

듣다 – 꾸중듣다

먹다 – 욕먹다

이와 같이 우리말은 다양한 형식과 어휘를 동원하여 타동사에서만 사용하고 있는 것과 비교해서, 일본어는 피동형 형식이 단순하며 거의 모든 동사를 수동형으로 만들어 사용할 수 있을 정도로 수동태가 많이 쓰여진다는 것이 크게 다르다고 하겠다.

한편 일본어와 우리말 양쪽 모두 최근의 신문 라디오 등 방송 매스컴에서 객관적인 사실을 전달하는 표현의 경우, 수동형을 많이 사용하고 있는 경향이 보이는 현상은 흥미롭다고 하겠다.

云われている。(일컬어진다)

囲まれている。(둘러싸여 있다)

期待されている。(기대된다)

이들 표현은 동작의 행위자가 불분명하거나, 혹은 그것에 대해서는 관심이 없는 경우, 단순히 상황 설명으로서 수동형과 ている를 연결하여 사용하고 있는 것으로 생각된다.

28. 원하지 않아도 시킬 수 있고, 원한다면 허용도 할 수 있다

【권승림】

일본어의 다양한 문장 중에서 가장 복잡한 관계를 나타내는 것으로 사역문을 들 수 있을 것이다. 보통 하나의 문장은 하나의 사태(event)를 나타내는데 이를 단문이라고 하며, 한 가지 이상의 사태를 나타내는 수단으로는 복문이라는 형식이 있다. 사역문은 이러한 언어 세계에 있어서의 상식에서 조금 벗어나, 두 가지 사태를 문장 하나에 포함하는 단문 형식을 취하고 있다. 그러한 의미에서 특수한 문장이라고 말할 수도 있을 것이다.

1. ハルカが急に大声を出した。(하루카가 갑자기 고함을 질렀다)
2. ハルカが急に大声を出して、みんなはびっくりした。

   (하루카가 갑자기 고함을 질러서, 모두 깜짝 놀랐다)
3. 母がツヨシに料理をさせる。(어머니가 쓰요시에게 요리를 시키다)
4. ツヨシが料理をする。(쓰요시가 요리를 하다)

151

문장 1은 하나의 사태를 나타내는 단문이고, 2는 2개의 주어가 나타나며 2가지 사태를 나타내는 복문이다. 그런데 문장 3에는 2가지 사태가 포함되어 있지만, 주어는 하나로 '母'(어머니)이며 단문형식을 취하고 있다. 2가지 사태란, 첫째로 4와 같이 'ツヨシ'(쓰요시)가 요리를 하는 사태이고, 둘째로는 어머니가 쓰요시로 하여금 요리를 하도록 지시 내지는 유도를 하는 사태이다. 이러한 문장형식을 '내포문'(埋め込み文) 이라고 하는데, 단문형식의 문장 안에 2가지 사태가 내포되어 있는 문장이라는 의미가 되겠다. 3과 같은 예를 사역문의 전형적인 예라고 할 수 있으며, 이외에도 사역문은 다양한 의미·용법을 갖는다.

'사역'이라는 단어의 의미에서 알 수 있듯이, 사역문은 사람이 사람을 사역하는 사태를 나타낸다. 특히 사역문에는 2명의 행위자인 사역주와 사역을 당하는 사람인 피사역자가 사역사태에 관여한다. 두 사람 사이의 복잡하고 미묘한 관계를 나타내기 때문에 사역문의 의미·용법이 다양성을 가질 수 있는 것이다.

- **■ 지시사역**

   5. 母がツヨシに荷物を中へ運ばせた。

     (어머니가 쓰요시에게 짐을 안으로 나르게 했다)

   6. 父は、空港へは、兄に出向かわせた。

     (아버지는 공항에는 형에게 나가게 했다)

   B. 父は、空港へは、兄を出向かわせた。

     (아버지는 공항에는 형을 나가게 했다)

사역문 5는, 'ツョシが荷物を中へ運ぶ'(쓰요시가 짐을 나르다)라는 사태와 '母がそうさせた'(어머니가 그렇게 시켰다)라는 2가지 사태가 내포되어 있다. 이 사역문에는 사역주인 어머니, 사역자로부터 사역행위를 받는 피사역자이면서 동시에 직접 행동을 취하는 동작주인 쓰요시, 피사역자의 동작을 직접적으로 받는 대상인 '짐'(荷物)이라는 3개 항목의 사역사태 관여자가 포함되어 있다. 사역주의 피사역자에 대한 '지시'를 나타내는 의미·용법의 예문이다. 이와 같은 지시의 의미·용법이 사역문의 가장 기본적인 의미·용법이라 할 수 있다.

■ 허가 · 방임 · 방치사역

7. その手紙 ちょっと、読ませてくれますか。

(그 편지, 좀 읽도록 해주시겠습니까?)

8. 僕はだまって彼にしゃべらせておいた。

(나는 아무 말도 하지 않고 그가 말하도록 놔두었다)

9. 遅くまで子供を外で遊ばせておいていいんですか。

(늦게까지 아이를 밖에서 놀게 해도 괜찮습니까?)

7의 문장에는 표면상 사역주도 피사역자도 나타나 있지 않다. 2인칭 대화문에서 '당신이 私に'(당신이 나에게)라는 인칭대명사가 생략되었을 것이라는 것은 쉽게 추측할 수 있다. 즉 '私がその手紙を読む'(내가 그 편지를 읽는다)라는 동작을 할 수 있도록 '당신이 許可してくれますか'(당신이 허가해 주겠습니까)라는 의미이다. 이와 같은 '허가사역'은 사역주가

전권을 갖고 피사역자를 컨트롤하는 지시사역과는 달리, 사역사태 성립에 대한 강한 의지는 피사역자에 있고, 사역주는 그 사태를 허가하는 입장에 서 있을 뿐이다.

문장 8은 '방임사역'을 나타낸다. 피사역자인 '彼'(그)가 이미 'しゃべる'(말하다)라는 행위를 하고 있는 상태에서, 사역주인 '僕'(나)가 그 사태를 종결시키지 않았다는 의미를 나타낸다. 9번의 '방치사역'은 방임사역과 유사한 의미를 나타내지만, 의미적으로 사역주가 사태를 종결내지는 저지시키지 않은 데 대하여 책임을 묻는다든지, 혹은 좋게 생각하지 않는다는 의미가 첨가된다.

■ 비사역 행위

10-A. 戦争で息子を死なせた。(전쟁에서 아들을 죽게 했다)

10-B. 戦争で息子に死なれた。(전쟁에서 아들이 죽어서 괴롭다)

사역문 중에는 사역주가 어떠한 사역행위도 하지 않는 경우도 있다. 위의 10-A가 바로 그것인데, 10-B의 수동문이 그와 유사한 의미를 갖는다. 하지만 이 두 문장 사이에는, 동일한 사태를 보는 화자의 태도에 차이가 있다고 할 수 있다. 사역문으로 나타내어진 경우는, '戦争で息子が死んだ'(전쟁에서 아들이 죽었다)라는 사태에 사역주가 아무런 관여를 하지 않았음에도 불구하고, 일말의 책임을 느낀다는 뉘앙스가 첨가된다. 그에 대하여, 수동문으로 표현된 10-B는, 전쟁으로 아들을 잃음으로써 깊은 슬픔에 빠져 있다는 등의 영향을 수동문의 주어가 받

고 있다는 의미를 나타낸다. 소위 말하는 간접수동문의 형식이다. 간접수동문도 한 문장 안에 두 가지 사태가 내포된 구조를 갖고 있어 사역문과 간접수동문의 근접성을 엿볼 수 있는 대목이라 하겠다.

■ 직접사역

사역문 중에는 형태적 의미적으로 타동사문에 근접하는 모습을 보여주는 종류가 있다.

11. 熱を出した子供を汗を拭いて寝巻きを着せて寝かせた。

(열이 나는 아이를 땀을 닦고 잠옷을 입혀서 재웠다)

위 문장의 '寝巻きを着せる'(잠옷을 입히다)라는 사역사태는 사역형의 형태가 '着させる'와는 달리 '着せる'이며, 사역주가 직접 입히는 행위를 한다는 의미를 나타내고 있어, 전형적인 사역의 의미인 '着させる'의 사역주가 간접적인 행위로 사역사태를 성립시키는 경우와는 다르다. 직접동작은 타동사문의 주어의 성질이므로, 사역문에 속하면서 타동사문에 근접되어 있다고 할 수 있다. 굳이 의미·용법의 명칭을 정한다면, '직접사역'이라고 표현할 수 있을 것이다.

이상에서 살펴본 바와 같이, 사역주와 피사역자가 의지를 갖는 사람이기 때문에 사역문의 의미·용법의 다양성은 다이나믹한 두 존재의 관계에서 비롯되는 것이라고 말하여도 과언이 아니다.

29. 날씨도 내 마음대로 한다?

【박민영】

일본어의 명령형은 동사 종류에 따라 어미가 '–e'로 끝나거나 또는 '–ろ/–よ'로 끝난다는 형태적 특징을 갖고 있다.

u동사	어미 -u → -e	書(か)く(쓰다) – 書け(써라) 読(よ)む(읽다) – 読め(읽어라)
ru동사	어미 –る→–ろ/よ	見(み)る(보다) – 見ろ, 見よ(봐라) 食(た)べる(먹다) – 食べろ, 食べよ(먹어라)
변격동사		する(하다) – しろ, しよ(해라) 来る(오다) – 来ろ(와라)

그러나 위와 같은 형태를 사용한 명령 표현은 직접적이고 상당히 거친 느낌을 주기 때문에 실제 회화에서 사용되는 경우는 그리 많지 않다. 인간관계에 있어서 분명하게 권력이나 지배력을 가진 사람이 자기 아랫사람에게 일을 시킬 때 사용되는 경우가 많으므로 일반적인 회화에서는 다음과 같은 주의가 필요하다.

- 여성들은 이같은 명령형을 사용하지 않는다. 여성의 경우에는 같은 명령이라도 '〜なさい'와 같이 좀더 부드러운 표현을 사용한다.
- 남성의 경우라도 이 표현을 사용할 수 있는 상대는 자식이나 형제, 아주 절친한 친구와 같이 제한을 받는다.

  자식에게/ こっちく来い。(이리 와봐)
- 싸움을 할 때나 남을 협박할 때 종종 쓰인다.

  강도가 / 金を出せ。(돈 내놔)
- 단 긴급 상황의 경우에는 이 명령형이 사용된다.

  強盗だ! 逃げろ! (강도야! 빨리 도망쳐!)

명령이라고 하는 것은 이렇게 상대방에게 어떤 행위를 하도록 시키는 것이기 때문에 명령형이 사용되는 동사도 원칙적으로는 '먹다(-먹어라), 보다(-봐라), 읽다(-읽어라)'와 같이 어떤 동작을 나타내는 동사가 아니면 안 될 것이다. 그러나 일본어에서는 동작을 나타내는 동사가 아니더라도 명령형이 쓰여진다는 특징을 갖고 있다.

1. 雨よ、もっと降れ。(비야, 더 내려라)
2. 春よ、来い。(봄아, 빨리 와라)

비에게 더 내리라고 명령한다고 해서 비가 더 와 줄까? 봄에게 빨리 오라고 해서 봄이 와 줄까? 이와 같은 용법은 주로 자연 현상에 사용되는 경우가 많은데, 이때는 형태상으로는 명령형을 취하고 있지만 의미상으로는 명령으로 해석되지 않는다. 우리말의 '파도여, 춤을 추어라', '바람아 멈추어다오'와 같은 경우로 여기서는 '명령'이 아니라 그렇게 해 주었으면 하는 '기원'의 의미를 담고 있는 것이다.

참고로 오키나와 음악을 가미한 다음 노래에서도 명령을 받아도 명령을 실행할 수 없는 추상적인 '노래'가 명령의 대상으로 되어 있다. 이 가사의 명령형도 위의 자연현상의 경우와 마찬가지로 사실은 '노래'에 '명령'하기보다는 어떤 '기원'을 담고 있다고 해석할 수 있다.

  3. 島歌(The Boom)

    島歌(しまうた)よ 風(かぜ)に乗(の)り 섬노래야 바람을 타고

    鳥(とり)とともに海(うみ)を渡(わた)れ 새와 함께 바다를 건너라

    島歌よ 風に乗り 섬노래야 바람을 타고

    届(とど)けておくれ私(わたし)の愛(あい)を 전해줘 나의 이 사랑을

    (The Boom 의 '島歌')

또 일본어의 명령형 용법 중에는 다음과 같이 특정 단어와 고정적으로 쓰여져서 반어적인 의미를 갖는 경우도 있다. 이것 역시 우리말의 '때리려면 때려'의 명령 표현과 같은 의미로 해석할 수 있다.

  4. うそつけ。(어디 거짓말 해봐)
  5. 勝手にしろ。(어디 맘대로 해봐)

일본어의 명령형이 이처럼 다양한 용법을 갖고 있는 것은 사실이지만 그렇다고 해서 모든 동사가 전부 명령형을 갖고 있는 것은 아니다. 일본어에서 다음과 같은 동사는 명령형을 쓸 수 없다.

6. ある – (무생물) 있다

7. 優(すぐ)れる – 뛰어나다

8. 似(に)る – 닮았다

9. できる – 할 수 있다

명령형을 쓸 수 없는 이 동사들의 공통점은 형태상으로는 동사이지만 의미상으로는 단순히 어떤 상태나 성질을 나타낸다는 것이다. 이것은 일반 동사가 가진 움직임이나 운동성이 결여되어 있다는 것을 의미하는 것으로, 결과적으로는 형용사가 나타내는 상태나 성질과 일맥상통한다고 말할 수 있다.

따라서 형용사와 마찬가지로 이러한 동사들도 그 동사가 가진 어휘적인 의미의 제약 때문에 명령형을 갖지 못하는 것이다.

마지막으로 명령형의 발음에도 주의하자. 앞서 설명했듯이 '–e'로 끝나거나 또는 '–ろ/–よ'로 끝나는 동사의 명령형은 실제 회화에서는 상당히 제한적으로 사용되므로 주의해야 하는데 그중에서도 특히 기본형이 '–つ'로 끝나는 일본어 동사들은 촉음(っ) 하나로 '명령'인지 '의뢰'인지 전달하는 의미가 달라지기 때문에 더욱 주의할 필요가 있다.

10. 待つ(기다리다) → 待て (기다려 / 명령)

11. 待つ(기다리다) → 待って (기다려 줘 / 의뢰)

즉 '명령'일 때는 2박, '의뢰'일 때는 'っ'를 포함해서 3박이 되므로, 발음에 주의하지 않으면 말하는 사람의 의도와는 달리 직접적이고 거친 '명령'으로 되어 상대방의 기분을 상하게 하는 경우가 생길지도 모른다. 촉음 하나 때문에 오해가 생기는 일이 없기를….

30. 내 말은 이런 뜻

【윤상실】

우리 인간이 동물과 구별되는 가장 큰 특징 중의 하나로, 흔히 '언어'를 꼽는다. 언어가 인간의 무한한 사고 활동의 전개와 상호 커뮤니케이션의 도구임을 생각할 때 그 지적은 타당하다고 할 수 있다.

이러한 언어 운용상의 구체적 실현인 발화의 장(場)에는 화자와 청자, 그리고 이야기되는 내용이 갖추어질 때 비로소 발화행위가 성립된다. 화자는 발화행위에 있어 핵심이 되는 창조적 주체이고, 청자는 화자 다음으로 중요한 수용적 주체가 된다. 또한 제3자는 발화의 장에는 직접 참여하지 못한다는 점에서 화자·청자와 구별된다. 따라서 발화행위의 주인공은 단연 화자이다. 화자는 '내가 말하니까 내가 있는 것이고, 내가 존재하니까 내가 말하는 것이다'라는 확고한 신념을 가지고 발화의 장에서 주도적인 역할을 하게 되는 것이다.

주인공인 화자가 자신을 둘러싼 세계를 어떻게 인식하고, 또 어떻게 청자에게 전달하려고 하는가는 언어 수단에 의해 구현되는데, 이와 같이 어떤 내용을 어떻게 말하려고 하는지는, 즉 화자의 의도는 당연히 표현형식을 달리해서 표현된다. 우리말에 '아' 다르고 '어' 다르다'라는 말이 있는데, 표현형식에 따라 화자가 전달하고자 하는 의미, 뉘앙스가 미묘하게 달라진다는 것을 지적한 단적인 사례가 아닐까 여겨진다.

이와 같은 화자의 심적(心的) 태도를 표현하는 언어적, 문법적 수단은 모든 언어가 공통적으로 갖고 있는데, 전문용어로 말하자면 서법, 무드(Mood), 모달리티(Modality) 등으로 불리는 것이 바로 그것이다.

많은 언어 중에서도 특히 일본어는 화자의 심적 태도를 표현하는 수단이 상당히 발달된 언어 중의 하나로 지적되고 있다. 여기서는 특히 화자가 자기를 둘러싼 세계를 어떻게 인식하며 인식한 것이 어떻게 표현되는지를 살펴보도록 하겠다.

우선 우리들은 자신이 직접 체험했다든지, 이미 확실한 지식·정보로서 보유하고 있는-쉽게 말해서, 알고 있는-사항에 대해서는 확신을 갖고 단언해 마지않는다. 만일 친구가 (나에게) 우산을 빌려줬다면 화자는 'この傘は友達が貸してくれたのだ'라고 할 수 있고, 또 스즈키씨가 온다는 사실을 알고 있을 때는 '鈴木さんが来る'라고 잘라 말한다.

하지만 또 우리들은 자신이 직접 체험하지 못했다든지, 아직 확실한 지식·정보로서 보유하고 있지 못한-쉽게 말해서, 잘 알지 못하는-사항이라면 확신을 갖지 못하므로 단언하지 않는다. 그럴 경우는 추량의 형태로 나타내는 것이 일반적이다.

예를 들어 내일 날씨가 어떨지는 아무도 모른다. 아직 화자(를 포함한 청자, 제3자 등 모두)가 경험 못한 세계로 단정적으로는 말할 수 없는 사안이기 때문에, 'あしたは晴れるだろう', 'あしたは雨だろう'라고

말한다. 아무리 슈퍼컴퓨터를 보유하여 첨단의 예측력을 자랑하는 기상청이라도 미래에 속하는 때에 관한 일기예보에는 어김없이 다음과 같이 추량표현을 사용한다. 괄호 속의 단정 표현은 아무래도 부자연스럽다.

1. 午後は雨が降りやすい<u>でしょう</u>。（？午後は雨が降りやすい<u>です</u>。）
2. 山沿いでは雪になり<u>ましょう</u>。（？山沿いでは雪になり<u>ます</u>。）

화자는 사태파악을 할 때, 그 진위를 확실하게 인식 가능한 경우와 그렇지 못한 경우를 구별하여 표현한다. 추량의 형태는 적어도 화자가 자신의 인식·판단에 100%의 확신을 갖고 있지 못함을 내비치고 있는 것이다. 이는 발화행위에 있어 중요 구성원으로서의 화자가 자신의 발화내용에 책임을 지는 것을 의미한다. 화자가 발화행위시 아무렇게나 말하는 것이 아니라 알면 확언을 하고, 잘 모르면 불확실하다는 것을 공표하면서 발화를 주도해나가는 것이 바로 화자의 책임인 것이다.

예를 들면, '外は今も雨が降っている<u>ようだ/らしい</u>'(바깥은 지금도 비가 오고 있는 것 같다)는, 불확실하다는 것을 공표하면서 화자 나름대로의 추측판단임을 나타내는 문장이다. 즉 외출에서 돌아온 사람이 비에 젖은 것을 보고 그것을 근거로 해서 '外は今も雨が降っている'(바깥은 지금도 비가 오고 있다)라는 사실을 추측하는 것이다.

그런데 현실세계에서 우리가 모든 것을 다 경험하고 수많은 지식 정보를 모두 갖고 있다는 것은 애초부터 불가능한 일이다. 그러한 약점을 보완하기 위해서 화자는 '전문(伝聞)'이나 '추론(推論)'을 활용한다.

'전문'은 '日本でまた地震が起ったそうだ'(일본에서 또 지진이 일어났다고 한다)와 같이, 화자 자신이 직접 체험하지 못해 아무런 판단근거를 갖지 못하고, 뉴스를 듣고 전하는 경우이다. 또한 '추론'은 잘 알고 있는 것을 근거로 해서 잘 모르는 것과 앞으로 일어날 일을 어떻게든 예측하려고 노력하는 것인데, 예를 들어 'きょう習ったばかりだからよくできるはずだ/わけだ'(오늘 막 배웠으니까 잘할 수 있을/있는 것이다)라는 문장에서는 'きょう習ったばかりだ'(오늘 막 배웠다)는 것을 전제로 해서 'よくできる'(잘할 수 있다)라는 것을 추론해 내는 것이다. 물론 여기에는 'ならったばかりの時はよくできる'(막 배웠을 때는 잘할 수 있다)라는 사항이 대전제가 되어 있다.

이상과 같이 화자는 발화 책임을 다하기 위해서 다양한 화자의 심적 태도 표명을 충실히 수행하며 언어활동을 하고 있다는 점에 주목하지 않으면 안 된다.

또 한가지 주의를 요하는 것으로, 때로 다음과 같이 화자가 확실히 알고 있어 충분히 단언할 수 있는 사항인데도 굳이 추량표현으로 나타내고 있는 경우가 있다.

3. この点については次のようなことが言えよう。

　(이 점에 대해서는 다음과 같은 것을 말할 수 있을 것이다)

4. うちの子は合格したようです/らしいです。

　(우리 애는 합격한 것 같습니다)

여기에는 화자의 고의성이 농후하며, 일부러 그렇게 표현하는 데에는 완곡하면서도 겸손하게 표현하고자 하는 화자의 또 다른 의도가 작용하고 있는 것으로 보인다. 일본인들의 대화나 문장에서 자주 접하게 되는 '…と思う'(…라고 생각한다)도 위와 같은 경우의 연장선상에서 생각하면 쉽게 이해될 것이다.

이상, 일본어에서 화자가 자신이 인식한 세계를 어떻게 표현하고자 하는가는 매우 복잡하고 다양한 양상을 띠고 있음을 간략히 살펴보았다. 이는 마치 요리사의 요리에도 비유할 수 있을 것 같다. 요리사는 요리재료를 앞에 놓고 어떤 요리를 만들어 낼까 하고 마음속에서 정할 것이고, 내심 정한 요리를 맛있게 만들어내기 위해서 끓이고, 볶고, 무치는 등의 여러 가지 요리법을 동원할 것이다. 발화의 장에서의 화자는 요리사이고, 이야기되는 내용은 요리재료이며, 요리법은 화자의 심적 태도를 나타내는 표현수단이 된다는 점에서 매우 흡사하다.

이제는 우리도 일본인들의 발언에 깃들어 있는 '아' 다르고 '어' 다른 뉘앙스의 차이를 무심코 지나칠 것이 아니라 잘 음미해보자. 그 속에는 '내 말은 이런 뜻이다'라는 것이 내재되어 있어 듣는 이가 알아주기를 간절히 바라고 있을지 모르니까.

31. 한국인에게 일본어는
정말 쉬운 언어일까?

【이미숙】

흔히 일본어는 너무 쉬워 배울 것이 없다고들 한다. 서점가에서는 '일본어 한 달만에 끝내는 법', '일본어 3개월 완성'이라는 광고문구가 적힌 엄청난 비법서(?)가 돌고 있어, 4년을 강의하고도 학생들의 일본어를 끝내 주지(?) 못하는 필자의 가슴을 뜨끔하게 만든다. 과연, 한국인에게 일본어는 정말 쉬운 언어일까?

일본 유학시절, 잠시 일본어학교 교사를 했을 때의 일이 생각난다. 현지 교사들 간에 한국인 반(班)을 맡으려는 경쟁이 치열했는데, 그 이유는 바로 타언어권 학생보다 한국인이 한자는 물론 이른바 조사, 경어(敬語) 등을 쉽게 받아들이고, 향상도 두드러진다는 것이었다. 그 후 버클리 대학의 일본어 수업을 참관하면서, 모어(母語)가 영어인 대학생에게 '산'(山), '전'(田)과 같은 기초한자의 설명 및 'です/ます체'와 같은 경어사용에 많은 시간을 할애하는 것을 보면서 상대적으로 한국인에게 일본어는 정말 쉬운 언어임을 새삼 실감한 바 있다.

대체 어떤 점이 우리에게 일본어를 쉽게 느끼게 하는 것일까? 그것

일본어는 뱀장어 한국어는 자장

은 바로 양 언어의 유사성(類似性)에 있다. 외국어 습득에 있어, 모어의 영향 및 간섭은 실로 지대한 것이다. 양 언어는 같은 문화권 하에서 한자를 공유하는 점을 차치하더라도 통사적인(syntactical) 특성은 물론 형태론적(morphological)으로도 매우 유사한데, 특히 유사성에 초점을 맞추어 영어, 중국어와 비교하여 설명하기로 한다.

1. 나는 너를 사랑한다. (한국어)

2. 私は 貴方を 愛する。(일본어)

3. I love you.(영어)

4. 我 愛 你.(중국어)

먼저 통사구조상의 특징으로 어순(語順)의 유사성을 들 수 있다. 위의 예문 1과 2에서 알 수 있듯이, 한국어와 일본어는 주어(subject) − 목적어(object) − 동사(verb)의 SOV형인데 반해, 예문 3과 4의 영어나 중국어는 주어 − 동사 − 목적어의 SVO형임을 알 수 있다.

여기에 '私, 貴方, 愛'라는 한자어는 '나…상대방(흔히 쓰는 귀하(貴下)를 연상해 보라)…사랑…'이라는 해석을 가능하게 한다. 즉 유사한 어순과 더불어 의미적으로 유사 한자어가 많다는 점도 한국인이 일본어를 쉽게 느끼는 요인이 된다. 단 공부(勉強), 편지(手紙) 등과 같이 전혀 의미가 다른 한자어가 있다는 사실도 염두에 두어야 한다. 우리말의 '공부'(工夫)라는 한자어는 일본어에서는 '궁리'라는 의미가 된다는 사실과 함께.

이제 남은 것은 '는, 를'라는 이른바 조사인데, 대부분의 조사는 '는 =은/는', '를=을/를'과 같이 1대 1로 대응한다. 결국, 예문 2는 '나는 너를 사랑한다'라는 의미인 것이다.

이렇게 조사에 의해 명사의 문법적 의미·역할이 정해지는 것은, 도치(倒置)를 자유롭게 하고, 주어가 없는 문장을 가능하게 하는 공통점을 낳는다. 즉 양 언어 모두 '사랑해 나는 너를'(愛する 私は あなたを) 같은 도치문이나, '너를 사랑해'(あなたを 愛する)처럼 주어가 없는 문장이 가능한데 비해, 영어나 중국어의 경우에는 불가능하다. 'love you I' 나 'love you'와 같은 영어를 들어본 적이 있는가? 또한 영화제목으로도 유명한 중국어의 '我愛你'를 '你愛我'로 도치한다면 '나는 너를 사랑해'가 '너는 나를 사랑해'라는 의미로 변하고 마는 것이다.

다음은 문장을 구성하는 단어의 형태론적인 특성에 있어서의 유사성이다. 한국어나 일본어의 동사는 어형변화 즉 활용에 의해 문법적 의미를 나타낸다. 편의상, '사랑한다'와 '愛する'를 예로 들어, 시제(時制, tense)와 서법(敍法, mood)의 활용체계를 대조하는 것으로서 그 유사성을 증명해 보자. '愛する'가 불규칙동사라는 점을 감안한다 해도 그 유사점을 알 수 있을 것이다.

한국어와 일본어 동사의 시제 · 서법에 의한 활용체계

서법 \ 언어 \ 시제		한국어 동사	일본어 동사
단정형	비과거형	사랑한다	愛する
	과거형	사랑했다	愛した
추량형	비과거형	사랑할 것이다	愛するだろう
	과거형	사랑했을 것이다	愛しただろう
권유형		사랑하자	愛しよう
명령형		사랑해(라)	愛しろ

위의 표와 같이 양 언어는 어형을 변화시켜 예문 5와 6처럼 비과거, 과거 등의 '시제'나 단정, 추량, 권유 등의 '서법적 의미'(modal meaning)를 나타낸다. 영어의 경우 'love'의 과거형 'loved'는 어형변화가 아니고 'd'를 붙인 형인 것이다.

5. 나는 너를 사랑했다. (과거, 단정)

6. 私は 貴方を 愛した。(과거, 단정)

대표적인 한국어와 일본어의 유사성으로 빼놓을 수 없는 것이 문법범주로서 경어체계를 가지고 있다는 점이다. 위의 표는 '보통체'의 경우로, 한국어와 일본어는 여기에 '정중체'를 갖는다. 위의 예문 5와 6은 각각 다음과 같이 표현할 수 있다.

7. 나는 당신을 사랑했습니다. (과거, 단정, 정중)

8. 私は 貴方を 愛しました。(과거, 단정, 정중)

이러한 '경어'라는 범주가 없는 영어나 중국어를 모어로 하는 사람에게는 이는 받아들이기 어려운 일이다. 일본어를 학습하던 버클리대 학생들도 상대에 따라 경어를 써야 하는 것이 가장 힘들다고 토로했다.

또한 일본 유학시절에 중국인 유학생이 일본인 교수에게 '당신 밥 먹었어?'(あなた、ご飯食べたの?)와 같이 말하는 것을 보며 민망해하곤 했는데, 충분히 이해가 간다.

이상과 같이 공유하는 문법범주가 같다는 유사점과 더불어, 많은 언어에서 의무적으로 가지고 있는 성(性, gender)이나 수(数, number)의 문법범주를 가지고 있지 않은 것 또한 유사점이라 할 수 있다. 가까운 예로, 『영어에는 apple이 없다』라는 고개를 갸우뚱하게 만드는 영어교재의 제목이 시사하는 것과 같이, 'This is an apple', 'These are apples'와 같이 명사는 물론 동사에 있어서까지 단·복수를 철저히 구별하는 영어와 같은 언어와 달리, 양 언어는 수와 무관하게 '이것은 사과이다'(これはリンゴだ), 또는 '여기에 사과가 있다'(ここにリンゴがある)와 같이 표현한다. 이들 문장으로는 '몇 개인가?'를 되묻지 않고는 사과가 하나 있는지 여러 개 있는지 알 수 없을 것이다.

자! 이것으로 양 언어의 유사점이 조금은 이해가 되었을 것이다. 이제 문제는 학습레벨이 향상됨과 더불어 이러한 유사점 안에서의 상이점을 얼마나 간파하느냐에 달려 있다. 단순히 유사하다는 것이 일본어 학습을 성공적으로 이끌어주는 것은 아니다. 일본어 역시 시간과 노력을 들여 도전하는 이의 것이라는 점에서는 예외가 될 수 없다.

32. あそこにタクシーがいる?

【남득현】

일본어에는 우리말과 달리 '있다'라는 존재를 나타내는 동사가 두 가지 있다. 'いる'와 'ある'가 바로 그것이다. 이 동사들은 사용빈도가 매우 높을 뿐 아니라, 일본어 학습서에 가장 먼저 등장하는 동사이기도 한 만큼 일본어 학습시 선행적으로 습득해야 할 중요동사라고 할 수 있을 것이다.

그러면 いる와 ある는 어떻게 구별되어 사용되는 것일까? 기본적으로 いる와 ある는 존재하는 대상이 어떠한 성질의 것인가에 따라 어느 쪽을 사용할지가 정해진다. 다음과 같은 가장 전형적인 예를 통하여 살펴보자.

1. テーブルの下に猫がいる。(테이블 밑에 고양이가 있다)
2. 机の上に本がある。(책상 위에 책이 있다)

예문을 통해서 알 수 있는 것은, 존재의 주체가 '猫(ねこ, 고양이)와 같이 생명을 가진 생물일 경우에는 いる가 사용되고, '本'(ほん, 책)과 같이 생명이 없는 무생물일 경우에는 ある가 사용된다는 것이다. 하지만 생물에 포함되는 식물이 존재하는 경우에는 '庭に<u>桜の木</u>がある'(정원에 <u>벗나무</u>가 있다)와 같이 いる가 아닌 ある가 사용된다는 점에서, 보다 정확하게는 사람 및 동물의 존재는 いる로 나타내고 식물 및 무생물의 존재는 ある로 나타낸다고 해야 할 것이다.

그러나 이러한 내용에 반하는 다음과 같은 경우를 접하게 되는 것은 그리 어렵지 않다.

3. あそこに<u>タクシー</u>がいる。(저기에 <u>택시</u>가 있다)
4. 明日<u>お客さん</u>がある。(내일 <u>손님</u>이 있다)

택시는 결코 생물이라고 할 수 없으므로 いる를 사용할 수 없는 것이 아닐까? 또 손님을 무생물 취급하여 ある를 사용하고 있는 것은 어떻게 설명할 수 있을까? 이러한 의문을 푸는 열쇠의 하나로 자기제어성과 존재하는 대상을 인식하는 화자의 판단태도를 생각해볼 수 있다.

즉 존재동사 いる와 ある를 사용하는 데 있어서 단순히 존재의 주체가 살아 있는지 아닌지로만 구별하는 것이 아니라, 그 대상이 '자기제어성'을 갖는지 아닌지, 또 존재의 주체를 화자가 어떻게 인식하고 있는지도 중요한 요인으로 작용한다는 것이다.

운행 중인 택시를 보고 하는 말로서는 도리어 다음과 같이 ある의 사용이 제한된다.

5. あそこに<u>タクシー</u>がある。(저기에 <u>택시</u>가 있다)

그 이유는 본체가 운전자에 의해 다른 장소로 이동할 수 있는 가능성을 내포하고 있는 점과 관련지어 생각할 수 있다. 이는 같은 기계라도 コンピューター(컴퓨터)와 같이 본체가 장소를 이동할 수 없는 경우는 いる와 함께 쓰여지지 않는 것을 통해서도 알 수 있다.

6. <u>机の上</u>に<u>コンピューター</u>がいる。(책상 위에 <u>컴퓨터</u>가 있다)

이와 같은 사용에는 존재하는 대상의 자기제어성의 유무, 즉 스스로 자기 자신을 컨트롤할 수 있는지 없는지가 문제시된다. 택시회사의 차고에 보관되어 있는 택시, 즉 택시회사가 소유물로서 택시를 보유하고 있는지를 문제삼는 경우라면 ある를 사용해야 자연스럽다.

이와는 달리, 존재하는 대상이 생물인 '猫'(ねこ, 고양이), '金魚'(きんぎょ, 금붕어), '亀'(かめ, 거북이) 등일지라도, 자연 속에서 자유롭게 이동 가능한 상태가 아니라 애완동물 전문점에서 팔리는 상품인 경우에는 ある의 사용이 가능하다.

즉 'タクシー'(택시), '船'(ふね, 배), '飛行機'(ひこうき, 비행기) 등은 운전자·조종사에 의해 마치 의지가 있는 것과 같이 움직이거나 멎거나 하여 자기제어성이 있는 것으로 볼 수 있어 いる가 허용되는 것으로 설명할 수 있고, 그에 반해서 애완동물 전문점의 '猫'(고양이), '金魚'(금붕어), '亀'(거북이) 등은 상품으로서 취급되어 자기제어성이 박탈된 것으로 볼

173

수 있어 ある의 사용이 허용된다고 설명할 수 있다.

　또한 존재 대상이 사람이어서 ある를 사용하기 어려울 것 같은 경우인데도 불구하고 ある의 사용이 자연스러운 다음과 같은 경우가 있다.

　　7. 明日お客さんがある。(내일 손님이 있다)
　　8. 僕には娘がある。(나에게는 딸이 있다)

　이는 화자가 위의 두 예문을 'お客さんが来る'(손님이 온다)라고 하는 상황의 발생 또는 사실의 존재와 '娘'(むすめ, 딸)를 소유의 대상으로 하고 있다는 상태의 존재로 인식하고 있기 때문이라고 볼 수 있다. 즉 어떤 장소에 구체적인 사람이 존재하는 것을 나타내는 것이 아니라 그 사람들로 인해 발생되는 상황이나 상태의 존재를 나타내는 경우이므로 ある와 함께 쓰여질 수 있는 것으로 설명할 수 있을 것이다.

　지금까지 いる와 ある의 사용이 단순히 생물인지 무생물인지로 간단히 구분지을 수 없으며, 존재주체의 자기제어성의 유무와 존재하는 주체를 인식하는 화자의 판단에 의해 용법이 달라진다는 것에 대하여 살펴보았다. 다음은 이러한 특징을 단적으로 보여주는 예이다.

　　9. あそこに死んだ人がいる。(저기에 죽은 사람이 있다)
　　10. あそこに死体がある。(저기에 시체가 있다)

같은 시체를 표현하더라도 '人'(ひと, 시체)라는 단어와 함께 쓰이는 경우엔 いる가, '死体'(したい, 시체)라는 단어와 함께 쓰이면 ある가 선택되는 것을 알 수 있다. 이는 앞서 말한 존재하는 대상에 대한 화자의 인식에 따라 쓰이는 존재동사에도 차이가 있다는 것을 말해 주는 것이다.

이쯤 되면 초급단계에서는 간단해 보이던 いる와 ある의 용법이 이렇게 복잡하단 말인가 하고 난감해 하는 사람이 있을지도 모르겠다. 하지만 무로마치(室町) 시대 초기까지는 지금의 ある에 해당하는 あり만이 유일한 존재동사로서 존재했고, いる는 존재의 의미가 없는 비상태성 동사로 '立つ'(たつ, 서다)의 반의어에 지나지 않았다.

즉 위에서 보아온 현대일본어 존재동사의 용법은 いる가 ある의 영역 속에서 자신의 영역을 넓혀 나가는 과정 속에서 일어나는 과도기적 현상이라고 볼 수 있을 것이다. 그렇다면 머지않아 いる는 살아 있는 생물의 존재를 나타내는 경우에만 사용되고, ある는 살아 있지 않은 무생물의 존재를 나타내는 경우에만 사용되어 いる와 ある의 사용이 지금보다 훨씬 단순화될 날이 올지도 모를 일이다.

33. 남의 속마음까지
내가 어떻게 알겠어?

【김옥임】

내가 잘 아는 K씨의 경험이다. 같은 연구실에 근무하는 야마다라는 사람이 시험에 떨어져서 몹시 우울해 있었다고 한다. 그러던 때 다나카라는 다른 연구실 사람이 K씨에게 야마다의 근황에 대해 물었다. K씨는 '야마다는 몹시 슬퍼하고 있다'는 뜻으로 '山田君はとても悲しい'라고 했다. 그러자 다나카의 얼굴이 이상해졌다고 한다. K씨의 일본어는 어디가 이상했을까?

원인은 여러 가지가 있지만 가장 큰 원인은 제3자의 감정을 직접 표현했다고 하는 점이다. 위의 '山田君はとても悲しい'라는 문장을 우리말로 직역하면 '야마다는 매우 슬퍼'가 된다. 즉 우리말에서도 남의 감정을 표현할 경우는 관찰자적인 입장에서 그에 상응하는 '슬퍼하고 있다'라든지 '야마다는 매우 슬퍼하고 있는 것 같다'라고 해야 한다.

본인의 감정이나 욕망을 타인의 생각과 구별하고 자기중심적인 시점으로 사태를 파악하려 하는 것은 한국과 일본의 사고방식의 특징인 것 같다. 이같은 성향은 영어와의 대비에서 확연히 드러나며 감정표현, 특히 감정형용사에 잘 나타난다고 말할 수 있다.

일반적으로 사전에서는 사물의 성질이나 상태를 표시하는 품사를 형용사라고 정의하고 있는데 좀더 자세히 구분하자면, 객관적인 상태·성질을 나타내는 것은 속성형용사(屬性形容詞)라고 하고, 사람의 주관적인 감정·감각을 표현하는 형용사를 감정형용사(感情形容詞)라고 한다.

감정형용사 구문의 경우 감정을 가지는 것은 인간이기 때문에 주어(主語)는 감정의 주체로서 사람이 된다. 감정이 성립하기 위해서는 '느끼는 주체'가 필요하고, 주체는 감정을 가질 수 있는 사람인 것은 당연하다.

그러나 사람이 주어가 된다고 해서 누구나 자유롭게 감정의 주체가 될 수 있는 것은 아니다. 예를 들어 'こわい'(무섭다), 'うれしい'(기쁘다) 등의 감정형용사를 술어로 하는 표현은, 말하는 이가 자신의 내적인 기분 상태를 '私はうれしい'(나는 기쁘다)와 같이 주관적으로 표출하는 경우 또는 'あなたは何が欲しい？'(넌 무얼 갖고 싶어?) 등으로 상대의 기분을 묻는 경우에 사용하면 자연스러우나, 제3자에 관하여 사용하면 부자연스러워진다.

객관적으로 드러난 사물의 상태가 아니라 말하는 이 자신의 심리 속에 느껴지는 바를 나타내는 감정형용사의 주어가 제3자가 된다면 부자연스러운 것은, 제3자의 주관적인 심리상태를 말하는 이가 직접적으로 표현할 수 없기 때문이다.

가령 다음의 예문처럼 '기쁘다'는 말하는 이 자신의 마음 상태, 즉 주관적인 심적상태를 나타내는 것이므로 주어가 1인칭일 때에만 쓰일 수 있으며, 의문문일 때에는 2인칭 주어일 때만 쓰일 수 있다.

1. (나 /?너 /?그)는 기쁘다.

(わたし/ ?あなた/ ?彼)はうれしい。

(*나 / 너 / *그)는 기쁘니?

(*わたし/ あなた/ *彼)はうれしいか。

이처럼 제3자를 주어로 내세울 수 없다는 점은 감정형용사 구문의 특징으로 자주 제기된다. 이와 대응하는 영어의 형식에는 인칭 제약이 없기 때문에 제3자가 주어라도 'He is happy'와 같이 자연스럽게 사용된다. 일본어를 배우기 시작한 외국인에게 'あの人はうれしい'(저 사람은 기쁘다)와 같은 오용이 많은 것은 이 때문이다.

우리는 전지전능한 신이 아닌 다음에야 남의 마음까지 들여다 볼 수는 없다. 다만 상대에게 직접 묻거나, 제3자의 경우 접미어 '~がる'(~어하다)를 붙여 표현하게 된다. 이렇게 함으로써 주관적인 감정이나 태도를 객관적인 표현으로 바꾸는 효과가 생기고, 거꾸로 '~がる'를 사용한 문장은 말하는 이 자신을 주어로 사용하면 오히려 부자연스럽다. '私はうれしい'(나는 기쁘다)를 '私はうれしがる'(나는 기뻐한다)라고 말하면 어딘가 어색해지기 때문이다.

2. (?나 /?너 / 그)는 기뻐한다.

(わたし/ ?あなた/ ?彼)はうれしがっている。

위의 예문과 같은 경우 '彼はうれしがる'라고 하기 보다는 '그는 기뻐하고 있다', 즉 '彼はうれしがっている'라고 표현해야 한다. 또한 '~がる' 이외에도 'うれしいようだ'(기쁜 것 같다), 'うれしそうだ'(기쁜 모양이다), 'うれしいそうだ'(기쁘다고 한다)처럼 추량의 조동사를 붙이면, 감정주(感情主)가 제3자일지라도 아주 자연스런 문장이 된다. 이와 같이 제3자가 주어일 때 감정형용사에 접미어 '~がる'를 붙여 객관적 판단의 동사로 만들거나 추량의 조동사를 붙이는 이유는, 사람이 직접 경험할 수 있는 것은 자기 자신의 기분이나 감정에 한하기 때문이다.

즉 감정주(感情主)의 내면의 사태이기 때문에 감정주의 관점에서 진술하는 것이 자연스러운 것이다. 남의 내적인 경험이나 속마음까지는 들여다 볼 수 없기 때문에 다른 사람의 기분이나 감정은 그 사람의 말이나 표정, 태도, 행위 등을 통해서 추측할 수밖에 없으므로 단정적으로 표현할 수 없게 된다. 이것만으로도 감정형용사 자체가 어떤 설명을 필요로 하는 흥미 있는 사실임에 틀림이 없다.

지금까지 감정형용사가 제3자의 속마음을 나타낼 수 없는 이유에 관해 살펴보았다. 다소 복잡한 내용이겠지만, 그 이유는 형용사 자체의, 보다 정확히 말하자면 '서술내용' 내부의 문제가 아니라 '진술'이라는, 어떤 사람에 대해 어떤 태도를 표출하는가 하는 관점에서의 문제이다.

일본어의 문법 범주에는 '사실의 묘사'라든가 '상황의 추정', '명령' 등과 같이 '감정의 직접적인 표출'을 나타내는 표현 방법이 있는데, 이 문법 범주가 성립되기 위해서는 서술 내용의 감정주(感情主)가 말하는 이 자신이어야 한다. 감정형용사라는 것이 본인의 감정에 관해서만 표현할 수 있고, 그 외의 다른 사람에 대해서는 현재 시점의 사실로서는 단정적으로 표현할 수 없는 이유도 이와 관련된다.

34. 'あれ'란 도대체 뭘 가리키는 걸까?

【정하준】

일본어의 지시어는 한국어와 같다고 생각하기 쉽지만 미묘하게 다른 점도 있다. 일본어에서는 물건을 가리키는 경우에 これ, それ, あれ를, 장소를 가리키는 경우에 ここ, そこ, あそこ를, 뒤에 있는 명사를 수식해서 가리킬 때는 この, その, あの를 쓴다. 이러한 것을 모두 포함시켜 지시어라 부르는데 こ, そ, あ의 체계를 가지며, 크게 두 가지 용법으로 나누어진다. 하나는 화자와 청자의 시야 안에 존재하는 물건들을 가리키는 용법이고, 또 하나는 대화 등의 문맥 안에 나타나는 것을 가리키는 용법이다.

우선 첫째로 눈앞에 존재하는 물건들을 가리키는 경우인데, 이것도 두 가지 용법이 있다. 하나는 화자가, 가리키는 대상이 자기 또는 상대방 중 어느 한 쪽의 영역에 있다고 의식하고 있는 경우로, 대상이 자기 영역에 있다고 의식할 때는 こ를 쓰고, 상대의 영역에 있다고 의식할 때는 そ를 쓴다.

– A가 자기 넥타이를 가리키면서

A: 田中さん、このネクタイどうですか。(다나카씨 이 넥타이 어때요?)

B: いいですね。それ、どこで買ったんですか。

(좋은데요. 그거 어디서 샀어요?)

A는 자신이 매고 있는 넥타이를 가리키고 있는 것이므로 당연히 넥타이는 자신의 영역에 있다고 의식하고 있다. 그 때문에 A는 화자로서 그를 사용하고, B는 상대가 매고 있는 넥타이, 즉 상대의 영역에 있다고 느끼는 넥타이에 대해 화자로서 そ를 사용하는 것이다.

• • •

그림1

그림1의 사용법은 우리 말과 거의 같지만, 두 번째 사용법에서는 다른 부분이 있다. 우선 두 번째 사용법에는 자신과 상대가 같은 영역에 있다고 하는 의식이 전제가 되어 있다.

그리고 가리키는 대상이 자신들이 있는 영역에 있다고 의식되는 경우에 화자는 그를 사용한다. 마찬가지로 자신들의 영역으로부터 좀 떨어진 대상에는 そ를, 꽤 떨어진 대상에는 あ를 사용한다. 간단히 말하면, 자신들로부터 봐서 아주 가까운 곳에 있다고 느껴지는 대상은

こ, 좀 떨어져 있는 대상은 そ, 꽤 떨어져 있는 대상은 あ로 지시하게
된다.

- 전기제품 매장에서 A와 B가 같은 29인치 TV 바로 앞에 서서 이야기하
고 있다.

A : このテレビどう？ (이 TV 어때?)

B : これ？ 少し高いんじゃない？ (이거? 좀 비싸잖아)

- 같은 장소에서, 4미터 정도 떨어진 곳에 있는 다른 29인치 TV를 A가
가리키며

A : じゃ それは？ (그럼 저건?)

B : それ？ うーん。 (저거? 글쎄)

- 같은 장소에서, 8미터 정도 떨어진 곳에 있는 다른 29인치 TV를 B가 가
리키며

B : あれがいいんじゃない？ 今人気のあるモデルだし。

   (저게 좋잖아? 지금 인기 있는 모델이기도 하고)

A : あれ？ メーカーは？ (저거? 메이커는?)

자신들로부터 같은 거리에 있는 대상을 가리키는 경우, 한국어에
서는 '이'의 영역 다음으로 '저'가 나타나고, '그'는 사용되지 않는데, 일
본어에서는 こ와 あ 사이에 そ의 영역이 존재하는 것이다. 이 こ, そ,

183

あ의 영역은 주관적인 것으로 사람에 따라서 또 대상의 크기에 따라 달라진다. 위의 예문에서, 29인치 TV가 아니고 좀더 작은 포터블 TV라면 상대적인 거리감이 작아지기 때문에, 2미터 정도의 거리가 있어도

그림2

そ로 나타낼 것이고, 또 사람에 따라서는 29인치 TV라 해도 4미터 떨어져 있는 것을 あ로 나타내는 사람도 있을 것이다. 따라서 몇 미터까지가 こ이고, 몇 미터부터가 そ인가 하는 점에 지나치게 신경 쓸 필요는 없지만, 일본어에는 こ와 あ의 중간에 そ의 영역이 있다는 것에 유의할 필요가 있다.

다음으로 대화 등의 문맥 안에 나타나는 말을 가리키는 용법에 대해서 살펴보기로 한다. 우선 아래의 예들은 한국어로 된 두 가지 대화를 같은 내용의 일본어로 바꿔 놓은 것이다. 대화1에서는 A만이 레스토랑 G를 알고 있고, 대화2에서는 A, B 모두 G를 알고 있는 상황이다.

대화1 A: 'G'라 는 레스토랑이 있는데 <u>거기</u> 참 맛있어요.

B: 그 레스토랑 어디 있어요?

대화2 A: 점심은 'G'에 가지 않으시겠어요?

B: 그러죠. 그 레스토랑 맛있으니까요.

対話1 A:「G」というレストランがあるんですが、そこ、とってもおいしいん
ですよ。

B: そのレストランどこにあるんですか。

対話2 A: お昼「G」に行きませんか。

B: そうですね。あのレストランおいしいですからね。

위의 대화를 보면 알 수 있듯이, 한국어의 '그'가 일본어의 대화1에서는 そ로, 대화2에서는 あ로 표현되고 있다. 일본어에서 대화와 같은 문맥 중에 나타나는 말을 가리키는 경우, 그 가리키는 대상이 어떤 것인가라는 사전 지식의 유무가 문제가 된다. A·B 어느 한 쪽만이 대상이 되는 것을 알고 있는 경우는 A·B 모두 そ를 사용하고, A·B 모두 알고 있는 경우는 A, B 모두 あ를 사용한다. 이 あ의 용법은 다음과 같은 대화도 성립시킨다.

– 애인끼리 전화로

女: あした、あの店で会わない?(내일 거기서 만날까?)

男: あそこ？いいよ。じゃ、5時にあそこで。

(거기? 좋아. 그럼 5시에 거기서)

언제나 같은 장소에서 만나는 두 사람이라면 가게 이름을 말하지 않아도 약속 장소는 어디라는 인식을 같이 갖고 있는 것이다. 이러한 두 사람의 대화의 경우, 아무 상황 설명도 없이 あ를 쓸 때도 있다. 공통된 인식하에 대상을 확실히 명시하지 않고, あ로 나타내는 예는 일본인의 언어생활에서는 흔한 일이다.

한국인 일본어학습자의 경우 문맥지시에서, 한국어에는 없는 あ(저)도 쓴다는 의식이 있어서인지 そ를 써야 할 때에 あ를 쓰는 경우를 많이 본다. 지식으로는 알고 있어도 무의식중에 あ가 나오고 마는 것이다. 반드시 유의할 점이다.

35. 飲んだら乗るな 乗るなら飲むな

'飲んだら乗るな、乗るなら飲むな'는 '술 마셨으면 운전하지 말고, 운전하려면 술 마시지 마라'라는 음주운전의 자제를 강력하게 촉구하는 내용의 표어이다. 여기서 잠깐 주목하고 싶은 것은 우리말에서 '술 마셨으면', '운전하려면'과 같이 '〜(하)면'으로 표현되는 부분이 일본어에서는 각각 '飲んだら', '乗るなら'와 같이 たら·なら로 달리 표현되고 있다는 점이다. 이는 우리말과 일본어에서 이른바 '〜(하)면'이라는 조건을 나타내는 데 사용되는 형태에 차이가 있다는 것을 보여주고 있다.

'조건'이라고 하면 '전건(前件)과 후건(後件)의 두 가지 사항의 의존 관계, 즉 후건이 전건에 의존해서 일어나는 관계'를 나타낸다. 일반적으로 조건표현이라고 하면 순접조건표현을 말하는데, 일본어에는 순접조건표현을 나타내는 형태로 앞에 나온 たら·なら외에도 と·ば 등이 있으며 '면'이라는 형태 하나로 표현되는 우리말과 대조적으로 다양한 용법의 조건표현이 나타난다. 따라서 우리나라 사람의 입장에서 일본어의 다양한 조건표현을 이해하고 적절하게 사용하기란 그리 쉽지

187

않다는 것이 쉽게 예상된다.

이처럼 까다로운 일본어 조건표현을 익히기 위해서 각각의 형태가 어떻게 사용되는지 몇 가지 예문을 통해 살펴보기로 하자. 특히 일반적으로 말하는 항상-또는 일반-조건표현과 가정조건표현에 한정해서 알아 보자.

먼저 항상(일반)조건은 일반 진리나 기정사실로 누구나 알고 있는 사항 표현의 조건으로 と와 ば가 함께 사용된다.

　1-A. 春になると花が咲く。(봄이 되면 꽃이 핀다)
　1-B. 春になれば花が咲く。(봄이 되면 꽃이 핀다)

위의 예문은 내용상은 동일하지만 미묘한 뉘앙스의 차이가 있다. 1-A의 と구문은 시간의 흐름 속에서 순리적으로 나타나는 현상을 객관적인 입장에서 표현하고 있고, 2-B의 ば구문은 봄이 오는 것과 꽃이 피는 것이 필연적인 관계라는 것을 나타내고 있는 것이다. 또한 다음과 같이 반복적이고 습관적인 사실의 조건으로 나타나기도 한다.

　2-A. 私の親友は暇があると旅行に出かける。

　　　(내 친구는 틈이 나면 여행을 간다)

　2-B. 私の親友は暇があれば旅行に出かける。

　　　(내 친구는 틈이 나면 여행을 간다)

위의 예문의 내용은 누구나 납득하는 일반성 있는 사실은 아니지만, 우발적인 사태에 대한 표현이 아니라 수차례 발생했거나 발생할 가능성이 있는 친구의 반복적인 습관을 나타내고 있다.

이와 같이 기정사실적이거나 반복적인 사항의 표현에 공통적으로 나타나는 と와 ば의 특징을 종합해보면, と는 말하는 이가 객관적 입장에서 순리적으로 나타나는 상황을 표현하는 형태이고, ば는 긴밀한 인과성을 가진 전후관계의 논리적 현상을 표현하는 것을 기본으로 한다고 할 수 있다. 따라서 と는 말하는 이가 자기마음을 표현하는 데 초점이 맞추어져 있는 가정조건표현의 경우에 있어서는 표현의 제약을 심하게 받아 사용되기 어렵다. 반면에 ば는 가정조건표현을 나타낼 때에도 말하는 이가 주장을 강하게 나타내지 않는 경우라면 사용될 수 있다. 예를 들면 다음과 같은 경우, ば로는 표현이 가능하지만 と로는 표현하기 어렵다.

3-A. 私はできれば弟にはいい男になってほしい。
    (나는 가능하면 남동생이 멋있는 남자가 되었으면 좋겠어)
3-B. ?私はできると弟にはいい男になってほしい。

가정조건표현이란 아직 성립하지 않은 사태를 가정조건으로 제시한 후 성립할 경우 그에 따라 예상되는 현상이나 사태에 대한 자신의 생각을 적극적으로 나타내는 표현이라고 할 수 있다. 가정조건표현에는 여러 구문형태가 있으나 공통적인 것은 조건에 대하여 말하는 이가 자신의 판단을 표현하거나 적극적인 의사표시를 목적으로 한다는 점이다.

4-A. 日本へ行ったら電話してください。(일본에 가면 전화해 주세요)

4-B. 日本へ行くなら電話してください。(일본에 간다면 전화해 주세요)

위의 예문은 아직 확인되지 않은 조건을 가정하여 성립할 경우 그로 인해 발생할 사태에 관해 말하는 이의 의사를 표현한 구문으로, た ら와 なら가 같이 나타난다. 4-A의 たら구문은 가정적으로 제기된 조건이 성립하였을 때 말하는 이가 조건성립시의 자신의 희망이나 의지 등의 생각을 나타내는 형식이다. 따라서 말하는 이의 의사가 실현되는 것은 조건이 성립된 후이어야 하며, 그 내용의 전개는 시간적으로 전후 관계에 있다. 말하자면 たら구문은 조건이 성립된 후에 후건이 실현할 수 있다는 것으로 '일본에 도착한 후에 전화할 것'을 의뢰하고 있는 것 이다.

그에 비해 4-B의 なら구문은 조건의 성립이 어느 때이든 상관하지 않고 현재 말하는 이의 생각을 나타내는 것에 비중을 둔 표현이다. 그렇기 때문에 조건을 가정적으로 설정했다 하더라도 말하는 이의 의사표시가 전제조건의 성립과 관련이 있다면, 다음의 5-B와 같이 なら 는 사용할 수 없는 것이고, 또한 6-A와 같이 시간적으로 현재 이후에 있을 상황을 조건으로 제시할 수도 있다.

5-A. 5時になったら帰りましょう。(5시가 되면 돌아갑시다)

5-B. *5時になる<u>なら</u>、帰りましょう。

6-A. 明日朝一番の電車に乗る<u>のなら</u>今晩早く寝なさい。

(내일 아침 첫 전철을 탈거면 오늘 밤 빨리 자거라)

6-B. *明日朝一番の電車に乗る<u>のなら</u>今晩早く寝なさい。

6-A의 예문은 내일 일어날 사태에 대한 이야기인 것 같지만 초점은 말하는 이가 듣는 이에게 오늘 밤 빨리 자게 하고 싶은 것을 표현하고자 한 것이다. 이렇게 말하는 이 자신의 의사표시를 중점적으로 부각시키고 싶은 경우의 가정조건표현은 なら만이 가능하다.

가정조건표현에는 たら와 なら가 나타나지만 두 형태가 나타내는 의미 영역이 다른 것을 알 수 있다. たら는 일본어의 조건표현을 나타내는 형태 중에서 가정조건표현 영역을 가장 잘 나타내는 형태로 꼽힌다. 또한 말하는 이의 의사표시가 자유롭다. 더구나 구어체에서는 ば나 と를 대신하는 경우가 많아서 조건표현을 대표하고 있는 것처럼 보이기도 하는 형태이다. 그러나 なら는 たら와 같은 의미기능을 갖기도 하지만 같은 가정조건표현이라 하더라도 말하는 이가 자기의사를 전달하기 위한 수단으로 선택하는 형태이기 때문에 たら가 나타내는 가정조건표현과 다르다고 하겠다.

이상과 같이 일본어의 조건표현은 각 표현유형에 따라 나타나는 형태가 다르므로, 단순히 사전적인 의미용법에 의존하기보다는 그 기능과 의미차이를 잘 이해하여 구별해서 사용할 필요가 있다.

36. 내가 '주는' 것과 남이 '주는' 것은 무엇이 다를까?

【강영부】

일본어 문법에서 말하는 수수표현(授受表現)이라는 것은 누군가에게 물건을 주고받는 것을 나타내는 표현이다. 누군가에게 물건을 주는 것을 나타내는 경우, 우리말에서는 '나는 다나카씨에게 선물을 주었다', '다나카씨는 나에게 선물을 주었다'와 같이, 주는 사람이 누구라도 '주다'를 사용한다. 그러나 일본어에서는 'わたしは田中さんにプレゼントをあげた', '田中さんはわたしにプレゼントをくれた'와 같이, 주는 사람, 즉 주어가 누구인가에 따라 사용하는 동사가 달라진다. 기본적으로는 자신 즉 화자가 다른 사람에게 물건을 주는 경우에는 あげる를, 다른 사람이 자신에게 물건을 주는 경우에는 くれる를 사용하는데, 주는 사람에 따라 동사를 구별하는 것은 일본인이 갖는 うち(내부)와 そと(외부)의 의식이 관여하고 있기 때문이라고 볼 수 있다.

うち라고 하는 것은 본래 '안쪽'이라는 의미로 거기서 자신이 속하는 쪽이라는 의미가 만들어진다. うち와 そと라고 말하는 경우의 うち란, 함께 뭔가의 의식기반을 공유하는 자신이 속하는 집단이라는 정도의 의미로 쓰여진다. 예를 들면 가족과 가족 구성원은 うち에 속하는 사람이 되며, 그렇지 않은 사람은 そと에 속하는 사람이 된다. 사이가 좋은 그룹의 친구와 그렇지 않은 사람, 어떤 회사의 사원과 그렇지 않은 사람, 어떤 지역의 사람과 그렇지 않은 사람 등 うち와 そと의 집단은 상황과 화자의 의식에 따라 그 형태와 크기를 달리한다.

　이러한 うち와 そと의 의식은 일본인의 언어생활에도 나타나는데, 대화상대와 대화 속에 등장하는 인물 등이 うち의 관계에 있는지 아니면 そと의 관계에 있는지에 따라 사용하는 말을 구분하거나 말의 사용 가능 여부까지 결정하기도 한다. 일본어 중에서도 이러한 의식이 가장 잘 나타나 있는 것이 경어표현과 수수표현 등이다.

　앞서 기본적으로 자신(화자)이 다른 사람에게 물건을 주는 경우에는 あげる를, 다른 사람이 자신에게 물건을 주는 경우에는 くれる를 사용한다고 했다. 이는 엄밀히 말하면, 화자의 입장에서 자신을 포함한 うち의 영역에 있다고 의식되는 사람이 そと의 영역에 있다고 의식되는 사람에게 물건을 주는 경우에는 あげる를 사용하고, 또한 そと의 영역속의 사람이 うち의 영역 속의 사람에게 주는 경우에는 くれる를 사용하는 것이라고 말할 수 있을 것이다.

A : 京子姉さんが彼にチョコレートあげるんだって。

　　(교코 언니가 글쎄 그이한테 쵸코렛을 준대)

A의 어머니 : えっ、京子に恋人いるの?(그래? 교코에게 애인 있어?)

B : きのう、山田先輩が弟に本をくれたんだ。

(어저께 야마다 선배가 내 동생한테 책을 줬어)

B의 친구 : 山田先輩が? 何の本? (야마다 선배가? 무슨 책을?)

또한 대화상대와 대화 속에 등장하는 사람이 うち의 관계에 있어도 화자가 말하는 시점에서 누구를 보다 자신에게 가까운 대상이라고 의식하는지, 누구의 입장에서 말하는지에 따라 あげる와 くれる의 선택에 차이가 생긴다. 다음의 예를 살펴보자.

─ 아침 식사 자리에서의 남편, 부인, 초등학생 히로미의 대화, 식탁 위에는 장미꽃이 있다.

夫 : ママ、このバラは花どうしたの? (여보, 이 장미꽃 뭐야?)

妻 : これ、<u>誕生日</u>のプレゼントにひろみがくれたの。

　　(이거 생일 선물로 히로미가 줬어요)

夫 : きれいだね。ひろみは去年も①<u>くれたね</u>。

　　(예쁘네. 히로미는 작년에도 줬지)

妻 : ええ。(네)

夫 : ひろみ、誕生日にはママがひろみにいいもの②<u>くれるよ</u>。

　　(히로미, 생일에는 엄마가 히로미한테 좋은 거 줄 거야)

子 : ほんと? うれしい。(정말? 와 신난다)

위의 대화1에서는 ひろみがくれた라는 형태를 사용하고 있기 때문에 남편은 부인편에 서서 말하고 있음을 알 수가 있다. 그런 입장에서라면 ②는 본래 ママがひろみにあげるよ가 되어야 마땅할 것이다. 그러나 ①과는 달리 ②에서는 남편의 의식이 아이 쪽에 서는 입장으로 바뀌면서 ママがひろみにくれるよ라고 말하고 있는 것이다. 단 그 자리에 아이가 없고 부부 둘만의 대화였다면 남편의 의식이 아이 쪽에 서는 입장으로 바뀌기 어렵게 되므로 ひろみにくれる라는 표현은 사용하기 어려워진다. 이러한 예에서도 알 수 있듯이 수수표현에는 화자의 의식이 강하게 나타나 상황에 따라 수수동사가 달리 사용되므로 객관적인 묘사에는 사용하기 어려우며 주로 회화표현에서 사용된다.

그런데 あげる, くれる는 주는 사람을 중심, 즉 주어로 하는 표현이나, 이와는 달리 받는 사람을 중심으로 하는 표현이 있는데 もらう(받다)가 바로 그것이다. もらう도 역시 うち와 そと의 의식이 관여하지만, くれる와 마찬가지로 そと의 영역 속 사람에게서 うち의 영역 속 사람으로의 수수행위에 사용된다.

1. 田中さんはわたしに本をくれた。

   (다나카씨는 나한테 책을 주었다)

2. わたしは田中さんに本をもらった。

   (나는 다나카씨한테서 책을 받았다)

1과 2의 예문 모두, 책은 '다나카'에게서 '나'에게로 건네지고 있으나 1의 경우는 주는 사람인 '다나카'에게, 2의 경우는 받는 사람인 '나'에게 시점이 향해 있다고 볼 수 있다.

또한 うち 중에서도 제일 중심에 있는 것은 자신(화자)이므로 あげ
る를 사용하는 경우에는 물건을 받는 사람의 위치에 자신은 올 수 없고
くれる, もらう를 사용하는 경우에는 물건을 주는 사람의 위치에 자신
은 올 수가 없는 것이다. 따라서 다음의 문장들은 일본어로서 성립하지
않는 오용문이 된다.

   3. 田中さんはわたしにプレゼントをあげた。

     (다나카씨는 나에게 선물을 주었다)

   4. わたしは田中さんにプレゼントをくれた。

     (나는 다나카씨에게 선물을 주었다)

   5. 田中さんはわたしにプレゼントをもらった。

     (다나카씨는 나에게 선물을 받았다)

이상은 누군가에게 물건을 주는 것을 나타내는 표현인데, 수수동
사는 또한 동사의 ～て형과 결합하여 누군가에게 뭔가를 해준다는 의미
를 갖는다. 이 경우도 물건을 주거나 받거나 하는 것과 마찬가지로 う
ち와 そと의 관계가 문제가 된다. 예를 들면 '다나카'가 '김'에게 일본어
를 가르쳤다고 하는 것을 각각의 입장에서 표현하면 다음과 같다.

   6. 田中 : わたしは金さんに日本語を教えてあげた。

       (나는 김아무개씨에게 일본어를 가르쳐 주었다)

   7. 金 : 田中さんはわたしに日本語を教えてくれた。

(다나카씨는 나에게 일본어를 가르쳐 주었다)

8. 金：わたしは田中さんに日本語を教えてもらった。

(나는 다나카씨에게 일본어를 배웠다)

관련되는 사항으로 あげる라는 동사는 본래, 동사 やる의 겸양어이나, 현대일본어에서는 あげる는 존경의 의미가 없는 보통체의 말이고, やる는 거친 말투에서 사용되고 있다. 따라서 あげる를 손윗사람에게 직접 사용하기는 어렵다.

37. '大丈夫'는 '대장부'?

【송영빈】

일본어 '大丈夫'(だいじょうぶ)를 한국어로 읽으면 '대장부'이다. 그런데 이것이 웃지 못할 오해의 씨앗이 되었다. 때는 1988년 봄, 올림픽 개최로 온나라가 열광의 도가니 속으로 빠져들고 있을 때 이웃 일본에서는 여러 가지 반응이 있었다. 당시 일본의 유명한 작가의 책이 나왔는데 북한이 올림픽을 방해하기 위해 전쟁을 일으킨다는 내용이었다. 그러지 않아도 김포공항에서 폭탄이 터지는 사건이 일어났고, 이에 당황한 당국이 세계인을 안심시키려고 올림픽 경기장에서 특공대의 테러 진압 훈련을 해외언론에 대대적으로 공개했다. 이런 강력한 특공대가 있으니 걱정하지 말라면서. 그러나 외국의 불안은 더욱 커졌다.

이 장면을 일본 TV가 '韓国 大丈夫?'라는 타이틀 하에 훈련 모습을 보도했다. 배경 화면은 특공대의 격파 시범 및 낙하 훈련이었다. 그날 나는 한국에서 출장 온 친구와 그 보도를 보고 있었는데 그 장면을 본 친구가 흥분하여 이렇게 말했다.

"역시 올림픽을 개최하니까 일본인들도 한국을 평가하기 시작했구나! 한국 보고 대장부래!"

자막을 한국어로 읽으면 '한국 대장부'임에 틀림없다. 그런데 일본어의 뜻은 '한국 과연 괜찮을까?'인 것이다. 원래 일본어에도 '대장부'라는 말이 있었다. 현재는 사어(死語)가 되었지만 발음은 [だいじょうふ]라고 한다. 현재의 '大丈夫'라는 한자는 [だいじょうぶ]라고 발음하며 그 뜻은 '괜찮다', '상관없다'라는 뜻이다. 한자인 만큼 뜻도 같을 것이라는 오해에서 발생한 웃지 못할 장면이다.

또 다른 에피소드가 있다. 이것은 다른 사람에게 들은 이야기. 주재원으로 일본에 파견을 간 사람이 어느 날 갑자기 이가 아파서 치과(齒科)에 가려고 했다. 일본어로 '이'(齒)는 [は]라고 하고 '과'(科)는 [か]라고 하니까, 길가는 아주머니에게 다음과 같이 물었다.

はかはどこですか？ ('하카'는 어디입니까?)

그랬더니 그 아주머니가 'おはかですか'라며 따라오라고 친절히 손짓하며 안내를 했다. '역시 일본인은 듣던 대로 친철하구나'라고 생각하고 고마워하는 한편 '치과'에도 'お'(御:남의 물건 등에 붙이는 존경의 접두사)를 붙이는 것을 보며, 일본인의 각듯한 경어 사용에 경탄하며 쫓아갔는데 그 친절한 아주머니가 데리고 간 곳은 다름 아닌 동네의 공동묘지였다. 'はか'는 '무덤'을 뜻하는 일본어인 때문이다.

이 해프닝은 '이'는 한자로는 '齒'라고 쓰지만 발음은 고유어인 경우

는 [は](ha)라고 하고, '치과'와 같이 한자어인 경우는 '齒'는 [し](shi)라고 발음해야 한다는 것을 몰랐기 때문에 일어난 일이다. 이는 우리나라에서도 '이가 아프다'고는 하지만 '이가 아파 이과에 갔다'라고는 할 수 없는 것과 같다.

이 밖에도 일본에서 살다보면 같은 한자어인데도 뜻이 다른 한자어 때문에 생각지 못한 일이 벌어지는 경우가 많다. 우리말에서는 '방학(放学)의 반댓말로 '개학(開学)'이 쓰이지만 일본어에서 '開学'이라는 말은 '대학을 설립하는 것'으로, '開学記念日(かいがくきねんび)라는 말을 쓴다. 우리로서는 '늘 반복되는 방학과 개학인데 무슨 기념일?'이란 생각이 들 수도 있는 표현이라고 할 수 있다.

한국어와 일본어 한자 및 한자어는 위와 같이 형태는 같아도 용법이 다른 것이 많다. 한편 어느 한 쪽에만 있는 한자어도 많은데 초등학교 국어 교과서에 나온 한자어를 분야별로 보면 다음과 같다.

1. 심리(心理)에 관계되는 말

1) 일본어에만 있는 말

機嫌(기분), 見当(예상), 退屈(지루하다), 我慢(참다), 油断(방심)

2) 한국어에만 있는 말

鬱火(울화), 懷抱(회포), 苦悶(고민), 落心(낙심), 唐慌(당황)

3) 공통된 말

思考(사고), 思索(사색), 注意(주의), 把握(파악), 分析(분석)

어느 한 쪽에만 있는 한자어가 비교적 주관적인 판단에 관련되는 단어가 많은데 비해 양쪽 모두에게서 쓰이는 한자어는 비교적 이성적인 것과 관련되는 것이 많다. 특히 공통적으로 나타나는 한자는 근대에 이르러 만들어진 것이 많다는 점이 특징이다.

2. 형용사 · 부사

1) 일본어에만 있는 말

窮屈(답답하다), 沢山(잔뜩), 存分(마음껏), 随分(상당히), 大層(꽤)

2) 한국어에만 있는 말

細細(세세하다), 不過(불과), 豐盛(풍성), 主着(주책), 数多(수다)

3. 식물

1) 일본어에만 있는 말

大根(무), 林檎(사과), 白菜(배추:이는 어원적으로는 한국어에도 있었다), 胡瓜(오이), 胡椒(후추)

2) 한국어에만 있는 말

菜蔬(채소), 沙果(사과), 唐根(당근), 百合(백합:일본에도 百合라는 표기는 있지만 이는 음독을 하지 않고 [ゆり]라고 훈독을 한다. 즉 한자어는 아니지만 한자 표기는 한다)

4. 가옥 · 건축 – 한국어에만 있는 말

層階(층계), 大廳(대청), 複道(복도), 窓門(창문), 房門(방문)

册床(책상), 天障(천장), 法堂(법당), 壁欌(벽장), 天幕(천막)

이와 같이 비교적 생활과 밀착되어 있는 식물, 건축과 같은 분야에서는 한국과 일본은 각기 다른 한자어를 사용하고 있음을 알 수 있다.

한국과 일본은 아무리 한자를 공유한다 하더라도 한자의 유입 이후 각각의 언어에 동화 발전하면서 서로 다른 한자어가 많이 생겼다. 따라서 영어와 마찬가지로 일본어도 전혀 다른 외국어로 생각하고 학습하는 마음 자세가 중요하다.

38. 우리말의 '식구'는 일본어에서도 '食口'?

【조남성】

우리말과 일본어의 한자어를 보면 ①工夫(くふう)처럼 한자가 동일하고 의미가 다른 것(우리말:공부, 일본어:궁리·고안) ②自己(じこ, 우리말 일본어:자기)처럼 유사한 의미의 한자어가 한국어와 일본어가 동일한 것, 혹은 自分(じぶん, 일본어:자기·저)처럼 일본어에만 있는 경우, ③食口·男便처럼 우리말에서는 있지만 일본어에는 없는 것, 이와 정반대인 勉強(べんきょう, 공부)와 같은 한자어 등 여러 종류가 있다. 이 중에서 ③에 해당하는 男便을 보자.

어느 한국 대학생이 일본인 집에서 하숙을 하게 되었다. 일본어는 인사말 정도만 가능한 학생은 첫날 한자를 쓰면서 주인집 가족과 대화(?)를 나누는 과정에, 아직 귀가하지 않은 남편에 대해 묻고 싶어서, '男便'이라고 종이에 써 보였다. 부인은 한참을 머뭇거리다가 화장실을 안내했다고 한다. '男'은 '남자', '便'은 '화장실'(便所)로 이해한 것이다. 더욱 재미있는 것은 덕분에 그 일도 무사히 마쳤다는 이야기이다.

어느 사람이 일본에서 일 관계로 무엇인가를 제출하러 모처에 갔다고 한다. 일본어로 약간의 의사 소통이 가능한 이 사람은 접수처가 어디인가 묻고 싶었는데, 갑자기 '접수처'(受付)라는 말이 생각나지 않았다. 고민 끝에, 한자 실력을 발휘해서 미안하다는 말과 함께 '接手所'라고 써 보였다. 한참을 머뭇거리다가 일본인은 알았다는 듯이 자신 있게 화장실로 안내했다고 한다. 아마 '接受処'(접수처)라는 우리말에 짧은 한자 실력으로 '受'는 '手'로 대처하고, 어려운 '処'는 일본어답게 장소를 나타내는 '所'로 썼을 것이다. '接手所'를 접수한 일본인은 手에서 착안하고, 所에서 확인하여 화장실(お手洗い)로 안내했을 것이다. 화장실은 멀고도 가까운 곳에 있나 보다.

필자는 앞서 예를 든 한자어에 대해서 조사한 적이 있다. '男便をうしなう(→ 夫)'(남편을 잃다)라는 틀린 문장을 놓고, 밑줄친 부분을 정정하라고 한 것이다. 대다수의 일본인 대학생(22/28명)은 이 문장만으로는 정정하지 못했다. 소수 학생의 대답은 夫(1명), 男手(2명), 童貞(2명), 気力(1명) 등이었다. 마찬가지로 '食口'를 예로 든 조사에서, '私の家は食口が多い(→ 家族)'(우리 집은 식구가 많다)에 대한 일본인 대학생의 대답은, 家族(8명), 人数(3명), 食費(2명), 食通(1명), 食ブチ(1명), 非常用食料(1명), 무답(11명), 정답(1명) 등이었다. 이와 같이 대답한 구체적인 이유에 대해서는 묻지 않았는데, 그들로서는 이해하기 어려웠으며 상당히 고민하여 대답한 듯하다.

비슷하지만 약간은 다른 종류의 예를 또 들어 보자.

어느 일본어를 전공하는 대학생이 실력향상을 위해서, 일본인 여학생을 소개받아 펜팔을 하게 되었다. 인터넷이 없던 25년 전이라 편지지에 정성껏 써서 소식을 전했다. 처음에는 간단한 영어로 시작하여 학교에서 배운 간단한 일본어를 사용하는 정도였다. 점차 사진도 주고받고 같은 대학생으로서 인생에 관한 이야기도 등장했다고 한다.

그러던 어느 날, '지금 어떤 생각을 하고 있습니까?'라는 질문에, 이 남학생은 '私は今とても残念が多いです'라는 멋진 문장으로 답했다. 스스로는 대학생으로서 많은 생각을 하고 있음을 표현한 듯하다. 그후 사진까지 보냈던 기모노의 주인공한테 연락이 오지 않았다고 한다. 한자를 써서(유식하게) 뭔가를 보여주려고 했던 이 학생은 '雜念'(잡념)을 '残念'(ざんねん:유감)으로 잘못 쓴 것이었다. 결국 '나는 지금 정말(인생, 청춘 등의 고민으로 생각이) 잡념이 많습니다'라는 이야기를 '나는 지금 정말(당신에게) 유감이 많습니다'라고 전해진 것이다. 정말로 유감스런 일이 아닐 수 없다.

우리나라 일본어 학습자 특히 대학생들은 한자를 어느 정도 알고(?) 있기 때문에 일본어를 쉽게 접하지만, 부족한 어휘를 한자어로 메우려다가 이같은 실수를 저지르는 경우가 종종 발생한다.

한편 우리말과 일본어에서 같은 의미로 쓰고 있는 외래어를 살펴보면-어원을 나타내는 부분에서, [한]:한국어, [일]:일본어, (네):네덜란드어, (프):프랑스어 등을 나타낸다-다음과 같다.

アイスクリーム(아이스크림, ice cream), ピアノ(피아노, piano), マスク(마스크, mask), スキー(스키, ski), スケート(스케이트, skate), アナウンサー(아나운서, announcer), ストーブ(스토브, stove), ワイシャツ(와이셔츠, white shirt(s)), カメラ(카메라, camera) 등은 우리말 발음 그

대로 일본인에게 100% 이해되고 있다. 즉 음성상에서 학습이 필요 없는 어휘이다.

반면 ビール(비어, [한]beer, [일]bier(네)), クイズ(퀴즈, quiz), クラシック(클래식, classic), グラフ(그래프, graph), グラム(그램, [한]gram, [일]gramme(프)), ストライキ(스트라이크, strike), ファン(팬, fan), メートル(미터, meter), アルコール(알코올, alcohol), フィルム(필름, film), アルバム(앨범, album), セーター(스웨터, sweater), プラットホーム(플랫폼, platform), ドル(달러, dollar), トンネル(터널, tunnel), ゼロ(제로, [한]zero, [일]zêro(프)), ビザ(비자, visa), ダース(다스, dozen), サークル(서클, circle), ダイヤル(다이얼, dial) 등은 전혀 이해가 되지 않는 어휘이다. 예를 들면, 'ダイヤル'를 우리말 '다이얼'로 일본인(학생)에게 들려주었더니, タイヤ(58/156명), タイオン(13명), タイヨウ(12명), タイヤード(12명), タイワン(6명), 기타(19명), 무답(36명) 등으로 대답했다.

끝으로, 우리말이 아닌 우리의 행동을 일본인에게 보이면 어떻게 될까? 위의 첫 이야기에서 화장실에 간 대학생은 아마도 그날 대화에 정신이 없었나 보다. 일본인 가족과 같이 이웃집으로 가고자 차를 타게 되었는데, 차 앞자리 문 앞에서 한참을 기다려도 일본인 가족들은 차에 타지 않고 당황한 표정을 짓고 있는 것이 아닌가? 의아하게 생각했던 대학생은 고개를 가우뚱하다가 비로소 알아차리고 얼굴이 벌개졌다고 한다.

자신의 실수를 깨달은 그는 'ちょっと'(잠깐)라는 멋진 일본어 한마디를 하고는 바로 화장실로 달려갔다고 한다. 화장실은 역시 '손 씻는 곳'(お手洗い)이 아니고 '편한 곳'(便所) 같다.

  그나저나 우리나 일본이나 다 같이 사용했던 便所라는 말이 사라져
가니 좀 아쉽다. 우리말 便所를 일본어에 넣어서 일본인에게 전하면 어
떻게 되나? 글쎄, 便所 같은 말이라.

39. '닭도리탕'은 우리말?

【김동욱】

처음 일본어를 배우기 시작할 때 우선, 우리말 속에 남아 있는 일본어를 한번 찾아보는 것도 하나의 방법이다. 우리말로 쓰이는 것들이라서 외우기도 쉽고, 그 의미를 알고 나면 재미있어서 도움이 되지만 한편으로는 일본어의 본래의 의미에서 벗어나 쓰이고 있는 것이 많아 오히려 방해가 될 수도 있다. 이처럼 우리말 속에 남아 있는 일본어는 외래어인가, 외국어인가.

'외래어'라는 말은 간단히 말해서 '외국어가 국어처럼 쓰이는 말'이다. 한국어에도 수없이 많은 외래어가 들어와 활발히 쓰이고 있다. 그 중 특이한 성격을 갖고 있는 외래어가 있는데 그것이 바로 일본에서 들어온 외래어이다. 보다 정확히는 외래어인 경우와 외국어인 경우가 섞여 있고 또한 어느 쪽인지 구별하기 어려운 경우도 있다. 뿐만 아니라 쓰면 안 되는 것으로 즉 한국어로 대체해야 할 소위 '순화' 대상으로 분류되는 것도 있다.

우리말 속에 남아 있는 일본어 중 지금도 흔히 들을 수 있는 말로서 '사라'(접시), '소데'(소매) 등이 있다. 이러한 어휘들은 일본에서 유입된 외래어라는 느낌이 확실히 드는 것들인데 이와 같은 단어들은 한자어가 아니고 일본의 순수 고유어가 들어온 것으로 한국어로 대체되어야 하며 '순화'의 대상이 되는 것이다.

한편 일본의 한자표기어가 들어온 예를 보자. 한자표기어가 들어와 쓰이는 예의 하나로 '취급'(取扱)이 있다. 일본어에서는 '取扱'이라고 하여 한자로 표기하고 '도리아쓰카이'라는 식으로 고유어 훈으로 읽는다. 그러나 이것이 한자표기만 한국어에 들어와 '취급'이라고 한국어 한자음으로 음독을 하게 됨으로써 한자어가 된 것이다.

그러나 이들 중에는 그것이 일본어에서 온 것인지 중국어에서 온 것인지 확실하지 않은 것도 있다. 그 하나의 예가 때를 나타내는 '지금'(只今)이다.

只今上映中(ただいまじょうえいちゅう) : 지금 상영 중
只今出発(ただいましゅっぱつ) : 지금 출발

'지금'(只今)은 일본어에서는 '다다이마'라고 훈으로 읽지만 우리는 우리식 한자음으로 읽는다. 이는 중국의 고어에 이미 쓰였다는 설도 있고 우리말에서는 '지우금'(17세기 국어사전)의 준말이라는 설도 있다.

서양에서 들어온 외래어는 '컨닝하다'와 같은 일부 예를 제외하고는 일반적으로 명사에 한정되는 특징이 있는 반면 일본식 외래어는 '가라', '나시'와 같이 명사형으로 쓰이는 것은 물론 '앗싸리', '잇빠이'와 같이 부사로 쓰이거나 '쇼부를 보다', '곤조를 부리다'와 같이 활발히 구를 만들 정도로 토착화된 것들이 있어 특징을 보인다. 특히 어감이 마이너스의 이미지를 갖고 있어서 점잖은 자리에서는 쓰기 힘들다는 특징이 있다.

그 예들을 들어 보자.

[한] 영수증을 '가라'로 끊었다.
[일] 空(가라) – 속이 빈, 가짜, 위조된

[한] 더울 때는 '소데나시'를 입는다.
[일] 無し(나시) – 없음

[한] 미싱 '시다' 구함
[일] 下(시다) – 밑, 아래

[한] 그렇게 마냥 질질 끌고 있으려면, '앗싸리' 그만둬라.
[일] あっさり(앗싸리) – 시원시원한, 깨끗하게

[한] 차에 기름 '잇빠이' 채워주세요.
[일] いっぱい(잇빠이) – 가득

[한] 저 자식은 술만 먹었다 하면 꼭 '곤조'를 부린단 말야.

[일] 根性(곤조) - 근성, 끈기

[한] 질질끌지 말고 이쯤에서 '쇼부' 치자.(쇼부보자)

[일] 勝負(쇼부) - 승부

이들 용어의 유입 과정은 문물과 학문의 유입 등과 같은 간접적인 과정에 의해서가 아니라 일본의 직접 통치라는 과정을 통해 현실 생활 속에서 유통되게 되었다는 점, 따라서 한국어의 어휘체계에 존재하는 기존 단어들과 대립하게 된다는 것이 특징이다. 따라서 이들이 '순화대 상'의 첫 번째 대상이 되었다는 것은 당연한 것이다.

일본에서 온 외래어의 특징 중의 하나로 들 수 있는 것으로 특정 직업에 관련되는 단어가 많다는 점을 들 수 있다. 요즘은 건설 현장에 서도 우리말 용어 쓰기에 대한 관심이 높아져서 건설 현장에 걸린 현수 막에 우리말 용어를 쓰자는 내용을 볼 수 있을 정도인데 아직도 집수리 를 위해 사람을 부르면 '신마이'(신참), '나라시'(고르게 함), '야스리'(줄) 등과 같은 용어를 접하게 된다. 이들 건설현장이나 도구 등에서 쓰이는 단어를 분류하면 일본어에서 온 것이 58%라고 한다.

한편, 분야에 따라서는 일본어계 용어들이 별로 쓰이지 않는 분야 도 있다. 예를 들어 옷의 재료와 관련된 용어는 영어에서 온 것이 많 다고 한다. 한편, 의복 명칭의 경우는 일본어에서 온 것이 많다고 한 다. '세비로'(양복), '소데'(소매), '조끼'(베스트), '에리'(옷깃) 등이 그것인 데 그동안의 우리 고유어 용어의 보급 노력 등에 의해 현재는 많이 줄어들었지만 '소데', '조끼', '에리' 등은 아직도 일상생활에서 활발히 쓰이고 있다.

이번에는 음식과 관련된 용어를 보면 '복지리', '도미지리'와 같이 한국어와 섞여서 쓰는 경우가 있다. 그리고 '닭도리탕'의 경우 '닭'과 '도리'는 같은 의미의 한국어와 일본어가 중첩되어 쓰인 것으로 보는 입장도 있다.

[한] 복 '지리'
[일] ちり-냄비요리의 일종

[한] 닭 '도리' 탕
[일] 鳥(도리) - 새, 닭

음식용어로서 '스시', '와사비', '쓰키다시' 등은 일본어가 그대로 쓰이는 경우이다. 이들은 현재에도 활발히 쓰이는 것으로 1990년대 이후 급격한 일식요리의 유행으로 점점 더 많은 일본어가 들어오고 있다. 이들 예로는 '샤브샤브', '스키야키', '넷빤야끼', '이자카야' 등이 여기에 속한다. '텐뿌라'가 '튀김'으로 '나베'가 '냄비'로 '벤토'가 '도시락'으로 '다꽝'이 '단무지'로 바뀌는 등 많은 용어가 한국어 고유어로 바뀌었음에도 불구하고 식생활의 다양화와 더불어 이들 일본어가 활발히 쓰인다는 것은 흥미로운 일이다.

그러나 식문화에 관한 이러한 단어들은 과거로부터 남아 있는 단어들이라기 보다는 식문화의 교류에 의해 새로이 우리말 속에 자리 잡은 것들이다. 이는 반대로 일본에서 '비빔밥', '불고기', '김치', '갈비', '나물' 등의 새로운 한국산 외래어를 탄생시키고 있으니, 세계화에 의한 새로운 외래어들의 탄생이라고 볼 수 있다.

40. 말할 때와 쓸 때는 다른 말을 쓴다는데

【한선희】

인간의 언어행동은 음성 또는 문자에 의해서 이루어진다. 일본어도 마찬가지로 음성에 의해 표현되는 언어, 즉 말할 때의 언어를 '구어체'(話(はな)しことば)라고 하고, 문자에 의해서 표현되고 이해되는 언어를 '문장체'(書(か)きことば)라고 한다. 구어체는 말하고 듣는 행위가 중심이 되고, 문장체는 쓰고 읽는 행위가 중심이 된다. 구어체가 공간적 언어라면, 문장체는 시간적 언어라고 표현할 수 있으며, 그 전달방식에서 큰 차이가 난다.

말할 때는 듣는 사람과 말하는 사람이 같은 장소에 있고, 몸짓과 표정과 실제의 목소리, 악센트, 인토네이션, 억양 등이 표현과 이해를 돕는다. 또 음성은 의미가 전달되면 대개는 그 자리에서 사라지기 때문에 일반적으로 정확성이 요구되지는 않는다. 따라서 말할 때는 반복을 하기도 하고, 주어와 술어의 관계가 부정확하기도 하며, 언어의 중복이 많고, 은어나 속어 등을 사용하기도 한다.

반면, 문장을 쓸 때는 공간의 제약을 넘어 전달되므로 이해를 돕기 위해 정확하게 표현하지 않으면 안 된다. 즉 어휘선택이 적절해야 하고 의미의 흐름이 논리적이어야 한다. 또 이 경우 '문자'의 힘을 빌려서 문자의 대소(大小), 배치, 구두점, 쉼표 등의 부호를 이용하여 표현의도를 명시하므로, 구어체와는 다른 효과를 낼 수가 있다.

일반적으로 일본어의 구어체와 문장체는 어휘, 문법상의 현저한 차이가 있는데, 구어체의 특징은 다음과 같다.

1. 한 개의 문장이 비교적 짧다.

2. 문장의 순서가 바뀌는 경우가 있다.

3. 같은 문장과 단어를 반복하기도 한다.

4. 문장을 끝내지 않고, 말하다가 그만두는 경우도 있다.

5. 동사 연용형(連用形, －i)으로 끝내는 경우는 거의 없다.

　　문장체 : ぼくも行き、君も行く。

　　구어체 : ぼくも行くし、君も行く。(나도 가고, 너도 간다)

6. 수식어를 비교적 적게 사용한다.

7. 문장의 일부를 생략하기도 한다.

8. 지시어를 많이 사용한다.

　　あれ、これ、それ

9. 경어를 자주 사용한다.

10. 종조사, 간투사(間投詞:감동사, 감탄사), 간투조사(間投助詞:～さ、～よ、～ね 등과 같이 문장 중 일시적으로 끊기는 부분에 쓰이는 조사. 昨日さ、こういってやったのさ:어제 말이야, 이렇게 해서 했지 뭐야)를

많이 사용한다.

11. 한자어를 사용하는 경우가 적다.

12. 고어(古語), 한문투의 말, 번역체의 말투가 적다.

13. 대부분 문장 끝이 だ, です, ございます로 끝난다. 문장체:である

구어체는 이와 같은 특징을 가지고 있고, 문장체의 경우 위의 경우와 반대되는 특징을 가지고 있다.

실제로 구어체에는 외래어를 쓰고, 문장체에는 한자어를 쓴 경우가 있다. 한 예로서 야구실황중계를 TV나 라디오로 듣고 있으면 ピッチャー(pitcher), キャッチャー(catcher), セカンドランナー(second runner) 등의 외래어를 쓰고 있는데, 다음날 신문에는 투수(投手), 포수(砲手), 이루주자(二壘走者)로 표기되어 있는 경우이다. 말할 때는 외래어를 사용하였지만 신문기사에는 의도적으로 격식 높은 언어표현을, 혹은 외래어의 경우 단어의 길이가 길기 때문에 이를 짧게 하기 위해 한자어를 사용하고 있는 것이다.

이외에 구어체의 특징으로 남성과 여성의 말 차이를 들 수 있다. 예를 들어 남녀대학생들의 경어실태를 살펴보면, 도쿄 대학생의 경우 'です, ます'의 문말 표현은 여자가 3대 2의 비율로 훨씬 더 많이 쓰고, 'だ'로 끝나는 문장은 1대 3의 비율로 여자가 훨씬 적게 사용하고 있다고 한다. 또한 '何かをした'(~을 했다)라는 말을 정중한 표현부터 차례로 열거하면, 'いたしました, しました, した, やりました, やった'의 5종류로 나눌 수 있는데, 삿포로(札幌)에 사는 남녀를 대상으로 경어사용

조사를 한 자료에 따르면 남자와 여자의 쓰임이 매우 다르게 나타났다고 한다.

남자는 반말을 쓸 때는 'やった'를 쓰고, 정중한 표현으로 'やりました'라고 사용하는 반면, 여자는 반말로 'やった'와 'した'를 쓰고, 정중한 표현으로 'やりました'와 'しました', 'いたしました'를 사용하고 있다고 한다. 이것은 5백 명 정도를 면접하여 조사한 것인데, 이 결과를 보면 여자가 남자보다 훨씬 더 정중한 표현을 쓰고 있는 것을 알 수 있다. 이밖에도 남자와 여자가 '인칭대명사', '종조사' 등을 다르게 사용하고 있다.

이러한 구어체와 문장체의 표현은 올바른 언어교육을 위하여 모두 필요한 것인데, 일본의 경우 이전에는 읽기, 작문교육 등만 중시되었고, 전후(戰後) 점차 말하기 교육도 중시하게 되었다. 사람들 앞에서 올바로 말하기, 또 상대방의 말을 정확하게 이해하는데 중점을 둔 구어체, 즉 담화(談話, discourse) 교육을 위한 커리큘럼과 지도기술의 개발이 문제라 할 수 있다.

또 한 가지 일본어 교육상의 문제로는, 일본어 교육용으로 쓰이고 있는 교재에 문장체에 가까운 표현이 많다는 것이다. 실제로 일본어 교재에 나와 있는 표현으로 일본인과 대화할 경우, 많은 일본인이 부자연스럽다고 지적하는 경우가 적지 않다.

어느 대학을 일본의 자매대학교 학생들이 방문했다. 우리나라 학생들은 그동안 갈고 닦은 일본어 실력을 발휘해 보리라 결심하고 떨리는 마음으로 교재에서 배운 대로 말을 했다. 그런데 의사소통은 그럭저럭 이루어지고 있었지만 일본학생들은 어떻게 대답하여야 할지 매우 당황스러워 하고 있었다. 까닭인 즉 일본학생들은 구어체의 자연스러운 일본어로 말하고, 한국학생들은 문장체에 가까운 일본어를 구사하고 있었기 때문이다. 구어체와 문장체에 대한 인식이 부족했기에 웃지 못할 상황이 일어난 것이다.

일본어의 특성상, 처음부터 형식에 얽매이지 않은 구어체의 표현부터 교육할 수는 없다 하더라도 듣기, 말하기, 읽기, 쓰기 등 4가지 기능의 습득을 목적으로 하여, 모든 기능이 응용될 수 있는 교육이 필요하다고 볼 수 있다. 또한 구어체, 문장체의 조화로운 발달을 위해서는 담화의 단위로 구어체의 스타일을 문장체로, 문장체의 스타일을 구어체로 상호교환해 보는 연습이 필요하다고 할 수 있다.

41. '山田さんたち'는 누구누구?

【정의상】

일본어와 한국어의 체언은 서구어처럼 성, 수, 격에 따른 어형 변화가 없다. 문장 중에 복수를 나타내는 어휘가 있어도 다른 문장요소까지 복수를 일치시킬 필요가 없고, 지시대상이 복수라 할지라도 반드시 복수형태로 표시할 필요가 없다. 다시 말하자면 일본어와 한국어는 수에 있어서 일치가 없고, 복수표현 역시 임의적이라는 것이다.

예를 들면, 영어의 경우 'A boy runs/Boys run'과 같이 주어가 단수이면 동사도 단수에 맞는 형태를 취하고, 주어가 복수이면 동사도 복수에 맞는 형태를 취한다. 독일어의 경우 역시 'Er kommt morgen/Sie kommen morgen'에서 볼 수 있듯이 주어의 수에 맞게 동사도 그 각각의 형태를 취한다. 그러나 일본어와 한국어는 영어, 독일어와 같은 수의 일치를 보이지 않는다. 일본어의 경우는 '彼がくる/彼らがくる'처럼 주어가 단수이든 복수이든 일정한 동사 형식을 취할 뿐 주어의 수에 따른 어형변화를 갖지 않는다.

'あそこに子供が一人いる/あそこに数人の子供がいる'(저기에 아이가

하나 있다/ 저기에 몇 명의 아이가 있다)에서 전자의 子供(こども,아이)는 단수임에 반해, 후자의 子供는 복수를 의미한다. 여기에서도 그 지시대상이 단수이든 복수이든 子供, 그 자신의 형태 역시 어형변화를 요구받지 않는다. 후자처럼 복수의 의미가 확실하다고 해서 반드시 복수형 접사인 たち, ら 등을 붙여 子供たち나 子供ら로 변화시켜야 한다는 의무가 없는 것이다. 영어의 'I must read one book a day/I must read two books a day'와 비교해 보면 쉽게 양 언어의 차이를 알 수 있을 것이다. 일본어와는 달리 영어는 가리키는 대상이 단수이면 단수의 형태를, 복수이면 복수의 형태를 취하고 있음을 알 수 있다.

그러면 이번에는 한국어의 예를 들어보자. '그녀가 웃는다/그녀들이 웃는다'에서처럼 한국어 또한 주어가 단수인가 복수인가에 따른 동사의 어형변화는 찾아 볼 수 없다. '한 아이가 달린다/여러 아이가 달린다'에서도 가리키는 대상이 복수라 하여 '아이'라는 단어에 복수형 접미사인 '-들'을 반드시 첨가해야만 하는 것은 아니다. 즉 일본어와 한국어는 체언의 복수형태에 있어서는 임의적임을 알 수 있다.

이제 일본어 체언의 복수표현에는 어떠한 종류가 있는지 그리고 어떠한 방법으로 이루어지는지에 대해서 좀더 구체적으로 알아보자. 크게 나누어 일본어의 복수표현에는 첩어(疊語:같은 말을 겹쳐 쓴 복합어) 형태로 나타내는 표현과, 복수의 의미를 갖는 접사를 덧붙여 복수성을 나타내는 표현의 2가지 종류를 들 수 있다.

우선 첩어형태의 복수 표현방법부터 살펴보면, 첩어형태는 같은 단어를 중복하여 씀-일반적으로 앞 글자를 반복해서 쓰는 대신 '々'를 쓴다-

으로써 언제나 지시대상의 복수성의 의미를 나타낸다. 첩어형태를 취할 수 있는 명사의 예를 몇 가지 들어보자. 我々(われわれ, 우리들), 人々(ひとびと, 사람들), 日々(ひび, 나날), 月々(つきづき, 매월) 등은 첩어형태로 복수의 의미를 나타낸다. 그러나 僕々, 男々, 犬々, 海々, 秋々 등은 일본어 복수표현으로 성립되지 못하므로 첩어형태를 취할 수 없는 명사들이다. 따라서 모든 명사가 첩어형으로 복수를 표현할 수 있는 것은 아니며, 또한 어떤 명사가 첩어형태를 취할 수 있는지에 대한 정확한 규칙은 없다.

둘째로 복수를 나타내는 접사에 의한 복수 표현방법에 대해 살펴보면, '-たち', '-がた', '-ら', '-ども' 등과 같은 접미사를 붙여서 복수를 나타내는 방법과, '諸(しょ)-'와 같은 접두사로 복수를 나타내는 방법이 있다. 'たち'는 わたしたち, 子供たち, 学生たち, 君たち처럼 인간을 가리키는 명사, 대명사 등에 붙어서 복수의 의미를 나타낸다. 단 彼たち(×)와 같이 복수 표현을 만드는데 たち를 붙여서는 안 되는 명사도 있다는 것을 유의해야 한다. 'がた'는 先生がた, 皆様(みなさま)がた 등과 같은 경의(敬意)를 포함해 표현할 경우에 사용된다. 'あなた'의 경우는 たち와 がた 양쪽 모두 사용할 수 있으나, がた를 사용하는 쪽이 자연스럽다.

경의의 뜻이 포함되어 있지 않은 'ら'는 보통 彼나 彼女 등과 같이 특별히 경의를 표현하지 않아도 되는 대상에 붙어 '彼ら', '彼女ら'의 형태로 쓰이는 경우가 많다. 이때 彼女ら는 전원이 여성인 경우에만 사용되고, 그 이외에는 彼ら가 사용된다. 또한 ら는 'お前ら'(おまえら,

너희들), '貴様ら'(きさまら, 니들), 'てこえら'(네놈들), 'こいつら'(이놈들) 등과 같이 상대방을 낮추어 말하거나 멸시하는 듯한 기분을 표현하기도 한다.

그러나 '僕ら, われら' 등과 같이 일인칭의 대명사에 붙을 때에는 겸양의 뜻을 나타내기도 한다. ら가 たち와 다른 점은 'それらの点について次に述べようと思う'(그러한 점에 대해 다음에 설명하려 한다)처럼 지시대명사에 붙어 사물을 가리킬 때에도 쓰인다는 점을 들 수 있다. ども는 상대를 얕보는 듯한 의미를 표현하는 복수 접미사로, 'ちんぴらども'(똘마니들), '女ども'(여자들)과 같이 쓰이는 게 보통이다. 그러나 일인칭 대명사에 ども가 붙어 사용될 때는 복수의 뜻을 나타내지 않고, '私ども'의 경우와 같이 겸양어로 사용되는 경우도 있다.

이상의 복수표현 방법 외에도 '諸-'의 뒤에 여러 한자어가 붙어, 예를 들면 '諸君'(제군), '諸国'(제국), '諸研究'(여러 연구)의 형태로 복수의 의미를 나타내기도 하나, 이 방법은 주로 문어체적인 경우에 많이 사용된다.

여태까지 일본어의 복수표현의 종류 및 방법에 대해 간단히 살펴보았다. 마무리를 대신해서 일·한 양 언어의 복수표현과 관련된 다음과 같은 장면을 상정해 보기로 하자.

山田さん을 포함한 한 그룹의 여행객, 中田さん을 포함한 또 한 그룹의 여행객, 그 외 여행객들이 함께 관광을 끝내고 숙소에 들어왔다고 하자. 모든 여행객들은 보이는데 山田씨 일행의 모습은 보이지 않는다. 그럴 때 던질 수 있는 질문으로 '山田さんたちは?'(이 경우, '山田

씨네'라는 우리말 표현은 어색하고, '山田씨 일행'이라고 하는 해석이 적합할 것이다)라는 문장을 생각해 볼 수 있다. 이때 '山田さんたち'는 누구를 지칭하는 것일까? 상식적으로 생각해 볼 때, '山田'라는 이름을 가진 여러 사람을 지칭하는 것은 아님을 알 수 있다. '山田さんたち'와 같이 고유명사 등의 특정인을 나타내는 명사에 붙는 'たち는 '특정인'(山田さん)을 포함한 그 그룹의 사람들, 즉 특정인의 일행을 의미한다고 할 수 있을 것이다.

이러한 예를 통해 복수 접미사라고 해서 그 지시 대상만을 복수화시키는 기능에 국한되어 있지 않음을 알 수 있다. 이와 비슷한 우리말로는 복수의 의미가 내포되어 있는 접미사 '-네'가 있는데, '우리네, 너희네, 당신네, 부인네, 고모네, 철수네, 어르신네' 등과 같은 것을 그 예로 들 수 있겠다. 이 중 '우리네', '너희네'는 복수형인 '우리', '너희'에 '-네'가 붙은 것으로 '나' 또는 '너'가 소속된 집단이나 계층을 의미한다. 그리고 '당신네', '부인네'는 같은 무리의 그룹을, '고모네', '철수네'는 소속된 가정을, '어르신네'는 윗사람임을 각각 의미한다. 이때 '-네'에 또 다른 복수 접미사인 '-들'이 연접할 수도 있다. 여기서 '당신네, 부인네, 고모네, 철수네, 어르신네'는 '-네'가 첨가되어 복수화가 된 것이다.

앞서 상정된 장면에서의 '山田さんたち'가 지칭하는 사람들이 누구인지 생각해 봄에 있어서 우리말의 복수접미사 '-네'를 연관시켜 생각해 보았다. 이러한 점에서 볼 때 앞서 든 '山田さんたち'의 'たち'와 우리말의 '-네'는 어느 정도의 유사점은 인정되지만, 사용범위나 상황의 차

223

이 등으로 인해, 정확히 1대 1의 대응을 이루고 있는 표현이라고는 할 수 없음을 알 수 있다. '山田さんたち'의 경우, 아주 특별한 문맥이 주어지지 않는 이상, '山田'라는 이름을 가진 사람들만이 모여 있다고 생각하기란 어려울 듯싶은 때문이다.

42. 개 한 마리, 닭 한 마리
어떻게 셀까?

【박민영】

'한 명, 두 명, 세 명…'

'한 마리, 두 마리, 세 마리…'

'한 개, 두 개, 세 개…'

우리말과 마찬가지로 일본어에서도 어떤 물건을 셀 때 그에 걸맞는 독특한 단위를 붙여서 말한다. 이를 조수사(助数詞)라고 하는데, 예를 들어 사람을 세는 '-명'은 '-人'(にん)에 해당하고, 동물을 세는 '-마리'는 '-匹'(ひき·びき·ぴき)에 해당하며 물건을 세는 '-개'는 '-個'(こ)에 해당된다.

일본어도 우리말 못지 않게 물건의 종류에 따라서 붙이는 조수사가 복잡다양하다. 여기서는 인간을 포함하여 생물을 세는 단위를 중심으로 일본어의 조수사에 대해 살펴보기로 하자.

일본어에서 생물을 세는 대표적인 조수사로는 -人, -匹, -頭, -羽가 있다. 이것은 学生 2人(학생 두 사람), ネコ 2匹(고양이 두 마리), ゾウ

2頭(코끼리 두 마리), 白鳥 2羽(백조 두 마리)와 같이 사용되는데, 주의할 것은 우리말에서는 동물은 전부 '-마리'로 세지만 일본어에서는 같은 동물이라도 그 종류에 따라 사용되는 조수사가 다르다는 점이다.

먼저 '-羽'(わ)는 오로지 조류를 셀 때 사용된다. 조류의 크기, 종류, 비행능력에 상관없이 조류라면 거의 '-羽'를 쓴다. 그러나 예외가 있다. 토끼는 조류가 아님에도 불구하고 새를 세는 '-羽'가 사용되기도 한다. 일본에서는 불교가 전래된 이래 메이지(明治) 시대까지 육식을 터부시해 왔는데 그래도 고기를 먹고 싶은 마음은 어쩔 수 없었던 걸까. 토끼만큼은 '동물'이 아니라 '새'처럼 취급해 왔다는 것이다. 조수사의 사용에 감춰진 일본 문화의 한 단면을 엿볼 수 있다.

다음으로 '-頭'(とう)는 동물 중에서도 대형포유류 또는 악어나 공룡과 같이 몸집이 큰 동물을 셀 때 사용한다. 이렇게 '-頭는 주로 몸집이 큰 동물을 셀 때 사용하는 것이 원칙이지만 반드시 그런 것은 아니다. 몸집이 작아도 다음과 같은 경우에는 '-頭'를 쓸 수 있다.

1. 경찰견이나 마약 탐지견과 같이 인간에게 유익한 이익을 주는 동물의 경우
2. 자연적으로 멸종 위기에 놓인 귀중한 동물이나 곤충의 경우

인간과의 관계나 중요성에 의해 조수사의 사용 범위가 달라진다는 것은 일본어의 특징이자 재미라고 말하지 않을 수 없다.

마지막으로 '-匹'(ひき・びき・ぴき)는 위의 '-羽'(わ), '-頭'(とう)가

쓰이는 경우를 제외하고 가장 일반적으로 동물을 세는 데 사용된다고
할 수 있다.

이상, 생물을 세는 조수사에 대해 간단히 살펴보았다. 그렇다면
다음의 존재들은 일본어로 어떻게 셀까 생각해 보자.

먼저 조개의 경우에는 동물을 세는 '-匹'라도 무생물을 세는 '-個'
라도 무방하다. 다만 어느 쪽을 사용하는가는 '조개'를 어떻게 생각하는
지, 즉 조개에 대한 인식의 차이에 따라 달라진다. '-匹'를 사용했다면
생물로서의 조개로, '-個'를 사용했다면 생물이 아니라 단순히 먹거리
로서 조개를 지칭하는 느낌을 준다.

다음으로는 최근 등장한 소니사의 '아이보'와 같은 강아지 로봇의
경우는 어떠할까? 실제 어떤 조수사가 쓰여지는지 조사해 보면 강아지
로봇에게는 '-匹'(ひき·びき·ぴき), '-頭'(とう), -台(だい)'가 모두 쓰여
지고 있다고 한다.

즉 강아지 로봇을 동물에 준해서 살아 있는 생물로 인식할 때는
'-匹'가 사용되고, 인간에게 유익한 존재로서 표현이 될 때는 '-頭'가
사용되며, 강아지 로봇을 단순히 상품으로 평가하거나 판매량 같은 것
을 보도하는 기사에서는 기계를 세는 '-台'가 사용된다는 것이다.

이와 같이 '-人, -匹, -頭 , -羽' 등의 조수사는 대상에 따라 제각
기 쓰임이 다르다는 것을 알 수 있다. 이것은 결국 일본인의 사물을 보
는 가치관과 밀접한 관계가 있다는 것을 보여 준다. 즉 같은 대상이라
도 대상을 어떻게 생각하는가 대상을 해석하는 관점에 따라 사용되는
조수사가 달라진다는 사실은 일본어의 특징으로서 흥미롭다.

그러나 최근에는 동물이라면 조류, 어류를 불문하고 무조건 '-匹'를 사용한다던가, 사물을 셀 때도 각각 사용되는 조수사가 있음에도 불구하고 무조건 쉽게 '한 개, 두 개, 세 개…'와 같이 -個(こ) 또는 一(ひと)つ, 二(ふた)つ, 三(みっ)つ…를 사용하는 경향은 한일 공통적으로 말할 수 있는 변화인 듯하다.

언어가 쉬운 쪽으로 변해 가는 것은 어쩔 수 없는 변화의 원칙이지만 단어 속에 감춰진 문화적인 배경과 사물에 대한 인식의 차이를 생각하면, 각각 제 이름을 갖고 있듯이 각각의 대상에 걸맞는 조수사를 사용하는 것이 언어 전달에 있어서도 바른 정보를 제시할 수 있지 않을까?

참고로 일본어로 숫자를 셀 때는 우리말과 마찬가지로 '하나, 둘, 셋, 넷, 다섯…'에 해당하는 일본 고유어 계열인 一つ, 二つ, 三つ, 四つ, 五つ…와 '일, 이, 삼, 사, 오…'에 해당하는 한자 계열인 一(いち), 二(に), 三(さん), 四(し), 五(ご)…의 2가지 수사가 사용된다.

이 2가지 중 조수사가 많이 붙는 것은 한어식의 一, 二, 三, 四, 五…쪽이다. 그러나 '四'(し)는 같은 음의 '死'(し)를 연상시키기 때문에 'よん'으로 읽혀지는 경우가 많으며, '七'(しち)는 '一'(いち)와 혼동되기 쉽기 때문에 'なな'로 읽혀지는 경우가 많아 숫자를 셀 때는 주의가 필요하다.

43. 일본의 엔카(演歌)에서 가장 많이 사용되는 단어는?

【박재권】

어떤 언어의 근간을 이루는 어휘 집단을 '기초어휘', 특정의 목적이나 가치관, 필요에 따라서 인위적으로 선택된 어휘 집단을 '기본어휘'라고 구분하여 말하기도 하지만, 양자를 합하여 '기본어휘'라고 부르는 것이 일반적이다.

기본어휘는 교육 목적 등에 따라 그 숫자가 달라지게 되는데, 일본인의 보유어휘(이해어휘)를 보면, 초등학교 입학시(6세) 6천 단어, 초등학교 졸업시(11세) 2만 단어, 중학교 졸업시(14세) 3만6천 단어, 고등학교 졸업시(17세) 4만6천 단어, 성인기(20세) 4만8천 단어라고 한다. 외국인에 대한 일본어 교육시의 기본어휘는 여러 가지 설이 있지만, 약 2천 단어 정도로 추정되는데, 이 숫자라면 일반 문장이나 일상생활에서 70% 정도를 이해할 수 있다고 한다.

한 조사에 의하면 상위 10대 기본어휘는 ①こと ②もの ③くらい ④ため ⑤(ら)れる ⑥よる(依·因·拠) ⑦とも(共) ⑧てき(的) ⑨同じ ⑩それ로 나타나고 있다.

한편 1982년 아사히신문(朝日新聞)이 조사한 통계에 의하면 일본에서 흔한 형태인 2시간짜리 완성 드라마의 타이틀과 시청률 관계에 대한 재미있는 결과가 잘 나타나 있다. 1982년의 조사에 의하면, 당시는 '女子大生'(여대생), '女子高校生'(여고생)이라는 용어가 사용되면 시청률이 약 4% 오르고, 'レイプ'(강간), '犯す'(강간하다)나 '憎み'(증오)와 같은 어휘가 사용되면 약 3% 오르며, '復讐'(복수)나 '三角関係'(삼각관계)가 들어가면 약 2% 오른다고 한다.

반면에 약 10년 후인 1991년의 조사에서는 '美人OL'(미인 office lady)이라는 용어가 사용되면 시청률이 약4% 오르고, 'グルメ'(gourmet, 미식)나 '女弁護士'(여변호사), '女医'(여의사)와 같은 여성의 지위와 관련된 어휘가 사용되면 약 3% 오르며, '紀行'(기행)이 들어가면 약2% 오른다는 결과가 나왔다. 다른 조사에서는 '殺人'(살인)이라는 단어가 사용되면 약1.6% 오른다고 되어 있는데, 이를 토대로 가장 시청률이 높을 것으로 예상되는 최고의 타이틀은 「女性弁護士シリーズ小京都 美人OL グルメ 殺人紀行」(여자 변호사 시리즈 쇼쿄토 미인OL 구루메 살인기행)가 될 것이라고 예측하고 있다. 참고로 쇼쿄토(小京都)는 역사적으로나 지리적으로 교토(京都)와 가까워, 마을 풍경과 문화에서 교토의 향수를 느낄 수 있는 가나자와(金沢)를 뜻한다.

이와 같이 언어와 그 시대의 문화가 불가분의 관계에 있다는 것은 이미 잘 알려진 사실이다. 따라서 나라마다 시대마다 그 국민이 선호하는 어휘, 단어가 있기 마련인데, 일본인들이 좋아하는 시대별 어휘는 다음과 같다.

먼저 1979년의 전국적인 조사에서는 ①努力 ②忍耐 ③ありがとう (감사합니다) ④誠実 ⑤根性 ⑥愛 ⑦和 ⑧思いやり(배려) ⑨友情 ⑩信頼・すみません(미안합니다)이, 1위에서 10위를 차지하고 있다.

반면에 약 20년 후인 1996년의 조사에서는 ①努力 ②ありがとう ③誠実 ④思いやり ⑤愛 ⑥夢(꿈)이, 1위에서 6위를 차지하고 있는데, 1979년 조사에서 2위의 '忍耐'와 5위였던 '根性'가 크게 후퇴한 대신에 23위였던 '夢'가 6위로 부상했음을 알 수 있다.

이와 같은 사실을 바탕으로 일본인의 심금을 잘 나타낸다는 엔카(演歌)에는 어떠한 어휘가 많이 나타나는가에 대해 살펴보자.

먼저 엔카의 기원설에 대해서는 여러 가지가 있는데, 대표적인 것의 하나는, 메이지유신(明治維新) 후에 명치 정부가 민권운동에 앞장선 자유당원들의 연설을 금지하자, 자유당원들이 자신들이 주장하는 사상을 노랫말로 만들어 연설조의 노래로 불러 호소한 것이 그 시초라는 설이다. 즉 '歌'による'演説'(노래에 의한 연설)이라는 의미에서 '演歌'라는 말이 태어난 것이다.

시사문제를 즉흥적으로 읊은 '신문의 가두판' 격인 엔카는 바로 민중의 공감을 얻어 널리 유행되어 자유민권운동을 저변에서 지탱하는 힘이 되었으며, 1891년 경에는 전국적으로 유행했고, 대중의 취향에 맞추어 애달픈 곡조의 유행가로 자리잡으면서 일본적 애수를 띤 대중가요로 발전・애창되어 오늘날에 이르게 되었다. 이러다 보니 엔카를 사랑을 중심으로 한 노래라는 의미에서 '艶歌'(엔카)로 표현하기도 하고, 일본적 정감의 대표적인 울음, 원망을 나타내는 노래라는 뜻에서 '怨

歌'(엔카)라고 표기하기도 한다.

港(항구), 涙(눈물), 雨(비)가 3요소라고 할 정도로 개인의 비련, 이별, 망향을 읊은 가사가 많은 엔카는, 恋(사랑)·涙·運命, 定め(운명)·酒(술)·酔う(취하다)·女·男·あなた(당신)를 조합하면 곧바로 만들 수 있다'라는 말이 있는데, 그만큼 이와 같은 어휘가 많이 사용된다는 뜻일 것이다. 그러나 엔카만을 대상으로 한 조사 결과는 눈에 띄지 않고 유행가 전체에 관한 전후-1945년 이후-의 조사로부터, 시대별로 많이 사용되는 어휘에 관한 다음과 같은 결과를 볼 수 있다.

1. 1946~1950년

①花　　②ああ　③夢　　④君　　⑤あの
⑥な(為)る　⑦行く　⑧泣く　⑨日　　⑩恋

2. 1957~1958년

①いる　②泣く　③あ, ああ　④あの　　⑤お(御)
⑥行く　⑦来る　⑧雨　　　⑨な(為)る　⑩何

3. 1968~1969년

①あなた　②いる　③わ(あ)たし　④恋　　⑤君
⑥人　　⑦する　⑧愛　　　⑨僕　　⑩愛する

4. 1976~1977년

①あなた　②いる　③君　　④わ(あ)たし　⑤人
⑥する　⑦ああ　⑧僕　　⑨この　　⑩よう(様)

5. 1986~1988년

①YOU　②する　　③君　　　④いる　　　⑤あなた

⑥涙　　⑦わ(あ)たし　⑧な(為)る　⑨あ(逢)う　⑩CHANCE

6. 1995년

①いる　②あなた　　③君　　④ない　　⑤YOU

⑥する　　⑦言う　　⑧夢　　⑨愛　　⑩な(成)る

　전체적으로 わ(あ)たし, あなた, 恋, 愛 등이 다용되는 것을 알 수 있는데 특히 わ(あ)たし, あなた와 같은 1, 2인칭대명사가 가요에 자주 나타나게 된 것은 1960년대 중반부터이다.

　같은 맥락에서 2인칭대명사의 영어 어휘인 YOU가 1986~1988년 조사에서 1위를 차지하게 된 것은 가히 혁명적이라고 할 수 있으며, 이 어휘는 1995년 조사에서도 5위로 나타나고 있다.

44. '따끈따끈' 도시락

오노매토피어

【김광태】

여행하다 보면, 우동이나 메밀국수를 파는 우동 메밀국수 가게(う どん·そば店)의 이름으로 'つるやそば'나 'つるでん'을 많이 볼 수 있다. 이들 식당의 이름으로 사용되는 'つる'는 우동이나 메밀국수를 먹을 때 에 나는 소리를 일컫는 의성어인 'つるつる'(후루룩)를 부분적으로 이용 한 것이다.

또한 도시락 가게로는 의태어인 'ほかほか'(따끈따근)를 이용한 'ほか ほかや', 'ほかほか弁当', 'ほっかほっか亭' 등을 볼 수 있다. 이와 같이, 가게이름으로 의성이나 의태어를 사용하는 것은 음식이 맛있을 것 같 은 느낌을 주고 손님의 식욕을 돋워 구매욕을 높이는 효과를 얻기 위함 이다.

오노매토피어란 무엇인가

오노매토피어(onomatopoeia)란 의성어(의음어)·의태어를 일괄하 여 칭하는 말로 '명명(命名)하다'라는 의미의 그리스어에서 유래된 것이다. 가나표기에 있어서는 의성어는 가타카나로, 의태어는 히라가나로 쓴다고 하는 원칙이 있으나, 특별한 의미를 갖고 있지 않은 경우 특히 만화나 광고 등에서는 히라가나로 쓰는 경향이 점차 늘고 있다.

의성어란 현실의 음을 흉내내고 있는 말, 혹은 적어도 흉내낸 것으로 간주되는 말을 일컫는 것으로 동물의 울음소리인 'わんわん'(강아지), 'ぶーぶー'(돼지), 비나 바람소리인 'ざーざー'(빗소리), 'びゅうびゅう'(바람소리), 두드리는 소리인 'ぱかぱか'(딱딱) 또는 'とんとん'(똑똑) 등을 말한다.

우리는 다른 언어의 동물 울음소리 표현을 보고 놀라거나 이상하게 생각하는 경우가 많다. 우리와는 상당한 차이가 나기 때문이다. 이런 현상은 동물의 우는 소리 또는 들리는 소리도 같고, 사람의 발성기관의 구조도 같지만, 자국어의 음성법칙에 따라 그 음이 매우 다르게 묘사되는 것이다. 일본과 한국의 동물의 우는 소리를 표현한다면 다음과 같이 다르게 나타나고 있음을 알 수 있다.

돼지:ぶーぶー(꿀꿀), 고양이:にゃーにゃー(야옹야옹), 개구리:けろけろ(개굴개굴), 말:ひひーん(히이잉), 염소:めーめー(음메헤), 개:わんわん(멍멍), 쥐:ちゅうちゅう(찍찍), 소:もーもー(음매), 호랑이:おほん(어흥), 닭:こけこっこー(꼬끼오), 병아리:ぴよぴよ(삐악삐악), 오리:がーがー(꽉꽉), 까마귀:かーかー(까악까악), 참새:ちゅんちゅん(짹짹), 뻐꾸기:かっこーかっこー(뻐꾹뻐꾹), 부엉이:ほうほう(부엉부엉), 기러기:かいかい(끼륵끼륵)

의태어는 동작의 양태와 육체적 혹은 정신적인 상태를 묘사하는 것으로, 음향과는 직접 관계없는 것을 언어음을 사용하여 상징적으로 나타내는 어휘를 말한다. 예를 들면 동작을 나타내는 のろのろ(느릿느릿), 감각을 나타내는 ぴりっと(짜릿), 감정을 나타내는 どきどき(두근두근), 사물의 상태를 나타내는 きらきら(반짝반짝), 변화의 속도를 나타내는 ぐんぐん(쭉쭉) 등을 들 수 있는데, 얼굴표정에 따라 사용되는 일·한 양 언어의 의태어를 살펴보면 다음과 같다.

にこっ
(방긋)

にこにこ
(싱글벙글)

しくしく
(훌쩍훌쩍)

めそめそ
(훌짝훌짝)

うっとり
(황홀한 모양)

しょんぼり
(풀이 죽은 모양)

かんかん
(골내는 모양)

ぷりぷり
(성난 모양)

ぷん
(뾰로통한 모양)

びっくり
(깜짝 놀라는 모양)

오노매토피어는 어린아이나 쓰는 말이라고 생각하는 사람도 있지만 결코 그렇지 않다. 영어에서는, 거의가 어른 특히 부모가 아이와 대화할 때라든가, 어린이끼리 말할 때 또는 동화책 등에 주로 사용되기 때문에 오노매토피어가 어린이가 사용하는 말이라고 하는 것 같으나 일본어에서는 오노매토피어가 어른들의 대화에서도 이메일에서도 자신의 감정을 상대에게 전하기 위해서 많이 사용되고 있다.

이것은 동작이나 상태를 아주 잘 표현할 수 있기 때문에, 대화 속에서 잘 사용하면 언어표현에 생동감을 느끼게 하며, 말의 내용-미묘한 감정까지도-을 보다 이해하기 쉽게 전달할 수 있기 때문이다.

또한 오노매토피어는 공문서나 법령문과 같은 공용문에는 거의 사용되고 있지 않으나, 만화나 CM 등에서는 많이 볼 수 있다. 오노매토피어가 광고나 상품명, 가게이름 등으로 많이 사용되는 것은 표현이 간결하여 보는 사람이 바로 그 내용을 이해할 수 있고, 구체적인 묘사력을 갖고 있기 때문에 다양한 상황에서 사용되는 것이라고 할 수 있다.

그러면 일본어는 어째서 다른 언어와 달리 오노매토피어가 많이 사용되는 것일까 하는 의문이 들 것이다. 그 이유는 대략 다음과 같이 설명할 수 있다.

감정이란 생활 속에서 주위의 대상이나 현상에 대하여 순간 순간 느끼게 되는 기쁨 노여움 · 슬픔 · 즐거움 · 두려움 · 쾌감 · 불쾌감 · 불안 등의 마음의 상태를 말한다. 일반적으로 사람이나 사물에 대한 감정을 보다 효과적으로 표현하고자 할 때 주로 비유표현이나 관용표현 또는 은유표현 등을 사용하여 화자의 감정을 청자에게 전달하지만, 오노매토피어를 통하여 감정을 전달할 수도 있다.

오노매토피어에 대한 파악은 해당 언어의 성격과 특징을 이해할 수 있는 중요한 요소이다. 왜냐하면 언어의 다양한 상황과 특성을 묘사하는 어감(뉘앙스)은 의성어 · 의태어 즉 오노매토피어에 가장 잘 담겨져 있기 때문이다.

일본어는 다른 언어 특히 영어와는 달리 오노매토피어가 풍부한 언어로서, 오노매토피어가 동작이나 감정의 상태를 생생하게 표현하기 위해서는 불가결한 언어요소라고 할 수 있다.

일본어의 '涙をぽろぽろ落とした'(눈물을 뚝뚝 흘렸다)라는 문장에서 오노매토피어인 ぽろぽろ(뚝뚝)가 사용되지 않을 경우에도 문장은 성립되지만, 어느 정도로 또 어떤 양상으로 울고 있는지에 대한 보다 구체적인 감정의 이미지는 느낄 수 없다고 할 수 있다.

그러나 영어로 슬픔 등에 대한 감정을 표출할 경우, 일본어와는 달리 동사 sob · weep · drop · stream · shed 등을 사용하여 자신이나 타인의 감정을 충분히 전달할 수가 있다. 영어는 의태어가 많지 않은 대신 동사가 세분화되어 발달된 언어인 때문이다.

즉 같은 사항을 묘사하는데도 일본어는 일반적인 동사가 사용될 경우는 '눈물을 흘리다'라고 하는 서술내용만을 전달하는 것으로, 오노매토피어를 사용하여 감정을 표현하지 않으면 안 되는 언어인 것이다.

다시 말하면, 오노매토피어는 어느 나라 말에도 있지만 특히 일본어에 많다는 것은 의성어와 의태어 중에서 특히 의태어-1천 개정도-가 많다는 것을 의미하는 것으로, 일본어의 기본동사는 대략적인 의미를 갖고 있으므로 보다 섬세하게 표현하기 위해서는 오노매토피어와 같은 부사를 사용하지 않으면 안 되기 때문이라고 할 수 있다.

45. 오묘한 의미의 세계

색채형용사

【김광태】

신호등의 색깔은 녹색인가? 파란색인가? 당연히 녹색이다. 하지만 일본에서는 녹색을 '파란색'으로 표현하는 일이 간혹 있다. 교통신호의 하나인 '靑信号'(あおしんごう)는 그 대표적인 예라고 할 수 있다.

엄 마 : あ、あぶない! 靑になってからわたらなきゃ。

　　　　(아, 위험해! 파란신호일 때 건너야지)

어린이 : うん。(응)

엄 마 : さあ、靑だ。行こう。(자, 파란신호다. 건너자)

어린이 : えっ? お母さん、緑だよ。(어? 엄마, 녹색신호인데…)

엄 마 : え?(그건?)

어린 아이를 키우는 부모라면 위의 대화장면과 같은 상황을 한두 번쯤 겪었을 것이다. 색깔을 구분할 수 있게 된 어린아이의 눈에는 분명히 녹색으로 보이는데, 어머니는 파란색이라고 하니, 이해가 안 가는 것은 당연하다. 어머니 역시 녹색을 파란색이라고 말하는 이유에 대해 어린자식이 질문을 한다면 대답하기가 당혹스러울 것은 분명하다. 신호등의 보행신호는 분명 파란색이 아닌 녹색이기 때문이다.

일본의 보행신호 역시 우리나라와 마찬가지로 파란색이 아닌 녹색이다. 하지만, 일본에서도 위의 대화내용에서 알 수 있듯이 보행신호를 일컫는 말을 緑信号(みどりしんごう, 녹색신호)가 아닌, 青信号(あおしんごう, 파란신호)이다. 왜 이런 현상이 생겨난 것일까?

일본에 신호기가 처음 설치된 1930년 당시에는 법률상으로 '파란신호'(青信号)가 아닌 '녹색신호'(緑信号)였다고 한다. 하지만 신문은 물론 많은 사람들이 '빨강·파랑·노랑'이라고 표현하는 것이 쉽기 때문에 녹색신호를 '청색신호' 또는 '청신호'라고 부르게 되었으며, 1947년에는 법률상으로도 현실에 맞추어 '청신호'라고 부르게 되었다고 한다.

최근의 일본의 신호기는, 오래 전의 신호기에 비해서 매우 파란색이 짙은 청록색의 빛을 띠고 있음을 알 수 있다. 일본에 가 볼 기회가 있다면 일본의 청신호와 우리의 청신호의 색깔을 비교 관찰해 보기 바란다.

녹색신호(緑信号)를 파란신호(青信号)로 말하는 것 외에도, 식물의 녹색을 표현할 때에 사용되는 青(あお:파랑)이 있다. 青菜(あおな,푸른 채소), 青葉(あおば, 푸른 잎) 등은, 채소나 잎사귀의 녹색의 색채가 선명하다는 것을 나타내고 있으며, 곤충으로는 青虫(あおむし, 녹색의 애벌레), 과일로는 青りんご(녹색사과) 등, 이들 모두가 '녹색'이 아니라 '청색'을 사용하고 있다.

이와 같은 현상은 스모(相撲) 경기장에서도 볼 수 있다. 씨름판의 사각지붕으로부터 4개의 술이 늘어뜨려져 있는데, 서쪽의 것을 시로부사(白房:흰 술), 북서쪽의 것을 구로부사(玄房:검은 술), 남쪽의 것을 아카부사(朱房:붉은 술), 동쪽의 것을 아오부사(青房:파란 술)라고 한다. 이 중에서 아오부사(파란 술)도 사실은 녹색인 것이다.

그렇다면 실제로는 녹색인데도 불구하고 왜 청색으로 표현할까? 이러한 의문을 차근차근 풀어가 보기로 하자.

일본의 고대인은 색깔을 나타내는 색의 이름-일본어의 기본색채어-은 빨간색 · 검정색 · 흰색 · 파랑색 정도였으며, 그것도 색채 자체의 이름이라기보다는 빛을 느낄 때의 감각에서 유래한 것으로 생각된다. 즉 あか(明:밝음)-くろ(暗:어두움), しろ(顕:뚜렷함)-あお(漠:희미함)를 말하는 것이다.

이러한 빛의 감각은 상당히 폭이 넓은 것이 보통으로, あお(漠:분명하지 않음)에서 유래한 '파랑'(青)의 경우에는, 문자 그대로 경계선도 막연하여, 검정(黒)과 백(白)의 중간에 걸친 폭 넓은 범위의 색조를 청색의 한 어휘로 표현하고 있었던 것 같다.

여기서 더 나아가 검정색이나 흰색까지도 '청색'이라는 어휘로 표현되었다는 것은, 헤이안(平安) 시대 青馬(청색 말)의 표기로 青馬(あおうま)나 白馬(しろうま)로 사용한 것으로 보아도 잘 알 수 있다.

이와 같은 연유로 인하여, 일본에서는 오래 전부터 막연한 색을 모두 청색으로 인식함으로써 녹색의 것을 많은 색을 나타낼 수 있는 청색으로 불리게 된 것이라고 할 수 있다.

이쯤 되면 일본어에는 緑(みどり)라는 본래의 녹색을 나타내는 말은 없지 않았을까 하는 의문이 이어지는 것도 당연하다. 일본어의 관용 표현 중에는 '緑の黒髪'(직역:녹색의 검은머리)라는 어구가 있다. 이때의 髮는 색상(녹색)을 표현하는 것이 아니라, 본래 갖고 있는 의미인 新芽(しんめ, 새싹)로, 새싹이 윤이 나고 싱싱한 모양을 나타내듯 젊은 여성의 검고 윤기가 도는 머리털을 의미하는 것이다.

또 젖먹이 또는 3살까지의 아이를 みどりご라고 하는데, 이 경우의 みどり도 갓 태어난 아이의 생기 있고 윤기 있는 모양을 나타내는 것으로 녹색의 의미는 전혀 내포하고 있지 않다. 즉 緑라는 어휘는 고어사전을 보면 알 수 있듯이, 원래 색의 이름이 아니라 新芽·若葉(わかば, 어린 잎)를 말하는 어휘에서 전의(転義)하여 청색과 노란색의 중간색을 나타나게 된 것이라고 할 수 있다.

緑(녹색)와 같이 기본적으로 갖고 있는 색깔의 의미와 달리 파생의 미로 사용되는 경우의 색채형용사로서 赤(あか, 빨강)를 들 수 있다. 거짓말을 색깔로 비유할 경우, 영어에 'white lie'가 있다면, 일본어에는 '真っ赤な嘘'(まっかなうそ:새빨간 거짓말)라는 말이 있다.

일본어의 'あか'는, 한자로 '明'와 '赤'의 2가지로 표기할 수 있다. 위에서도 살펴보았듯이 あか는 본래 明るい(밝다)라는 의미가 어원으로, 태양이 뜰 때, 태양의 색과 하늘의 색이 적색(赤色)에서 비롯된 것이다. 즉 날이 밝아질 때의 색을 적색으로 표현한 것으로, '赤'는 '明'의 본래 의미였던 것이다.

거짓말을 강조할 때 쓰는 '새빨간 거짓말'은 전혀 터무니없는 거짓

말이란 뜻으로, あか의 상징의미인 '明'(선명함, 드러남)에서 유래한 것으로, '真っ明な嘘'를 '真っ赤な嘘'로 표기하게 된 것이다. 즉 거짓말을 빨간색으로 표현하게 된 이유라고 할 수 있다.

46. 손을 씻어? 발을 씻어?

【정수현】

　얼마 전 라디오에서 '당신은 아직도 물을 물 쓰듯 하시나요?'라는 물 절약 캠페인의 공익 광고문구를 들었다. 꽤 인상적인 문구여서 그런지 한동안 머릿속에 남아 있었다. 한국에서는 '물 쓰듯'이라고 하면 뭔가를 아끼지 않고 펑펑 써대는 것, 헤프게 쓰는 것을 비유하는 표현이다.

　이 문구의 요점은 우리나라가 수자원 부족국가라는 상황에서 더 이상 물을 물 쓰듯 해서는 안 된다는 얘기인데, 그렇다면 언젠가는 '펑펑 써대는 것, 헤프게 쓰는 것'을 '물 쓰듯 하다'라는 말로 비유할 수 없게 되고 다른 말로 대체되는 것일까 하고 잠시 생각하게 되었다. 하지만 그리 쉽게 바뀌지는 않으리라 여겨진다. 왜냐하면 '물 쓰듯 하다'는 이미 확실한 관용표현으로 사전에도 수록되어 있기 때문이다. 결국 오랜 세월이 흐른 후에도 돈이나 다른 물자 등을 헤프게 사용하는 것 모두 여전히 '물 쓰듯 하다'라는 말로 비유될 것이다.

　이러한 비유표현은 일본어나 한국어에서 공통적으로 사용되어 표현법을 풍부하게 만드는데, 자연히 양 국민의 발상법의 특징을 엿볼 수 있다는 점에서 주목된다. 어떤 부분에서는 놀랄 만큼 유사한 발상이 있는가 하면, 또 한편에서는 표현의 차이를 보이고 있어 매우 흥미롭다.

예를 들면 '彼は社会の癌的な存在だ'(그는 사회의 암적인 존재이다)라는 문장에서는, 큰 장해요인으로 생각되는 인물에 대한 비유로 癌(がん:암)이라는 단어를 사용하고 있다. 암이란 본래 '악성종양'이라는 뜻을 지닌 말이지만, '어떤 집단이나 조직 등의 내부에서 큰 장해요인이 되는 것'이라는 의미로 사용될 경우에는 본래의 의미가 확대해석 되어 사용되고 있는 것이다. 이와 같이 비유표현은 어(語)의 본래의 의미로부터 연상 혹은 유추를 통해서 생겨나는 표현 중의 하나로, 일상생활에서 쓰여지는 관용구 중에는 이러한 비유표현이 활용된 것이 많이 있다.

관용구라는 것은 '둘 이상의 단어 또는 어구가 항상 같은 순서와 형태로 어떤 특정한 의미를 나타내는 표현'으로, 단일어처럼 사용되어 하나의 고정된 의미를 나타내 개인 레벨에서의 변형은 어렵다는 특징이 있다.

먼저 직유 표현을 사용한 관용구에 대해 살펴보도록 하자. 한국어와 일본어가 같은 상황을 같은 발상의 표현으로 비유하여, 거의 비슷하게 사용되는 다음과 같은 예들이 있다.

구름 잡는 듯한	雲(くも)をつかむよう
물 끼얹은 듯	水(みず)を打(う)ったよう
지푸라기라도 잡으려는 심정	わらにもすがる思(おも)い
모기 소리만한(작은 소리)	蚊(か)の鳴(な)くよう[な小(ちい)さい声(こえ)]

벌집 쑤신 듯한　　　　　　蜂(はち)の巣(す)をつついたよう[な]

　　또한 일본어와 한국어에서 발상은 유사하나 약간의 차이를 보이는
관용구의 예로는 다음과 같은 것들이 있다.

　　손을 씻다 : 足(あし)を洗(あら)う。(발을 씻다)
　　발이 넓다 : 顔(かお)が広(ひろ)い。(얼굴이 넓다)

　　한국어에서는 오랫동안 관계해 오던 어떤 일에 더 이상 관여하지
않는다는 것을 표현할 때 '손을 떼다' 혹은 '손을 씻다'라고 하는데, 일
본어로는 '足を洗う'(발을 씻다)라고 한다. 또한, 사교범위가 넓다는 것
을 한국어로는 '발이 넓다'고 하는데, 일본어로는 '顔が広い'(얼굴이 넓다)
라고 한다. 한국어에서의 '손'이 일본어에서는 '발'에 대응되고, 한국어
에서의 '발'이 일본어에서는 '얼굴'에 대응되어 표현된다는 것은 매우 흥
미로운 현상이다.
　　경우에 따라서는 문화적인 차이 등이 반영되어 표현을 달리하는
예도 있다. 한국어에서는 좁은 면적을 비유할 때 '손바닥만한'이라고 하
는데, 일본어로는 '猫(ねこ)の額(ひたい)ほどの'(고양이 이마만한)을 쓰고,
적은 양을 나타내는 한국어의 '쥐꼬리만하다'는 일본어로는 '雀(すずめ)
の涙(なみだ)'(참새 눈물만큼)라고 한다.
　　한편 일본어 관용구의 특징으로 어휘적으로 신체어구를 많이 사
용한다는 점을 지적할 수 있다. 다음의 예는 일본어에서 目(め, 눈), 鼻

(はな, 코), 口(くち, 입), 腕(うで, 팔), 肩(かた, 어깨), 腹(はら, 배), 骨(ほ
ね, 뼈)와 같은 신체 관련 어휘가 사용된 경우인데, 한국어의 경우 '코
가 높다' 외에는 어느 것도 신체어휘를 포함하지 않는 점에서 차이를
엿볼 수 있다.

ひどい目にあう	혼이 나다
鼻が高い	우쭐해하다, 코가 높다
口に乗る	남에게 속다
腕をみがく	연마하다
肩をもつ	편을 들다
腹が立つ	화가 나다
骨をおる	애 쓰다

이상에서 살펴본 관용구는 둘 이상의 낱말이 결합하여 특별한 의
미로 사용되는 관습적인 말로 한 나라의 문화와 언어를 이해하는 데 중
요 포인트가 된다. 관용어구를 적절하게 사용할 때 배가된 표현효과를
기대할 수 있다는 이점도 갖고 있는 만큼, 외국인의 입장에서도 많은
관심을 기울일 필요가 있음에 틀림없다.

47. 언어에 담긴 일본인의 해학

【신석기】

　이제 휴대폰에도 디지털 카메라 기능이 첨가되어 휴대폰으로 촬영한 사진을 그대로 상대방에게 보낼 수 있는 편한 세상이 되었다. 빠르고 편하긴 하지만, 너무나 스피디하고 변화가 심한 세계에 적응하지 못하는 세대가 되어 가는 듯하여 쓸쓸함마저 느끼게 된다.

　얘기가 처음부터 딴 길로 새버렸는데, 일본어를 접하며 항상 놀라는 것은 일본어의 조어력이다. 일본어와 한국어는 중국으로부터 한자를 수입하여 각각 응용하여 쓰고 있지만, 일본어의 경우는 일단 받아들여 자신들만의 용어를 새로 창출하는 응용력이 뛰어나다.

　서두에 언급한 휴대폰으로 사진을 보낼 때 쓰는 용어를, '샤메루'(シャメール)라고 하는 것을 들은 적이 있다. 즉 '사진 메일'의 사진을 생략해서, 한국어로 말하면 '사메일'이라고 부르는 것이다. 이뿐만이 아니다. 'シャメール下さい'(사메일 주세요), '私は花々を携帯に撮って、シャメールすることが…'(저는 꽃들을 핸드폰으로 찍어서 사메일 하는 일이…) 등등 동사화시켜 사용하고 있다.

일본어가 이처럼 놀라운 조어력을 보이는 데는 오랜 전통이 있다. 일본 역시 우리와 마찬가지로 많은 언어 유희가 있다. 우리의 '끝말잇기'와 같은 '시리토리'(しりとり), 앞에서부터 읽거나 뒤에서부터 읽어도 같은 뜻이 되는 '가이분'(回文), 어떤 단어나 물건을 간접적으로 표현하면 이를 알아맞히는 '나조나조'(なぞなぞ), 우리나라에서도 유행한 3행시와 같은 '센류'(川柳) 등 말놀이의 전통은 일본어의 생성과 더불어 매우 풍부히 발달되어 왔다.

일본의 대표적인 말놀이는 우리의 끝말잇기와 같은 '시리토리'라고 할 수 있다. 시리토리는 'たまご → ごうせい → いなか → かとり… ごはん'과 같이 서로 단어를 이어가면서 누군가 단어를 잇지 못하거나, 마지막에 'ん'이 들어가는 단어를 말하면 지는 놀이이다. 일본어의 경우는 'ん'으로 시작하는 단어가 존재하지 않기에 비교적 결판이 쉽게 나는 경향이 있다.

다음으로 문자를 대상으로 한 말놀이로는 가이분이 있다. 가이분이란 앞에서부터 읽거나 뒤에서부터 읽거나 발음이 똑같은 말의 조합으로 우리말로 하자면 '소주 만병만 주소', '다시 합창합시다' 등과 같은 것이다. 예를 들면 '竹屋が焼けた'(たけやがやけた:대나무집이 불탔다) 같은 문장인데, 이는 원래 와카(和歌)에 있어서 창작 기법의 하나로 유희적인 맛을 내기 위한 것으로, 서민들의 유희라고 할 수 있는 하이카이(俳諧)에서 주로 쓰였다. 이와 같은 놀이가 가능했던 이유로는 일본어가 음절문자로 음절수가 적기 때문에 앞뒤가 동일한 음절을 구성하기 쉽다는 점을 들 수 있을 것이다.

이상의 좁은 의미의 말놀이에서 범위를 좀더 넓히면 센류, 다자레(駄洒落), 조어(造語), 명명(命名) 등을 들 수 있다.

이러한 말을 사용한 놀이에는 ① 동음이의어(같은 소리를 이용하는 것) ② 유사한 음의 단어를 사용하는 것 ③ 단어나 구, 문장의 다의성을 이용하는 것 ④ 문자를 근거로 하는 것 등의 특징이 있다.

이들 중에 구 전체나 단어가 나타내는 의미와 사회적인 지식을 이용하여 일반인도 쉽게 지을 수 있는 것에 '센류'가 있다. 센류는 17개의 문자를 5·7·5로 나열하여 하나의 구를 형성하는데, 와카와 같이 한꺼번에 읽어 내려가는 것을 막고 짧은 정형시의 단순구조를 보다 중층적으로 표현하기 위한 '～구나', '～로다'와 같은 표현을 사용하지 않아도 되며, 와카의 필수 구성 요소인 계절을 나타내는 말[季語]를 넣지 않아도 된다는 점에서 와카보다는 서민들이 애용하는 시이다.

가령 발렌타인데이를 맞이하여 'こりゃいかん 義理のつもりが あの笑顔'(이건 안 되지, 의리로 준 것인데, 웃는 저 얼굴)이라든가, 작금의 남녀 모두에게 현안이 되어 있는 다이어트를 읊은 'バイキング 体重とるか 元とるか'(부페 앞에서, 체중을 지킬까, 본전을 뽑을까?) 등과 같은 것을 들 수 있다. 모두 5·7·5의 규율만 지키고 다른 제약이 없기에 일반인도 쉽게 접하는 언어의 유희이다.

소리의 동음성과 유음성을 이용한 조어나 명명(命名)도 있다. 유명 가수의 예명으로 요시이쿠조(吉幾三)가 있는데 이는 '자 이제 간다'(よし行くぞ)와 같은 뜻이 된다. 또한 유명한 소설가로 에도가와란포(江戸川乱歩)가 있는데, 이는 미국의 작가로 추리소설이라는 장르를 개척한

Edga Allan Poe에서 차용한 것이다.

문자를 사용한 조어는 예로부터 매우 활발했다. 한자를 분해하여 사용한 예로 '丼'(どん)을 들 수 있는데, '井' 즉 '井戸'(いど, 우물)에 돌을 던져서 나는 소리를 일본에서는 'どん'이라고 하는데 이를 이용하여 만든 '돈부리'(どんぶり, 사발·덮밥)라는 말이 있고, 99세를 뜻하는 白寿(はくじゅ)라는 말은 '百'에서 '一'를 뺀 '白'를 사용한 것이다.

서두에서 예로 든 명명에 관하여 간단히 알아보면, 2개의 단어를 하나의 단어로 만들 때는 대개 3음절이나 4음절로 형성하는 경우가 많다. 유명한 초콜렛회사인 '그리코'(グリコ)는, 동물의 근육과 간에 포함되어 있는 다당물질인 글리코겐(Glykogen)을 축약해서 이름을 지었다고 한다.

또한 청바지를 일본어로는 '지판'(ジーパン)이라고 하는데 이는 'jeans'와 바지를 뜻하는 'pants'를 결합시킨 말이다. 최근에 유행하는 디지털카메라의 경우, デジタルカメラ라고 하면 7음절이 되어 너무 길기 때문에 이를 4음절로 줄여서 '데지카메'(デジカメ)라고 한다. 우리나라에서는 '디카'라고 2음절로 줄여서 말하는 것이 일반적인데, 이는 한국어의 경우는 2개의 한자로 구성된 단어가 모두 2음절인 반면 일본어의 경우는 대개가 4음절이라는 점에서 그 원인을 찾을 수 있다.

회사명의 경우는 순서를 뒤바꿔 만든 것이 상당히 많다. 타이어 회사인 Bridgestone의 경우 창업자가 '이시바시'(石橋), 즉 '돌다리'라는 성이었는데 이를 영어로 번역한 뒤 순서를 바꿔 만든 것이다. 우리의 상상력으로는 불가능한 명명이라고 할 수 있다.

다른 예로 일본에서 뿐만 아니라 우리나라에서도 인기를 모았던 만화 '드래곤볼'을 들 수 있다. 이 작품에 등장하는 인물들의 명명에는 하나의 일관된 규칙이 존재한다는 사실이 묘미를 느끼게 한다. 과연 어떤 규칙이 존재할까? 베지타(ベジータ), 얌차(ヤムチャ), 카린사마(カリン様), 핏콜로(ピッコロ) 등등…. 혹시 상상이 안 되는 독자를 위해 정답을 말하자면 모두 '음식'과 관련되는 것이다.

48. 일본인도 못 읽는 일본인의 성씨

【임팔용】

계산방법에 따라 차이가 나기는 하나 일본어로 '名字, 苗字'(みょうじ)라고 하는 일본인의 성씨는 적게는 10만 내외에서 많게는 무려 약 30만에 이른다고 한다. 실제로 니와 모토지(丹羽基二)의 『니혼묘지대사전』(日本苗字大辞典)에는 29만 1,531건이나 되는 방대한 성씨가 수록되어 있다.

그렇다면 왜 이렇게 큰 차이가 나는 것일까? 그것은 다음과 같은 예로 쉽게 설명될 수 있다. 예를 들어 島田·嶋田와 같은 성씨처럼 발음이 '시마다'로 같더라도 별개의 한자를 쓰는 경우가 있고, 上村이나 熊谷처럼 발음이 여러 가지인 경우가 있기 때문이다. 즉 上村는 '우에무라'나 '가미무라'라고 하며, 熊谷는 '구마가이', '구마타니', '구마가야', '구마야'처럼 여러 가지로 읽을 수 있다. 그러므로 같은 한자표기이기는 하나 읽기가 다른 성씨의 경우, 이를 같은 성씨로 볼 것인지 아니면 별개의 성씨로 볼 것인지의 기준에 따라 큰 차이가 나는 것이다.

개인적인 견해로는 읽기가 같더라도 한자 표기가 다른 경우나 한자표기가 같더라도 실제로 달리 읽는 경우 모두 별개의 성씨로 보는 것이 타당하다고 여겨진다.

지구상의 많은 민족이 가문을 나타내는 성씨를 가지고 있다. 하지만 대개의 경우 수백 종류가 보통인데, 한 민족으로서 일본처럼 많은 성씨를 갖는다는 것은 여간 드문 일이 아니다. 참고로 12억 이상 인구의 중국은 약 9백 종 내외의 성씨가 있다고 알려져 있으며, 우리나라는 1985년의 국세 조사에 의하면 약 250종 정도의 성씨가 확인된 바 있다.

일본인의 성씨의 유래는 우리의 경우와는 그 배경이 사뭇 다르다. 다시 말해서 한국인의 경우 성은 주로 혈통에 의한 가계(家系)를 지칭하는 성격이 강하지만, 일본인의 경우 극히 일부분을 제외하고는 혈통적인 관계보다는 지역 내지는 토지와의 연관이 강하다.

우리가 곧잘 입에 담는 말로 자기의 결백이나 정직성 등의 의지를 절실히 나타내고자 할 때 '만약 그런 일이 있다면 성을 갈겠다'고 하는 말도 핏줄과 상통하는 성이야말로 결코 바꿀 수도 또는 바뀌어질 수도 없다는 결연한 태도를 나타내는 표현이라고 여겨진다.

일본의 경우 명실공히 모든 백성이 공적(公的)으로 자신을 호칭할 수 있는 성씨를 갖게 된 것은 1868년의 메이지유신(明治維新) 이후 유럽식의 호적제도를 받아들여, 1875년의 묘지힛쇼령(名字必称令)을 공포하면서부터이다. 메이지 정부는 에도(江戸) 시대의 사농공상(士農工商)이라고 하는 신분제도를 폐지하고 사민평등(四民平等)을 내세웠는데, 그 배경에는 거처와 주민을 철저히 파악함으로서 세금징수와 징

병 등을 원활히 하여 근대국가로의 기반을 확고히 하자는 의지가 있었다. 따라서 모든 백성이 성씨를 가지는 것을 필요불가결한 요소라 여겼던 것이다.

물론 과거에도 무사계급이라고 하는 상류계층은 영주(領主)로부터 성씨를 부여받아 이를 공적으로 사용했고, 일반 백성의 경우에도 일부는 성씨를 갖고 있기도 했지만 어디까지나 통칭(通称)내지는 사칭(私称)의 수준이며 공적으로는 엄격한 제한이 있었다고 한다. 참고로 名字(みょうじ)라는 말의 어원적인 풀이에서 '名'란 영지(領地)를 나타내며 전체로서 '영지의 지명'이란 뜻이라 한다. 일본인의 경우 성씨가 지역 내지는 토지와의 연관이 강하다고 말한 것도 다름아닌 이에 비롯한다.

묘지힛쇼령에 의해 모든 백성이 공적으로 성씨를 사용할 수 있게 되자, 아니 엄밀히 말하면 의무적으로 성씨를 가져야만 하게 되자, 새로운 성씨가 극히 많이 등장하게 되는데, 이를 일컬어 '메이지신성'(明治新姓)이라고 부른다. 조사에 의하면 에도시대 이전의 문헌에 등장하는 성씨는 통틀어 1만여 종류에 지나지 않으나, 현재에는 앞서 언급한 바와 같이 많게는 30만 종에 이르며 비슷한 성격의 성씨를 동일하게 취급해도 약 10만 종에 이르는 것을 보면, 이 법령을 계기로 얼마나 많은 성씨가 새롭게 만들어졌는가를 알 수 있다.

그렇다면 새로운 성씨는 주로 무엇을 근거로 하여 만들어졌을까? 일본인의 성씨의 80%는 지명이나 지형과 관련이 깊으며, 나머지 20%가 직업이라든지 옥호(屋号), 동식물, 천문, 불교, 방향, 숫자, 기물(器物), 절이름 등에서 비롯된 것이라고 한다. 참고로 우리의 시·읍·면과 같은 일본의 행정구역인 市·町·村에서 사용되고 있는 지명을 나타내는 한자를 가장 많은 순서대로 제시해 보면 다음과 같다.

①川 ②田 ③大 ④山 ⑤野 ⑥島 ⑦東 ⑧津 ⑨上 ⑩原

한편 성씨에 사용되고 있는 한자로 사용빈도가 가장 많은 것은 다음의 순서이다.

①田 ②藤 ③山 ④野 ⑤川 ⑥木 ⑦井 ⑧村 ⑨本 ⑩中

재미있는 사실은 이 두 가지의 5위까지를 살펴보면 지명의 '大', 성씨의 '藤'를 제외하고는 양쪽이 정확히 일치하고 있는 것을 알 수 있다. 또한 이 중에서도 '논'을 나타내는 '田'자의 경우는 일본에서 성씨에 가장 많이 이용되고 있는 한자로서 일본의 역대총리의 경우만 해도 吉田, 芦田, 池田, 田中, 福田 등으로 무려 5명에 이른다. 이는 일본이 전통적으로 농사를 생활기반으로 삼고 있는 점을 감안하면 결코 이상한 일이 아니다.

메이지 시대 이후 생겨난 성씨 중에서 손쉽게 그 지역의 이름이나 지형과 연관지어 극히 평범하게 성씨를 짓기도 하고 또는 전통적인 명문 집안의 성씨를 적당히 본따서 붙이거나 자기 지역의 영주와 똑같은 성씨를 부여받아 만들기도 하였다. 이러한 와중에 성씨 종류의 증가도 놀랄만 하지만 한편으로는 기상천외의 유별난 성씨나 읽기 어려운 난

해한 성씨가 수없이 등장하게 된다.

성씨의 경우 거의 대부분이라고 해도 좋을 정도로 한자로 표기가 되고 있으며 일본어의 경우 한자읽기는 우리와 달리 음독 뿐만이 아니라 훈으로도 읽으며 이 밖에도 전체의 의미와 상통하는 별도의 읽기도 가능하다. 따라서 무척이나 독특한 성씨도 적지 않다.

'四月朔日' 또는 '四月一日'이라고 하는 성씨는 옛날에 4월 1일이 되면 날씨가 따뜻해져 솜 안감이 붙어있는 겹옷의 솜을 빼내어 홑겹 옷으로 만들었다고 한다. 이에서 유래한 성씨는 'わたぬき'라고 읽는데, 직역하면 '솜 빼기' 씨가 된다. 같은 월일명과 관련되어 '八月一日'이란 성씨의 경우도 8월 1일에 벼이삭을 꺾어 신에게 바치는 제례행사를 열었는데, 여기에서 유래하여 'ほづみ'라고 읽는다. 이를 직역하면 다름아닌 '벼이삭꺾기' 씨가 된다.

한편 '月見里'라는 성씨는 말 그대로라면 'つきみさと' 정도일 거라고 생각되겠지만 '달을 보는 마을'이 되기 위해서는 마을에 시야를 가리는 산이 없어야 되므로 '산 없음'의 뜻을 나타내는 'やまなし'라고 읽는다. 또한 같은 착상으로 생각해 볼 수 있는 경우인 '小鳥遊'라는 성씨는 글자 뜻 그대로는 '작은 새가 논다'라는 의미로, 힘없는 작은 새가 안심하고 놀기 위해서는 매와 같은 사나운 새가 없어야 가능하므로 'たかなし'라고 읽으며, 직역하면 '매 없음' 씨가 되는 셈이다. 참고로 이 '다카나시'씨는 일본의 관서(関西) 지방인 와카야마현(和歌山県)에서 찾아 볼 수 있는 희귀한 성씨이다.

49. 기업의 이름은 어떻게 탄생하는가?

【임팔용】

　　인류의 역사가 시작된 이래로 인간은 모든 것에 이름을 붙이며 살아 왔다. 삶 주변의 하찮은 물건에서부터 자신이 뿌리내리고 숨쉬며 살아온 산과 들의 토지와 지역, 또한 정체를 알 수 없는 아득히 먼 밤하늘의 별들에게까지 사람들은 이름을 부여하고자 하였다. 이렇게 함으로써 인간은 대상을 확인하고 자신의 생활과 연관시키며 애착을 가지고 더불어 살아온 것이다.

　　인류의 역사는 가히 명명(命名)의 역사라고 해도 과언이 아니며 명명행위란 현실세계의 구체적인 대상에서부터 개념상의 대상에 이르기까지 이들에게 언어기호인 말로 이름을 붙이는 일이다. 특히 현대의 복잡하고 다양한 비즈니스 사회에서는 이름이 큰 위력을 가지며 또한 성공의 열쇠를 쥐는 중요한 요인이 되기도 한다.

　　일본이 경제적으로 탄탄한 기반을 이루고 또한 세계사의 전면에 얼굴을 내밀어 이목과 관심을 끌게 된 데에는 일본기업의 눈부신 성장과 두각을 배제할 수 없다. 그리고 그러한 기업들의 성공에는 회사명

또한 적지 않은 역할을 했다고 볼 수 있다. 그러면 일본 국내뿐만 아니라 세계적으로도 각 분야에서 크게 명성을 떨치고 있는 일본기업들의 회사명을 쫓아 그 명명의 배경과 철학을 더듬어 보자.

회사명은 크게 창업자의 성씨나 지역을 바탕으로 하는 경우, 꿈과 신조를 바탕으로 하는 경우 그리고 사업내용을 바탕으로 하는 경우로 나누어 생각할 수 있다. 모든 회사명에는 창업자의 꿈과 소원이 깃들어 있다. 회사명은 그 회사가 벌이는 사업을 통하여 창업자가 그 사회와 세계를 향하여 발신하는 메시지 그 자체인 것이다. 다시 말해서 회사명을 따라가 보면 그 배경에는 그 회사의 또 하나의 얼굴을 발견하게 되는 것이다.

1. 소니(ソニー, SONY)

'SONY'는 '소리'란 뜻의 영어 'sound'의 어원인 'sonus'와 '발랄하고 귀엽다'는 뜻의 영어 'sonny'의 일부분을 짜맞추어 탄생한 이름이다. 1958년 '도쿄통신공업'(東京通信工業)이란 회사명을 'SONY'로 바꿀 때에 주거래은행인 미쓰이(三井)은행으로부터는 '창업이래 10년이나 걸려 쌓아온 이름을 바꾸다니 이 무슨 해괴망측한 일인가?' 하고 큰 핀잔을 받았다고 한다.

하지만 세계적인 전자제품회사로 성장하기 위해서는 '도쿄통신공업'이란 어려운 이름보다는 세계 어느 나라에서나 쉽고 멋지게 들릴 좋은 이름이 없을까 하고 묘안을 짜낸 것은 창업자의 한 사람인 이부카 마사루(井深大)였으며, 이 의도는 멋지게 적중하여 해외에서도 큰 호평을 얻게 되는 계기가 된다.

2. 미놀타(ミノルタ, MINOLTA)

지금은 소니로 흡수통합되었지만, 과거에 카메라로 명성을 떨쳤던 이 회사는 카메라의 일본생산을 목표 삼아 1928년에 다시마 카즈오(田嶋一雄)가 '일독사진기상점'(日独写真機商店)이란 회사로 출발하였다. '일독'(日独)이란 이름이 붙게 된 것은 당시 독일인 기술자의 협력으로 회사가 설립된 데에서 유래한다고 한다.

한편 창업자인 다시마는, 그의 자서전에 의하면 어렸을 때부터 모친으로부터 귀에 못이 박힐 정도로 '벼가 익을수록 고개를 숙이는 것처럼 사람은 항상 겸손해야 한다'는 말을 들으며 자랐다고 한다. '미놀타'란 '稔る田ニミノルタ' 즉 '익은 벼'의 의미와 일치한다.

회사의 자료에 의하면 공식적으로는 '다시마에 의한', '광학', '기기' 제품회사이므로, 이에 적합한 단어를 'machinary and instruments optical by Tashima'처럼 나열하여 각 단어의 첫문자를 이어 'MINOLTA'로 정했다고 한다.

그러나 어느 쪽 설명이든 모두 창업자 다시마 자신이 고안해낸 것이며, 회사가 이처럼 광학제품을 종합적으로 생산해 내게 된 것은 꽤 후일의 일이므로, 모양을 갖추기로 하면 이런 식이 되겠지만 원래의 명명 자체는 전자의 설명에서 유래된 것으로 알려져 있다.

3. 산토리(サントリー, SUNTORY)

'산토리'는 일본 최초의 위스키 제조회사이다. 산토리라는 이름이 처음 등장한 것은 1929년 '산토리 위스키 화이트 라벨'이라는 브랜드

명에서부터이다. 'TORY'란 다름아닌 이 회사의 창업자 토리이 신지로 (鳥井信治郞)의 성씨인 '토리이'(鳥井)에서 유래한다. 또한 'SUN'의 경우는 이 회사가 발매하던 일본 최초의 포도주 '아카다마 포트 와인'(赤玉ポ-トワイン)이라는 '아카다마'(赤玉)에서 유래하는데, '아카다마'란 다름아닌 태양-'SUN'-을 나타내는 말이다.

참고로 일설에 의하면 이 회사의 이름이 창업자인 '鳥井さん'(鳥井씨)를 거꾸로 나타낸 말이라거나 또는 그에게 아들이 셋이 있는데 이를 '3鳥井'(さんとりい)로 나타내어 성립된 말이라는 설명이 있으나 실은 어느 쪽도 정설이 아님을 곁들여 밝혀둔다.

4. 깃코만(龜甲萬, キッコ-マン, KIKKOMAN)

간장으로 일본을 대표하는 이 회사가 아직 '노다 장유'(野田醬油)라는 회사명을 쓰고 있을 때의 유명한 일화가 있다. '깃코만'의 사장은 어느 날 한 미국인으로부터 "'깃코만'은 미국에서는 분명히 유명하지만 일본에는 이보다 더 대단한 '노다 장유'라고 하는 회사가 있다는 것을 안다"고 말하는 것을 듣고 쇼크를 받았다고 한다.

이 회사는 1964년에 브랜드명과 회사명을 일치시켜 '깃코만 장유'라고 개칭하게 된다. '깃코만'(キッコ-マン:龜甲萬)이란 이름은 '학은 천년을 살고 거북은 만년을 산다'고 하는 일본 속담에서 힌트를 얻어 '깃코만'이란 이름이 태어났다고 한다. '깃코만'이란 '거북이 등의 만(萬)이라는 글자'라는 뜻으로 육각형의 거북이 등에 만(萬)자 표시를 한 문양은 이 회사의 로고가 되어 있다. 한편 1980년에는 회사명이 '깃코

만장유'에서 '깃코만'으로 다시금 바뀌어 현재에 이르고 있다.

5. 고쿠요(コクヨ, KOKUYO)

일본에서 우연히 노트나 편지지 혹은 서류화일 등의 사무용품을 사고 보면 'コクヨ' 혹은 'KOKUYO'라는 마크가 찍혀 있는 경우를 접하게 되는데 이것이 무엇을 나타내는 것인지를 아는 사람은 드물 것이다.

종합 사무용품 생산으로 일본 최대의 메이커인 '고쿠요'의 옛 회사 이름은 한자로 표기하여 '国誉'(こくよ)로 나타냈다. 이름에서도 느껴지듯이 웅대한 야망을 느끼게 하는 회사명인데 창업자인 구로다 젠타로(黒田善太郎)가 이 이름을 고안한 것은, 작은 성공에 결코 자만하거나 초심을 잊어서는 안 된다고 하는 신념을 담아 자신의 고향의 명예를 지키는 사업을 해야겠다는 뜻에서 붙인 이름이라고 한다.

6. 니콘(ニコン, NIKON)

1986년 도쿄와 파리시가 자매도시협정을 맺는 식전에서의 일로 당시 이 회사의 사장인 후쿠오카 시게타다(福岡成忠)가 시라크 시장-현 프랑스 대통령-에게 '일본광학공업'(日本光学工業)의 사장이라고 인사를 하자, 그는 처음 듣는 회사라며 고개를 갸우뚱했다. 이에 시장의 측근이 귓속말로 '니콘 카메라를 만드는 회사'라고 설명하자 익히 잘 알고 있다며 반겨주었다는 일화가 있다.

이런 일이 계기가 되어 1988년 창업 70주년을 기념하여 '日光'의

(にっこう) 즉 NIKKO에 어감을 좋게 해주는 N을 덧붙여 'NIKON'으로 개칭하게 된다. 이 회사는 창업이래로 렌즈나 현미경 쌍안경 등 각종 정밀광학기기를 생산하는 명실공히 일본을 대표하는 세계적인 기업으로 잘 알려져 있다.

50. 일본어 전문용어는 어려운가?

【송영빈】

'일본어 전문용어는 어려운가?'라는 질문을 가끔씩 듣는다. 우선 결론부터 말하자면, 표면적으로는 영, 독, 불, 러시아어 등 주요 언어 중에서 가장 어렵다. 어려운 이유는 자타가 인정하는 일본인의 번역 실력 덕택(?)이다. 전문용어의 경우 메이지(明治)시대부터 한학자가 중심이 되어 서구문물과 사상에 대해 한자를 써서 번역을 했기 때문에, 고유어와 유리되었고 일상적인 언어와 많은 차이가 나게 된 것이다.

일본어는 그들의 국민성만큼이나 섬세한 편인 듯하다. 실제로 3천여에 이르는 고빈도어로 어느 정도 그 나라 언어를 커버하는가에 대해 통계를 낸 결과를 보면 다음과 같다.

순위＼언어	프랑스어	스페인어	영어	중국어	러시아어	독일어	한국어	일본어
1~1,000	83.5	81.0	80.5	73.0	67.46	69.20(1,022)	66.4	60.5
2~2,000	89.4	86.6	86.6	82.2	80.00	75.52(2,017)	81.2	70.0
3~3,000	92.8	89.5	90.0	86.8	85.00	80.00(3,295)	85.0	75.3

숫자는%

일상적인 생활을 하기 위해서 대체적으로 3천 단어를 알면 80~92.8% 정도를 커버할 수 있는 것이 세계적인 경향인데, 일본어는 75.3%밖에 되지 않는다. 이는 뜻이 비슷한 단어를 어쩌면 과도하게 구별해서 쓴다는 이야기가 된다. 우리말도 비슷한데, 예를 들어 '여인숙'이 있는데 '여관'이라는 한자어를, 그것도 모자라서 '호텔'이라는 외래어를 쓰게 됨으로써 언어의 효율성이 떨어지는 것이다. 이러한 경향은 일본어가 특히 심하다.

본론에 들어가기에 앞서 전문용어의 정의부터 내려보자. 전문용어에는 몇 가지 종류가 있는데, 첫째는 '학술용어'라고 불리는 것이다. 물리, 생물, 화학, 철학 등 학문을 하기 위해 사용하는 용어로 가장 협의의 전문용어라고 할 수 있다. 학술용어라고 하더라도 초·중·고등학교와 같이 기초교육 교과과정에서 쓰이는 전문용어는 일반인의 인지도가 높아서, 학술용어라기보다는 일반용어의 성격이 강하다.

두 번째는 일반적인 생활에서 쓰이는 전문용어로 흔히 '직업용어'라고 한다. 대부분의 성인이 직업을 갖고 있으므로 각자의 영역에서 고유한 전문용어를 쓰고 있다. 이렇게 보면 전문용어라는 것은 의외로 우리의 생활과 밀접한 관계가 있음을 알 수 있다.

게으름은 일본 그 어느 구석에서도 찾아볼 수 없는 것처럼 일본인은 서양의 문물을 받아들이면서 이들 용어를 자신들의 언어로 번역하는 일을 게을리하지 않았다. 그 결과 분야에 따라 약간의 차이는 있어도 대학원 박사과정에서도 영어로 된 원서보다 일본어로 된 교재를 많이 사용한다. 즉 자국어로 박사과정까지 공부할 수 있는 것이다. 일본

265

인의 일본어 사랑이라고 할까? 그러나 언어를 애국심에만 의존해서 설명하는 것은 객관성이 떨어짐으로 보다 과학적으로 생각해보자. 왜 그들이 전문용어를 자국어로 쓰는지를.

세계의 주요 언어를 대상으로 전문용어와 기본어휘의 거리도를 일본 국립국어연구소에서 조사한 것이 있다. 거리도란 한 언어의 기본어휘 5천 개를 선정하여 이들 기본어휘가 전문용어에 어느 정도 포함되어 있나를 기준으로 거리도를 측정하는 것이다. 거리도가 높으면 일반인이 이해하기 힘든 것이고, 낮으면 이해하기 쉬운 것인데, 계산하는 방법은 다음과 같다.

만일 전문용어에 기본어휘가 모두 들어 있으면 0을 곱하고, 부분적으로 들어가 있으면 0.5를 곱하며, 하나도 들어 있지 않으면 1을 곱해서 각각을 더하면 된다.

	전체	부분	없음	계	거리도
한국어	17	26	18	61	49.0
일본어	8	31	26	65	63.8
영어	36	17	12	65	31.5
프랑스어	30	23	12	65	36.2
독일어	30	17	18	65	40.8
러시아어	22	25	18	65	46.9

물리학 용어를 중심으로 조사한 위의 표를 보면 전문용어와 기본어휘와의 거리도가 가장 낮은 언어는 영어이다. 그리고 보니 영어의 전문용어는 일반어휘에서 온 것이 많다. 예를 들자면 'coach'만 보더라도 감독을 나타내는 '코치', '가정교사', '보통객차', '장거리 버스', '마차'

등 여러 의미가 있다. 즉 새로운 개념이 생겨났을 때, 새로운 용어를 만들지 않고 기존에 있는 비슷한 단어에 개념만을 추가하는 것이다. 하지만 일본이나 한국어에서는 모두 다른 단어를 쓴다. 결국 일본어에서는 새로운 물건에 대해 지치지 않고, 새로운 단어를 만들어 전문용어와 기본어휘와의 거리가 가장 멀어졌다고 할 수 있다.

그렇다면 일본인은 어려운 전문용어를 이해하기 위해 피나는 노력을 하는 것일까? 아니면 머리가 좋은 것일까? 그 어느 쪽도 아니다. 우리말과는 달리 일본어에는 뜻(訓)으로 한자를 읽는 방법이 있다. 우리는 한자를 음으로만 읽지만, 일본어는 음과 훈으로 동시에 읽기 때문에 어린 시절부터 훈에 익숙해 있다. 예를 들어 '開口計'라는 전문용어가 있다고 하자. 한국어에서는 이를 '개구계'라고 한자음으로 읽을 수밖에 없고 요즘은 한자로 표기하지도 않기 때문에 더욱 의미가 파악되지 않는다. 그래서 전문용어를 영어로 쓰는 경우가 많다.

한편, 일본어에서는 음과 동시에 '열다/구경/측정하다'와 같이 훈으로 읽을 수가 있다. 이 경우 훈은 대부분 기본어휘와 겹치게 되어 이해하기 쉬워진다. 여기서 훈독을 전제로 다시 한 번 전문용어와 기본어휘의 거리도를 측정하면 일본어는 36.0%라는 결과가 된다고 한다. 즉 영어에 이어 2번째로 기본어휘와 가까운 언어가 된다. 즉 일본사람들은 전문용어를 한자의 훈을 이용해서 쉽게 이해하는 것이다.

이렇게 볼 때 비교 대상으로 한 언어 중에서는 한국어 전문용어가 가장 어렵다는 결과가 나온다. 이런 문제를 극복하기 위해 한국의 학계에서도 쉬운 우리말로 전문용어를 바꾸는 작업이 활발히 진행되고 있다.

특히 의학분야의 전문용어 중에서 해부학용어는 대한의사협회 용어위원회에 의해 거의 일상용어로 대체되어 누구나 알기 쉬운 용어가 만들어졌다.

경추(頸椎) → 목뼈   수장(手掌) → 손바닥

슬개골(膝蓋骨) → 무릎뼈

세계의 다른 언어와 비교할 때 우리나라 전문용어도 더욱 일상용어와 가까워질 필요가 있다.

51. 'こんにちは', 'さようなら'는
언제 쓰나

【정혜경】

인사를 하는 일은 전 인류에게 있어 보편적인 행동이라고 일컬어지고 있다. 어느 사회에서든, 두 사람 또는 그 이상의 사람이 서로의 존재를 인정한다든지, 사교적인 관계를 만들어 나간다든지, 나아가서 그것을 유지하려고 하기 때문에, 인사라고 불리는 언어 또는 비언어적 행동을 하는 것으로 보여지고 있다.

인사가 인류에게 보편적인 것이라 해도, 그 구체적인 내용이나 방법에는 민족적 또는 사회적인 차이가 있다. 따라서 일본인과 한국인 또는 미국인의 인사행동에는 분명한 차이가 있고, 또한 상대적인 특징이 있다.

일본에서는 어린 아이가 태어나 성장하는 과정에서 각 가정에서 가정교육이라는 형태로 우선 인사와 관련된 교육이 행해지고 초등학교에 입학해서도 철저히 행해지며, 사회에 첫발을 내딛은 신입사원들을 대상으로 다시 한 번 철두철미한 사내(社內) 인사교육이 행해진다.

이 점은 우리나라에서도 비슷한 경향을 보인다. 말하자면 '인사'라는 것이 사회적으로 매우 중시되므로 집단적으로 교육이 행해지는 것이다. 인사가 일본사회에 있어 얼마나 중요시 되고 있는지는 '인사 하나도 제대로 못하는 인간'이라든지 '인사하러 오지도 않는 녀석'이라는 표현이 말해 주듯이 어엿한 한 사람의 사회인이 된다는 것과 인사를 제대로 잘 할 줄 아는 것과는 직접적인 관련이 있는 사안으로 인식되고 있는 것이다.

일본인 사회에 있어 인사에 대한 관심이 얼마나 깊은지는 관련된 출판물을 살펴보아도 가히 짐작할 수가 있다. 편지 쓰는 법, 연하장 쓰는 법, 인사장 작성하기 등 인사와 관련된 다양한 서적들이 서점에 가면 주욱 늘어서 있을 정도이다.

일본인이 사람을 만났을 때 행하는 가장 보편적인 인사말로서는 흔히 아침, 점심, 저녁으로 나누어 'おはようございます', 'こんにちは', 'こんばんは'라는 인사를 하는 것으로 일본어 학습자를 위한 교재 등에 기술되어 있다. 물론 이러한 인사말을 하는 것이 틀린 자는 아니나, 가장 중요한 설명이 빠져 있다. 즉 이러한 인사를 해도 되는 상대방과, 시간과 같은 경우가 사회적인 암묵의 약속으로서 따로 있고, 또 이러한 인사를 하지 않는 게 더 낫거나 하지 말아야 하는 사회적, 인간적 관계의 제약이 있다는 점이다.

'おはようございます'는 아침 인사로 손윗사람이나 동년배 등 누구에게나 사용할 수가 있다. 물론 'おはよう'는 동년배나 손아랫사람에게만 사용해야 한다. 그런데 부담없이 곧잘 사용되는 'こんにちは', 'こんばんは'는 주의가 다소 필요하다. 이것은 오늘날 일본의 가장 대표적이고 정형적인 인사표현으로 자리를 잡았으나, 원래는 '今日(こんにち)はよい日和です' 또는 'よいお天気でございますね'(오늘은 좋은 날씨입니다), '今日はお暑うございます'(오늘은 덥습니다), '今日はご機嫌いかがでいらっしゃいますか?'(오늘은 기분이 어떠십니까?)와 같은 형태의 것이었다고 한다.

또한 밤 인사인 'こんばんは'의 경우도, '今晩はお寒うございます' 또는 '今晩はよく冷えますね'(오늘밤은 춥습니다)와 같은 표현의 후반을 생략한 하략형(下略形)이므로, 예의를 갖춰야 할 손윗사람에게는 쓰지 않는 것이라는 나름대로의 전제가 담겨 있는 것이다.

'こんにちは'와 관련된 유명한 이야기가 있다. 그것은 'おとうさん こんにちは'라고 하는 인사는 과연 가능한가 하는 것이다. 'おはよう'는 가정 내에서도 사용하며, 그것만으로도 포멀한 인사가 되나, 'こんにちは', 'こんばんは'는 바로 위에서 본 것과 같이 원래 인사의 내용상으로나, 정중한 어체의 표현이 생략되어 굳어진 형식이라는 점에서, 기본적으로 가족이나 자기가 속해 있는 친분이 있는 그룹 내의 구성원에 대해서라기보다 타인과의 사이에 사용되는 표현이며, 그것도 윗사람에게는 사용하지 않는 것이 자연스럽다는 것을 알 수가 있다.

그런데 'こんにちは'라고 하는 표현을 아버지에게 썼다면 어떻게 될 것인가? 언어학자 미즈타니 오사무(水谷修)의 지적에 의해서 유명해진 이 'おとうさん こんにちは'라는 표현은 'こんにちは', 'こんばんは'라는 것이 우치소토(ウチ-ソト)의 관점, 즉 가족이나 일상적으로 친밀한 사람에게 쓸 수 없는 표현이라는 점으로 미루어 볼 때, 이 인사가 행해지는

271

것은 부모자식이 별거하고 있거나 하는 경우에만 사용이 가능하다는 것이다. 그러므로 이와 같은 경우의 인사는 영화나 소설 속의 비일상적인 경우를 그린 장면에서나 나타날 수 있는 인사가 되어버려 특수한 효과를 얻게 되는 것이다.

'こんにちは'와 관련해서 가장 문제가 되는 또 하나의 사항은, 학습자가 같은 상대에 대해서 하루에 몇 번이고 이 인사를 하는 것이다. 일본에서는 아침에 한 번 인사를 했으면 그 뒤로는 가벼운 묵례정도만 한다는 것을 알아 둘 필요가 있다. 또한 'こんにちは', 'こんばんは'는, 정중형을 갖지 않는 인사표현이며, 소토(ソト)의 관계-외부인 또는 친하지 않은 사람-에 있는 사람에게 사용하는 인사라는 점에서, 낯설고 소원한 느낌을 주거나 다소 거리가 있는 듯한 느낌을 주는 표현이다.

따라서 이 표현을 사용했을 때 仲間(なかま:동료, 내부그룹, 친근한 사이)의식을 갖기 어렵다고 하는 점을 알아야 할 것이다. 예를 들면 전차 안에서 옆자리에 앉은 모르는 사람에게 말을 걸 때와 같은 경우에도 'おはようございます', 'こんにちは'와 같은 인사로 말을 걸면 상대방은 무슨 권유나 뭔가 다른 얘기가 있나 하는 생각에 긴장하므로 다음 단계로 이야기가 자연스럽게 진척되지 않을 수도 있다. 이럴 때도 일반적으로는 'お暑いですね きょうは'(덥군요. 오늘은), 'いいお天気でよかったですね'(날씨가 좋아서 다행이네요)와 같은 날씨에 관한 화제나, 'お早いですね'(이르시네요), 'お出かけですか'(외출하십니까)와 같이 상대의 상황, 'かわいい娘さんですね'(예쁜 따님이네요)와 같이 상대방이 기뻐할 것 같은 화제 등으로 말을 꺼내는 것으로 알려져 있다.

그렇다면 'さようなら'라고 하는 인사말은 어떠한 때에 누구에 대해서 쓰여지는가도 알아볼 필요가 있다. 헤어질 때의 인사는 일단 'さようなら'라고 되어 있으나, 초등학교에서와 같이 형식적인 인사를 할 경우 이외에 이 인사가 실생활에서 정작 사용되는 일은 의외로 적다. 특히 성인의 경우 손윗사람에게 'さようなら'라고 말하는 것은 좋은 인상을 주지 못한다고 한다. 그리고 가족이나 친근한 사이에 헤어질 때의 일상적인 인사말로서는 쓰이지 않는 말인 것이다.

친구에게는 'じゃ，また', 정중하게 말할 경우에는 '失礼します'와 같은 인사가 많이 쓰이고, 직장에서 먼저 퇴근을 한다든지 할 때는 'お先に'가 일반적인 인사이기도 하다. 밤이 늦은 시간이라면 'お休みなさい'가 헤어질 때의 인사가 되기도 한다.

이상 일본의 대표적인 4종류의 인사말 'おはよう(ございます)，こんにちは，こんばんは，さようなら'는 의례적인 기능을 하는 것으로, 친하거나 같은 동료 사이에 일상적으로 쓸 수 있는 인사말이 아니어서 그 사용에 많은 제약이 있었다. 오늘날 젊은이들 사이에 이 공백을 메우기라도 하듯이 동료(仲間) 의식이 강한 사이인 경우에 'ハーイ'，'バイバイ'，'バーイ'와 같은 외래어의 가벼운 인사나 'じゃ'，'じゃね'와 같은 짧고도 기능적인 인사말이 사용되어 다른 연령층으로도 퍼져 나가고 있는 상황이다.

52. 어떻게 부르나, 정말 어렵네

【홍민표】

누군가와 대화를 하기 위해서는 상대방 또는 등장인물에 대한 호칭이나 지칭이 반드시 필요하다. 그런데 호칭이나 지칭에는 상대와의 상하관계나 친소관계 등과 같은 평가적 태도가 미묘하게 반영되기 때문에 커뮤니케이션의 결과에도 미묘한 영향을 미치는 경우가 많이 있다. 특히 외국인과의 커뮤니케이션에서 적절한 호칭을 사용한다는 것은 그렇게 간단한 문제가 아니다.

일반적으로 '호칭'(呼称, term of address)이란 상대를 직접 부르거나 언급하는 말이며, '지칭'(指称, term of reference)이란 그 사람이 누구라는 것, 또는 자기와의 관계가 어떠하다는 것을 가리키는 말을 뜻한다. 그리고 호칭의 종류로는 田中, スミス와 같은 고유명사, おかあさん이나 おねえちゃん 등의 친족명칭, あなた나 きみ 등의 대명사, さま, さん, くん, 氏, ちゃん, 殿 등의 인칭접미사, 先生, 教授 등의 직업명, 部長이나 課長 등의 직책명 등이 있다. 여기에서는 일본어 인칭대명사의 용법에 대해서 간략히 소개하기로 한다.

우선 さま(樣)는 '高橋裕子樣'(たかはしゆうこさま), 'お客樣'(おきゃくさま)처럼 사람의 이름 등에 붙어서 さん보다 높은 경의(敬意)를 나타내는 말인데, 일상생활에서는 거의 쓰이지 않고 주로 공식적인 장면이나 상업적인 목적으로 쓰이는 경우가 많다. 예를 들어, 레스토랑이나 음식점 등에 예약을 해놓고 가면 직원이 본인임을 확인할 때 '高橋樣でございますか'(다카하시 씨 되십니까?)라고 묻거나, 처음에 레스토랑이나 음식점 등에 들어가면 직원이 쫓아와서 '何名樣(なんめいさま)でございますか'(몇 분이십니까?)라고 묻는 경우가 많이 있다. 또 은행이나 우체국 등의 창구에 가면 '2番(ばん)のお客樣いらっしゃいますか'(2번 손님 계십니까?)라는 안내방송을 자주 듣게 된다.

그러나 일상적인 회화체일지라도 자기보다 손윗사람의 가족을 지칭할 때는 さん보다는 さま를 쓰는 것이 일반적이다. 예를 들어, 자기 은사의 아버님이나 사모님의 안부를 물을 때는 '先生(せんせい)のお父樣(とうさま)はお元気(げんき)ですか'(선생님 아버님은 별고없으십니까?)라고 말한다. 이밖에 'お日樣(おひさま, 해님)', 'お月樣(おつきさま, 달님)'처럼 해와 달을 의인화해서 부르는 경우에도 さま(樣)를 쓴다. 또한 高橋裕子樣과 같이 편지의 수신인명에도 쓰인다. 그러나 수신인이 개인이 아니고 회사일 경우에는 御中(おんちゅう, 귀중)를 사용하며, 은사일 경우에는 '木村(きむら)裕子先生'처럼 樣 대신에 先生를 쓴다.

さん은 樣보다는 낮은 경의를 나타내지만 거의 모든 사람에게 사용해도 어색하지 않을 정도로 일본어의 인칭접미사 중에서는 가장 광범위하게 쓰이는 말이다. 그러나 さん은 くん이나 ちゃん보다 는 상당히 거리감을 두는 말로서 보통 초대면이나 중립적인 관계일 경우에 많이 사용된다. 필자가 일본에 유학을 갔을 때, 연구생 때는 지도교수로부터 '洪さん'으로 불리다가 대학원 시험에 합격을 하여 정식으로 제자가 되고 나서는 '洪君'(くん)으로 바뀌어 불린 경험이 있을 정도로, 'さん'은 상대와의 어느 정도 심리적 거리를 두고 사용하는 인칭접미사라고 볼 수가 있다.

흔히 일본어의 さん을 우리말의 '씨'와 대응시키는 경우가 많은데, 이는 '김○○씨'와 같이 'Full Name+씨'의 경우에만 해당되는 말이다. 즉 말을 낮출 정도는 아니고 그렇다고 경의를 나타낼 처지도 아닌 경우에는 보통 성명(姓名, full name)에 '씨'를 붙여서 부르는 경우가 많은데, 이것은 일본어의 '姓+さん'과 같은 기능을 나타낸다. 그러나 우리말의 '씨'는 이밖에도 연인 끼리나 배우자의 친구 등과 같은 주위의 친한 사람에게 쓰는 '이름+씨', 또는 인부나 비교적 신분이 낮은 사람을 부를 때 사용하는 '姓+씨'의 형식으로 쓰이는 경우도 있기 때문에 일본어의 'さん'과 우리말의 '씨'를 1대 1로 대응시키는 것은 맞지 않는 경우가 많다. 따라서 일본어의 'さん'을 우리말로 번역할 때는 주의할 필요가 있다.

한편 일본어의 '氏'는 문어체에서만 사용된다는 점에서는 우리와 다르다. 그러나 상대에 대해서 친근함을 느끼지 못하고 경의도 표하고 싶지 않지만 이름만으로 불러 상대를 화나게 하거나 자신도 체면을 잃고 싶지 않을 때 의례적으로 사용한다는 점에서는 우리말의 구어체나 문어체에서 쓰이는 'Full Name+씨'의 '씨'와 비슷한 느낌의 말이다.

우리말에서는 '사장님', '선생님'처럼 직급명이나 직업명에 '님'을 붙여 부르는 것이 보통이지만, 일본어에서는 '社長'(しゃちょう), '部長'(ぶちょう)처럼 직급이 높은 경우와 '先生' 등과 같이 사회적 지위가 높은 직업명은 그 자체만으로도 존경의 뜻을 나타내는 호칭이 되기 때문에 보통 さん을 붙이지 않는 것이 원칙이다. 그러나 요즘에는 '社長さん', '部長さん'처럼 직급명에 さん을 붙이는 경우도 있고, 심지어는 처음 보는 학생을 '学生さん'으로 부르는 경우도 흔히 볼 수 있다.

君(くん)은 보통 남성이 동성의 동년배나 아랫사람을 부를 때 성이나 이름의 뒤에 붙여서 친근함이나 가벼운 경의를 나타내는 말이다. 그러나 최근에는 남자선생이 여학생을 부를 때나 여선생이 남학생을 부를 때, 그리고 여학생이 남자동급생이나 남자후배, 또는 어린이를 부를 때 친근함을 나타내는 말로 많이 사용하고 있으며, 의사가 간호사를 부를 때나 상사가 남자 부하직원을 부를 때도 사용하는 경우가 자주 관찰된다.

그러나 여선생이 여학생을 부를 때나 남자 상사가 여자 부하직원을 부를 때는 보통 성에 くん보다는 さん을 붙여 부른다. 한 가지 특이한 것은 국회에서 국회의원을 공식적으로 호칭할 때는 '高橋君'처럼 성에 '君'을 붙여 경칭으로서 사용하고 있다는 점이다.

ちゃん은 '千香(ちえ)ちゃん', '里惠(りえ)ちゃん'처럼 주로 여성이나 어린이끼리 친근함을 나타낼 때나 'お姉(ねえ)ちゃん', 'お父(とう)ちゃん', '赤(あか)ちゃん'처럼 가족과 같이 아주 친한 사람에게 애정을 표현할 때 사용하는 인칭접미사이다. 그러나 최근에는 남학생들도 친한 친구를 부를 때는 '松崎(まつざき)○○'를 'マッちゃん'처럼 이름의 일부에 ちゃん을 붙여 부르는 경우도 있다. 이밖에도 'わんちゃん'(개), 'うさぎ ちゃん'(토끼), '熊(くま)ちゃん'(곰)처럼 동물에 붙여서 친근감을 표현할 때도 사용한다.

殿(どの)는 옛날에는 신분이 높은 사람에게만 사용했으나, 현재는 편지의 수신인명이나 관직명 등에 붙여 사무적이고 공식적인 경우에 주로 사용한다. 그러나 손윗사람에 대한 개인적인 편지에는 사용하지 않는다.

53. 집에서는 'お父さん', 밖에서는 '父'

【김준숙】

일본어는 경어가 세밀하게 발달된 언어이다. 일본어의 경어의 기원에 대해서는 고대인의 신, 즉 자연에 대한 외경심에 근거한 말의 터부나 언령사상(言霊思想)에서 생겨났다고 하는 설이 유력하다.

언령사상이란 '말하는 것이 바로 그대로 실현된다'는 것으로 언어표현의 영력(靈力)을 믿는 것이다. 그렇기 때문에 상위자에 대해서는 찬미의 표현을 쓰지 않으면 자신이 벌을 받는다는 생각을 했을 것이다. 또한 인간관계를 좋게 유지하는 것도 매우 중요하기 때문에 상대방에 대한 완곡한 표현을 즐겨 쓰게 되었다는 것이 경어의 출발이라고 한다.

고대경어가 현대일본어의 경어와 다른 점은 절대경어라는 점이다. 절대경어라는 것은 절대적인 기준 하에서 언어를 선택하는 것, 즉 절대적인 기준에 맞추어 경어를 사용하는 것이다. 고대의 신분사회에서는 신분의 상하에 따라 화자는 자기보다 상위자를 높여서 표현하는 것이다.

이러한 절대경어의 용법은 오늘날 우리말의 경어에서 볼 수 있다. 현대 한국어에서 경어 사용을 결정짓는 기준은 연령이며, 이러한 절대적인 기준에 의해 경어가 쓰여진다고 하여 우리말의 경어를 절대경어의 범주에 넣는다. 우리말에서 화자는 상대방-청자-앞에서 자기보다 손윗사람을 화제로 하여 이야기할 때 높여서 이야기한다.

다음은 아버지 친구분과 아들이 아버지를 화제로 이야기하는 예이다. 이 경우 당연히 아들은 아버지에 대해 존경어를 사용하여 높여서 말한다.

A : 아버지 계시냐?

B : 아버지 지금 집에 안 계시는데요.

현대 일본어의 경어는 흔히 상대경어라고 규정짓는다. 상대경어란 우선적으로 상대에 대한 배려를 먼저 하는 것이다. 화자와 청자 그리고 화제가 되는 인물의 3자의 관계에서 경어사용이 이루어지는데, 이때 일본어의 경어는 그 화제의 인물이 자기 쪽 사람인가 상대 쪽 사람인가를 구별한다. 상대방에게 경의를 표하기 위해서 화제의 인물이 자기 쪽 사람이면 낮추어 표현하고 상대방 쪽 사람이면 높여서 표현한다.

즉 화제의 인물이 상대 쪽 사람이면 어린애라고 하더라도 경어를 써서 표현하며, 자기 쪽 사람이면 부모를 화제로 할 때라도 낮추어 표현한다. 이러한 경어 사용법이 일본어 경어의 특징이며 이를 상대경어라고 한다.

다음은 일본어에서 부모에 대해 언급하는 예이다.

A : お父さんいらっしゃいますか。(아버님 계십니까?)

B: 父は出かけております。(아버지는 나갔는데요)

A가 B의 아버지가 계시는가에 대해 존경어를 써서 묻고 있다. 이에 B는 자기 아버지에 대해 호칭을 ちち라고 낮추어 말하고 술어도 出かけております라고 겸양어를 써서 낮추어 표현하고 있다. 가정에서 자식들이 부모를 부를 때는 お父(とう)さん, お母(かあ)さん 또는 父さん, 母さん 등으로 부른다. 그러나 お父(とう)さん, お母(かあ)さん은 다른 사람들 앞에서 부모를 화제로 해서 이야기할 때는 쓸 수 없는 호칭이다. 다른 사람 앞에서 자기 부모에 대해 언급할 때는 父(ちち), 母(はは)라고 하며 낮추어 표현함으로서 상대방에 대한 예의를 표해야 한다. 이번에는 자식에 대해 언급하는 경우를 보자.

A : お子様は今年おいくつですか。(자제분은 올해 나이가 몇이세요?)

B : 来月で六つになります。(다음 달에 여섯살이 됩니다)

이처럼 화제의 인물이 상대 쪽 사람일 때는 어린아이라도 높여서 이야기해야 실례가 되지 않는 것이다.

이러한 경어 사용은 가정에서뿐이 아니다. 특히 거래처 등 상대방에게 신경을 써야 할 일이 많은 회사에서의 경어 사용에서도 이러한 차이점은 잘 나타난다.

A사 부장이 B사 부장과 이야기할 때, A사 부장은 B사의 모든 사

람들에 대해서는 경어를 사용하여야 하며, 이와는 반대로 자신의 회사 사람에 대해서는 경어를 사용해서는 안 된다.

예를 들어, 회사 접수 창구에 거래처 사장이 와서 시라이(白井) 사장이 있는가 물어, 부재중이라고 말할 때를 보자.

A : 社長いらっしゃいますか。(사장님 계십니까?)

B : 申し訳ごぎいませんが、白井は外出しております。

(죄송합니다만, 시라이는 외출 중입니다.)

이 회사 직원인 화자(B)는 자기 회사 사장에 대해 다른 회사 사람에게 '社長'라는 말을 사용해서는 안 된다. 일본어에서는 직책은 그 자체가 경어이므로 그냥 성인 '白井'만을 사용하거나, 아니면 '社長の白井'라고 해야 한다. '社長'라는 직책은 성 뒤에 사용하면 경어가 되나, 성 앞에 사용하면 단지 직책만을 나타내기 때문이다. 또한 술어도 'います'의 겸양어인 'おります'를 써서 '外出しております'라고 사장을 낮추어 표현함으로써 상대방에 대한 예우를 하는 것이다.

물론 회사 내에서는, 회사 내의 상하관계나 연령 등을 고려한 경어 표현을 한다. 즉 같은 회사 부장이 과장에게 사장이 있는가 물어, 부재중이라고 말할 때 다음 예문과 같이 경어를 사용하는 것이다.

社長は今いらっしゃいません。(사장님은 지금 안 계십니다)

이처럼 일본어에서는 경어 사용을 할 때 상대방에 대해 배려하며 화제의 인물이 자기 쪽인가 상대방 쪽인가를 구별하여 어휘의 선택을 한다. 그러나 상대에게 경의를 표하기 위해 단순히 어휘를 선택하는 데만 신경을 쓴다고 해서 올바른 경어가 될 수 있는 것은 아닐 것이다. 목소리나 발음, 음조의 조정, 속도의 조절 그리고 말을 할 때의 태도나 표정 등 경의 표현은 모든 면에 걸쳐서 여러 가지 모습으로 나타난다고 할 수 있으니, 말의 태도에 상대를 배려하고 경애하는 마음이 담겨있는 것도 중요하다고 생각한다.

54. 도와준다는데 왜 섭섭해 하지?

【한미경】

가장 세련된 일본어 표현은 어떤 것일까? 이에 대한 대답은 보는 각도에 따라서 여러 가지일 것이다. 만약 필자의 의견을 밝히라면 '적당히 우물거리는 것'이라고 말하고 싶다. 그래서 나는 일본어를 가르치는 현장에서 늘 잊지 않고 이 말을 전한다.

대화할 때 의사 표현이 잘 안되어 운을 떼고 우물대고 있으면 상대인 일본인이 잘 알아서 그 뒤 화제를 자연스럽게 이어준다. 그러므로 일본에 갔다고 해도 사실 웬만한 일에는 일본어를 몰라서 곤란해 할 필요가 없다. 하루종일 'どうも', 'どうぞ' 2마디만 하면 지낼 수 있기 때문이다. 우물댈수록 일본인 같아 보일 수도 있다. 물론 그러기에는 'どうぞ'의 'ぞ' 발음이 어려워 외국인인 것을 눈치채게 할 수 밖에 없겠지만.

남의 행동에 응답해야 할 때는 고맙다는 뜻으로 'どうも'까지 하고 뒤끝을 흐리고 고개를 약간 숙인 채로 있으면 되고, 누가 나의 양해를 구하는 듯하면 'どうぞ'라고 하면 된다. 하고 싶은 일이 구체적으로 있다던가 어디가 아프다던가 하면 곤란하지만, 그 외에는 'どうも', 'どう

ぞ"면 훌륭하게 통할 것이다. 한때 우리 제품들이 일본보다 질이 떨어졌을 때, 일본에 가면 'いくらですか'만 알면 된다는 우스개소리를 듣고 '관광객용 일본어 표현이 또 있구나'라고 생각한 적이 있다.

일본어는 문법적으로 정확히 표현하면 할수록 상대에게 의사전달이 잘 안 되는 경향이 있다. 우리말과 일본말의 표현 차이 때문이다. 필자는 일본에 있을 때 일본 선생님께 물어본 적이 있다. 수업이 끝나고 선생님이 해외여행을 갔다 오신다는데 잘 다녀오시라는 인사를 해야 할 것 같아서 '이럴 때는 뭐라고 하면 됩니까?' 하고 물으니, 손윗 사람들의 행동에는 좋은 말이라 하더라도 직접적인 표현은 보통 안 하는 법이니 그냥 평소처럼 'それじゃ…' 하고 가면 된다는 것이다. 또 아는 분의 어머님이 돌아가셔서 다른 일본 선생님을 따라 상가집에 가게 되었다. 상가집에서 유족들에게 하는 인사말 'ご愁傷様(しゅうしょうさま)です'를 일단 외웠다. 그래도 걱정이 되어서 같이 가는 선생님께 물었다. 하지만 돌아온 대답은 그냥 앞의 분을 따라 상주 앞에 서서 우물거리다가 지나가면 된다는 것이다.

우리나라 일본어 학습자들에게는 손윗사람 그러니까 선생님한테 수업이 끝나고 일본말로 어떻게 인사하는가가 항상 고민거리의 하나인 모양이다. 이에 대해 대부분의 학생은 'ご苦労様(くろうさま)でした'는 안 되지만 'お疲れ様(つかれさま)でした'는 쓸 수 있다고 알고 있다. 짜증이 날 정도로 이 문제에 집착하는 걸 볼 수 있는데 일본어는 손윗사람에게 치하하는 말은 잘 안 쓰고 오히려 가볍게 고개 숙이고 가만히 있는 것이 일본어적이라고 말할 수 있다. 그래도 감사표현을 꼭 하고 싶

은 학생은 교실에서 큰 소리로 인사하기보다 개인적으로 선생님께 'ど
うもありがとうございました'라고 쓰는게 좋지 않을까 생각한다.

그러면 손윗 사람에게 자기표현을 절제하는 이러한 일본어의 상식
을 염두에 두고 다음과 같은 표현을 생각해 보자. 아는 분이 열심히 짐
정리를 하고 있다. 도와 드리고 싶은데 어떻게 그 마음을 표현하면 좋
을까? 한국어라면 당연히 '좀 도와 드릴까요?'라고 표현할 것이다. 이
경우 일본어의 표현을 생각해 보자.

1. 手伝(てつだ)ってさしあげましょうか/手伝ってあげましょうか。
2. お手伝いしましょうか。

이 경우 2가 바람직한 표현이다. 2가 좋은 이유 보다는 1이 부적
당한 이유를 이야기하는 것이 이해가 빠를 것이다. 우리말로는 겸손하
게 '도와 드릴까요?'와 같이 말하는 것이 정상이다. 이를 그대로 일본어
로 바꾸면 'てつだってさしあげましょうか'와 같이 된다.

우리말과 일본어는 언어구조가 비슷하고 나와 남과의 관계를 의식
하면서 다양하게 언어 선택을 하는 점도 마찬가지이다. 상대방을 대우
할 말의 선택은 여러 가지 요인에 의해서 좌우된다. 상대방이 나보다
위인가, 공적인 자리인가 사적인 자리인가 등 사회적 요인도 많다. 그
요인이 되는 것에 일본어와 우리말과의 차이점이 나타나는데 그중의
하나가 힘의 관계, 아니 은혜(?)라고 해야 마땅할 요인이 작용하는 것
이다. 우리말의 경어를 이야기할 때도 힘의 관계가 경어선택에 있어 하

나의 요인이 되기도 하지만, 일본은 상당히 강하다.

일본어 표현의 가장 큰 특징의 하나는 남을 배려하는 완곡한 표현이다. 그것이 진심에서 우러나온 것이던 아니던 일본어 표현의 근간을 이룬다. 손윗사람의 행동은 높이고 자기 행동은 낮추는데 단지 낮추기만 하는 것이 아니다. 다른 사람의 덕에 자신의 행동이 가능했다는 표현을 한다. 그러다 보니 수동 표현에 쓰는 'れる', 'られる'를 존경어로도 쓰고 자기가 자발적으로 하는 일에 대해서도 '～させていただく'를 써서 자신의 행동을 간접적으로 표현한다.

이러한 일본어 표현의 특성으로 보면 되도록 자기 스스로 한 행동도 남의 덕으로 돌리고자 애쓰는데 반대로 남에게 은혜를 베푼다는 생색의 의미를 언어표현상에 나타낼 수 있겠는가.

바로 이점이 형태상으로 완벽한 표현인 '手伝ってさしあげます'를 잘못 쓰는 일본어 표현으로 만들어 버리는 것이다. 'さしあげる'는 우리말의 '드리다'에 해당되는 겸양어이다. 우리말의 '드리다'는 보조동사로 쓰면 '～해 드리다'로서 겸양어로서의 역할을 한다. 그러나 일본어의 'さしあげる'는 '～てさしあげる'로서는 '그분을 위해서 일부러 해 드린다'는 의미를 지니게 된다. 그게 무슨 큰 일이냐 싶겠지만 일본인들의 의식에서는 받아들이기 힘든 것이다. '아니 도와 주면 그냥 도와줄 것이지 웬 생색이야. 나 혼자서도 할 수 있는데… 영 언짢네' 하고 호의를 호의로 받아들이지 못하게 되는 것이다. 그러니까 일본사람으로서 경어의식을 갖춘 사람이라면 적어도 이런 경우에는 '～てさしあげる'와 같은 표현은 사용하지 않는다.

어느 날 젊은 일본인 교수가 '○○○선생님 일본어가 이상해요'라는 것이었다. 뛰어난 실력을 지닌 그분의 일본어가 이상하다면 다른 사람들의 일본어는 이 사람 눈에 어떻게 비칠까 하며, 어리둥절해 하는 나를 보면서 그 일본인 교수는 이렇게 얘기했다.

"선생님 연락처를 물었더니 '教(おし)えてあげます'라고 하더군요."

이 경우 혹자는 '教えてさしあげます'를 써야 하는데 '教えてあげます'를 써서 틀렸다고 생각할지도 모른다. 그러나 천만의 말씀이다. 'あげる'도 본래는 '드리다'는 뜻의 겸양어였다. 근래에 고양이에게 먹이를 준다고 할 때에도 '猫(ねこ)に餌(えさ)おあげる'라고 할 정도로 널리 쓰여 'あげる'의 격이 떨어졌지만 그래도 친한 사이에서 쓸 때는 보통어인 'やる' 보다는 품위있는 말이다.

여기서 말하는 것은 'あげます' 또는 'さしあげます'를 쓰는 것이 이상하다는 것이다. 가르쳐 드린다고 해도 언짢은 경우다. 일본인의 의식과는 다른 표현은 더할 수 없이 자연스러운 일본어를 순식간에 이상한 일본어로 만들어 버릴 수 있는 힘을 갖는다.

그렇다면 이 표현은 써서는 안 되는 표현일까? 그렇지 않으니까 골치 아프다. 실제로 도움을 필요로 하는 사람들, 노인, 병약자, 실제로 곤란한 경우라던가 남의 배려가 필요한 경우라면 이 말을 써서 도와줄 수 있는 것이다. 하지만 이처럼 상황을 구별해서 쓸 수 있는 것은 그 나라 사람들의 의식에서나 가능한 일인지도 모른다.

55. 정말로 허가해 달라는 뜻?

【김준숙】

　　현대 일본어 중 자기를 낮추어 상대를 높이는 겸양표현으로 빈번하게 사용되는 '~させていただく'가 있다. 일본어는 자기가 하는 행위도 직접 표현하지 못하고 간접적으로 완곡하게 표현하는 경우가 많다. 그런 표현 중의 하나가 '~させていただく'이다. 이같은 구조는 동사의 사역형 '~(さ)せる'에 겸양어 'いただく'(받다)가 보조동사로서 쓰인 것이다. 다음과 같이 어떤 모임에 초대 받았을 때 출석하겠다는 의사표시를 하는 경우를 생각해 보자.

　　1. 出席させていただきます。

　　자기가 출석하겠다는 의사는 '出席します' 또는 '出席いたします'로 표시하면 된다. 그러나 굳이 '出席させていただきます'라고 표현하는 것은 상대의 초대에 응하면서 참석 허가를 받고 그렇게 하겠다고 표현한 것이라고 할 수 있다. 즉 자기가 하는 행동은 상대방의 허가 내지는 양해 하에 이루어지는 것이라는 겸손한 표현이 되는 것이다. 물론 이 경우에도 상대방이 원하지 않는데 일방적으로 참석하겠다고 할 때는 매우 거친 표현이 된다. 즉 상대방과의 관계가 좋은 것을 전제로 '~さ せていただく'가 공손한 표현이 되는 것이다.

문법서에는 '~させていただく'를 '상대의 은혜나 허가에 의해서 말 하는 이가 이익을 얻은 것을 나타내는 어법'이라고 설명되어 있다. 그 러므로 실제로 상대의 의뢰에 응해 뭔가 화자에게 이익이 되는 경우에 사용하는 것이 어울린다.

일본을 여행하다 보면 상점 등에 다음과 같은 표찰이 붙어있는 것 을 종종 볼 수 있다.

2. 本日休業させていただきます。(금일 휴업입니다)

이 또한 가게 주인이 멋대로 쉬는 것이니까 '本日休業'라고 하던가 '本日休業します'(금일 휴업합니다)라고 하면 될 것 같은데, '本日休業させ ていただきます'라고 하여 마치 손님들에게 허가를 받고 쉬는 것처럼 표현한다. 이것도 단순하게 생각하면 상대에게 허락을 얻은 후에 행위 를 하는 것처럼 파악해서 겸손함을 나타내는 것이라 할 수 있다.

본래 '~させていただく'는 상대의 허가를 받고 하는 행동이므로 논 리적으로는 상대방과 관계를 가질 수 있는 행위에 사용해야 한다. 그러 나 관용적으로 이러한 표현을 많이 쓰기 때문에 어색하지 않은 것이다. 그러나 상대와 관계없는 행위까지 '~させていただく'를 사용하는 것은

지나치며 부자연스러워진다. 예를 들어 다음과 같은 표현을 보자.

3. おかげさまで, 今の会社に十年勤させていただいています.
   (덕분에 이 회사에 10년 동안 근무하고 있습니다)

이 말은 회사 내의 상사나 취직할 때 도와준 사람에게 이야기한 것이라면 겸손한 표현이 된다. 그러나 사외의 사람에게 이렇게 말하는 것은 자기 회사를 높이는 것 같아 부자연스럽다.

그러면 상대방으로부터 의뢰나 허락이 없는데도 불구하고, 다음과 같은 표현을 사용한다면 어떨까? 회의 중에 갑자기 일어서서 '帰らせていただきます'(집에 가겠습니다)라고 한다면, 다른 이들을 무척 불쾌하게 만들 것이다. 이에 내포된 뜻은 '당신들은 어떻게 하던 나는 돌아간다'는 뜻이기 때문이다. 이같은 경우, '~させていただく'라는 표현은 자기 마음대로의 행동을 통고한다는 느낌을 주게 된다.

하지만 같은 '帰らせていただきます'도 상황이 달라지면 자연스러울 수도 있다. 즉 아직 퇴근시간이 안 됐지만 몸이 아파 괴로워하고 있을 때 상사로부터 '今日はもう帰ってもいい'(오늘은 그만 집에 가 보게)라는 말을 들었다면, 그때는 '申し訳ありませんが, 今日は早く帰らせていただきます'(죄송합니다. 오늘은 일찍 가보겠습니다)라고 표현하는 것도 좋다.

어쨌든 겸양표현으로 자기를 낮추어서 말할 의도였을지라도, 그 이면에는 화자의 생각을 통고하는 식의 강제성을 함께 갖고 있을 수 있으므로 사용하는 장면에 유의해야 한다. 특히 다음처럼 사죄를 하는 경

우에 '~させていただく'를 사용하는 것은 위험하다.

    4. 誠に申し訳なく、深く反省させていただきます。

     (정말 죄송합니다만, 깊이 반성하겠습니다)

'~させていただく'는 상대의 허락을 받아 행위를 하게 되었다는 점을 겸손하게 나타내는 표현이나, 위와 같은 사죄의 표현은 반성을 의뢰하고, 그것을 허락한 사람이 누구인가 하는 점이 애매하다. '~させていただく'라고 하면서 'させた人'(시킨 사람)은 어디에도 없다는 점이 이런 표현을 부자연스럽게 만드는 것이다.

    '~させていただく'가 가장 잘 어울리는 표현은 다음 예문과 같이 상대의 의뢰가 있고, 화자가 그에 응해 행위하는 것이며, 결과적으로 그 행위가 화자에게 이익이 되었다는 의사를 겸손하게 표현할 때라고 할 수 있다. 특히 이런 표현은 아래의 예문에서도 알 수 있듯이 화자나 상대가 모두 'いただく'로 대응하고 있다는 것도 눈여겨 둘 만하다.

    5. コンサートではこの曲を弾い<u>ていただきたい</u>のですが。

     (콘서트에서 이 곡을 쳐 주셨으면 합니다만)

    6. 喜んで弾かせ<u>ていただきます</u>。(기쁜 마음으로 치겠습니다)

위에서는 자기의 행위에 대해 겸손하게 표현하는 데에 쓰인 '~させていただく'의 표현이었는데 이번에는 실제로 상대방에게 어떠한 일을 부탁하고 허가를 받고자 할 때의 표현을 생각해 보자. 이럴 때 '~さ せていただきます'와 같이 말하면 표현하고자 하는 의도는 겸손함이었 다고 해도 상대방에게 자기의 생각을 통고하는 듯한 강제성을 지닌 표 현이 되기 쉽다. 정말로 상대방에게 부탁하고자 할 때는 '~させてい ただきたいですが', '~させていただけないでしょうか'와 같이 부드럽게 표현해야 한다. 즉 '~させていただきたいですが'와 같이 자기의 그러 한 희망을 표현하던가 '~させていただけないでしょうか'와 같이 그렇 게 해주실 수 있겠느냐는 가능성의 타진으로 완곡하게 표현하는 것이 좋다.

7. あしたは一日休ませていただけないでしょうか。

　(내일은 하루 쉬고 싶은데요)

'~させていただく'는 원래는 도쿄 지방에는 없던 말로, 오사카 지 방에서 온 말이며, 관료사회나 의회의 설명회 등에서 사용하는 상투어 였다고 하는데, 오늘날에는 많은 사람들이 사용하는 겸양표현의 하나 이다. 그러나 잘못 사용하면 겸손이 지나쳐 들을 때 오히려 기분이 나 쁘다는 사람들도 있으므로, 상황에 잘 맞춰 사용해야 할 것이다.

　이처럼 특정한 상황에서 과연 어떤 말이 적절한가 아닌가의 판단 은 화자 각자가 속하는 세대나 자라온 지역 또는 남녀에 따라 차이가 있을 수 있다는 점에 경어 사용의 어려움이 있다고 할 수 있겠다.

56. 여성은 왜 'めし食いに行こうぜ'라고 말하면 안 되는 걸까?

【오미선】

남성어와 여성어와 같은 성차(性差) 표현은 모든 언어에서 관찰할 수 있는 현상이다. 말 그대로 남성어는 주로 남성이 사용하는 말이고 여성어는 주로 여성이 사용하는 말을 가리키는데, 성(性, gender)에 의한 이와 같은 언어 차이는 음성, 어휘, 문법, 담화 등 언어표현 전반에 걸쳐 나타나고 있다. 언어의 성차표현 연구는 언어학에 문화론이 결합된 학제적 연구로 새로이 주목받게 된 연구 분야의 하나이다. 다시 말해서 언어는 문화를 형성하고 그 문화는 언어에 반영된다고 할 수 있을 것이다. 특히 일본어는 다른 언어에 비해 한층 더 다양한 성차표현이 나타난다.

일본어에서는 일찍이 헤이안(平安) 시대부터 gender에 의한 표현의 차이가 있다고 전해지며, 에도(江戸) 시대에도 여성스러운 말투가 교육적인 사항으로 엄하게 다루어졌다. 뿐만 아니라 현대 일본어에서도 여성어와 남성어의 구별이 비교적 완전한 체계를 이루고 있다. '여성답다'란 표현이 구체적으로 무엇을 의미하는지는 분명하지 않지만 행위,

표정, 자태에 말씨가 포함된다는 것은 확실하다.

역사적으로 볼 때, 헤이안시대의 무라사키 시키부(紫式部)는 『무라사키시키부닛키』(紫式部日記)에서 세이쇼나곤(淸少納言)이 한자를 쓰는 것을 비판하며, 중국에서 온 한문은 남성에게 일임하고 여성은 가나(仮名) 문장을 써야 한다고 말했다. 시키부의 '여자는 여성다운 말씨를 써야 한다'는 말에는 여성이 남성과 어깨를 나란히 하고 대등하게 의견을 주고받는 것에 대한 비판도 함축되어 있다고 생각할 수 있다. 에도(江戶)시대 중기에 간행된 문헌에서는 '남성어를 여성이 쓰는 것은 듣기 거북하다. 여성은 부드러운 말씨를 쓰는 게 보기 좋다', '어린애가 칭얼대는 듯한 궁녀의 말씨야말로 여성다운 것이다'라는 기술이 보인다.

이같은 궁녀의 말씨는 1420년 경에도 사용되었고, 15세기에는 아시카가(足利) 장군의 궁이나 장군부인의 거처에서 쓰였으며, 그것이 귀족사회, 무가(武家), 도시로 점차 확대되어 간 것이다. 에도 무렵에는 무가의 하녀들도 쓰게 되었으며, 17세기 후반에 이르러 양가집 규수들이 쓰는 여성말투로 발전되었다. 이와 같은 과정을 거쳐 봉건사회 속에서 말씨가 여성의 교양이나 예의범절에서 중요한 요소의 하나가 된 것이다.

그러나 근세시대에 말투가 엄격히 제한되게 되는데 이러한 제한은 특히 유교 영향하의 무사의 부인들에게 엄격하게 적용되었으나, 서민층의 여성어는 상당히 자유스러웠던 듯하다. 그 배경에는 여성을 '집안'으로 끌어들였던 무가와는 달리 농가나 상가에서는 여성들이 '밖'에서 남성들과 함께 활발하게 일을 했다는 당시의 사회적인 분위기가 작용했을 것이다. 다시 말하자면 여성어의 모습은 구체적으로 사회적 지위와 관련되어 있다는 점이다. 최근 여성의 사회진출이 눈에 띄게 늘어나 남녀 언어차가 과거에 비해 적어지고 있다는 변화로도 언어와 사회적인 배경과의 관계를 알 수 있다.

성차(性差)라는 관점에서 볼 때 현대 일본어의 특징 중 하나는 여성들이 쓰는 말이 거칠어졌다는 지적을 들 수 있다. 여성어의 변화에 대한 비난 또한 일찍부터 보이며, 쇼와(昭和) 시대에도 남성들의 전용어인 'きみ', 'ぼく'가 여학생들 사이에서도 사용되기 시작하자 당시의 문부대신(文部大臣:교육부장관)은 여학생들이 이 말을 사용하는 것을 금지했다는 이야기도 있다.

이같은 논의는 여성들은 부드럽고 공손한 말씨를 써야 한다는 인식을 바탕으로 하고 있는데, 현대 일본의 여성들의 사회적 지위 향상 및 남녀공학제 등과 같은 상황의 변화는 종래의 언어규범을 인정하기 어렵게 한다. 이런 현상은 주로 청소년 언어에서 많이 나타난다고 할 수 있으나, 남성어는 여성어에 비해 어감이 강한 말의 사용빈도가 높은 경향을 보이는 반면 여성어에는 부드러운 느낌을 주는 문말표현이나 완곡표현 등이 많이 보이는 등 여전히 성차표현이 남아 있다.

따라서 무엇보다도 중요한 것은 실제 여성이 써서는 안 되는 표현과 남성이 쓰면 마치 여성 같다고 생각되는 표현들이 일본어 안에는 아직도 상당수 존재한다는 사실이다.

예를 들면, 여성이 'めし食(く)いに行こうぜ'라고 말하면 'めし, 食う, ぜ'는 남성어이므로 여성은 쓰면 안 된다는 지적을 받는다. 물론 'め

し食いに行こうぜ'라는 표현자체는 틀린 것이 아니지만, 표현주체의 성별과 장면에 제약성이 있으므로 특히 여성은 어느 경우에도 쓸 수 없다.

이와 같은 일본어의 성차표현은 다음과 같이 음성, 어휘, 문법, 담화 등 거의 모든 언어분야에서 나타나는데, 여성이라고 해서 항상 그러한 표현을 쓰는 것이 아니며 제한된 장면이나 분위기에서만 사용하고 있다는 것이다. 따라서 '여성어'라고 일본에서 말해지는 것은 모든 여성이 항상 사용하는 말이라는 의미는 아니며, 정확하게는 여성다운 말이라는 의미라고 할 수 있다.

1. 여성은 음운탈락(わたし・あたし/わたい・あたい…), 음운교체(あなた・あんた) 등 다양한 음운을 사용한다.
2. 인칭대명사의 경우 남성은 ぼく・おれ・きみ・おまえ, 여성은 わたくし・あたし・あなた의 사용이 많다.
3. 여성은 직접적이고 노골적인 표현을 피해 부정표현과 같은 간접 표현을 많이 쓴다. 남성은 보다 단정적이고 단호하게 자신의 생각을 나타내기 위해서 '(し)ません'을, 여성은 그보다 부드러운 느낌을 주는 'しないです'를 사용하는 경향이 있다. 또한 남성의 경우에는 'まずい, きらいだ'와 같은 마이너스적인 의미의 형용사를 직접적으로 사용하지만, 여성은 'おいしくない, すきじゃない'와 같은 부정의 간접표현을 사용하는 경향을 보인다.
4. 여성의 경우 남성에 비해 상대의 이해와 동감을 확인하는 'ね'와 같은 맞장구 표현의 사용빈도가 높다.

5. 감탄(感歎)을 나타내는 감동사 중 'あら · まあ · ほお · なるほど'
   는 여성이, 'おお · ほう'는 주로 남성이 사용한다.

6. 부르는 말의 경우 'ねえ'는 여성이, 'おい · こら · やあ' 등은 주
   로 남성이 사용하는 것으로 인식되어 있다.

7. 응답사의 경우 남성은 'うん · いや'의 사용이 많다.

8. 경어표현에서는 여성어에서는 존경의 의미를 나타내는 접두사
   'お · ご'의 다용(多用)과 '飯 · 食う'와 같은 거친 느낌을 주는 말
   을 쓰지 않는 제한된 단어 사용 등이 눈에 띈다.

9. 여성이 잘 쓰는 종조사에는 'の · わ · だわ · わね · わよ · かしら',
   남성이 잘 쓰는 종조사에는 'さ · だぜ · だな · ぞ' 등이 있다.

10. 여성어에서는 축약표현을 많이 쓴다. '急いでください'를 '急
    いで(ね)'라고 하거나, 'あなたはどう 思いますか'를 'あなたは
    どう?'라고 표현한다.

57. 거절인지 승낙인지 애매한데

【탁성숙】

1. あした映画見に行かない？ (내일 영화 보러 가지 않을래?)

   あしたはちょっと。(내일은 좀 그런데…)

2. もう少しいかがですか。(좀 더 드시겠어요?)

   もう結構です。(이젠 됐어요)

3. 先生、今回先生にコラムをお願いしたいんですけど。

   (선생님 이번에 칼럼 좀 부탁드리고 싶은데요)

   この頃ちょっと忙しくて、すみません。

   (요즘 좀 바빠서요. 미안해요)

일상생활에서 흔히 발생할 수 있는 상황을 나타낸 위의 대화는 일본어로 하거나 우리말로 하거나 그다지 큰 차이는 없다고 할 수 있다. 그러나 비즈니스 관계로 일본인과 거래를 할 때 다음과 같은 대화를 나누었다면 어떨까?

4. この件、ぜひお願います。(이번 건 꼭 부탁드립니다.)

はい、考えておきます。(네, 생각해 두겠습니다.)

어쩌면 지극히 당연하게 보이는 대화지만, 우리는 거래가 성사될 것이라 생각하는 반면, 일본사람들은 거절했다고 생각한다고 한다. 과연 이러한 오해는 어디서 비롯되는 것일까?

미즈타니 오사무(水谷修)와 미즈타니 노부코(水谷信子)의 『외국인의 의문에 답하는 일본어노트1』(外国人の疑問に答える日本語ノート1)에 의하면, 일본어의 거절 표현이 확실하지 않는 이유와 관련하여 다음과 같은 설명이 나온다.

남의 생각이나 부탁을 받아들이지 않는 것에 대해 일본인은 강한 심리적 저항을 느낀다. 어떤 사람의 의견이나 의뢰에 대해 'NO'라고 말하는 것은 그 사람의 인격을 부정하는 것이며, 결과적으로 그 사람과의 인간관계를 손상시키는 것이라고 느끼기 때문이다.

이는 우리말이나 일본어나 마찬가지이다. 동양적 사고와 예의에 의해 거절의 의사를 부정의 표현을 사용하지 않고 완곡한 표현이나 끝까지 말을 맺지 않는 생략의 표현으로 상대방이 자기의 마음을 헤아려주기를 바라는 것이다. 하지만 남이 헤아려 이해하기를 바라는 부분은 우리보다는 일본인들이 더 크다고 볼 수 있을 것이다. 일본어의 'おもいやり)'(배려하는 마음)라는 말이나 '〜させていただきます'(하겠습니다)와 같은 표현은 이러한 그들의 정서를 잘 나타내는 표현이라 할 수 있다.

정초나 여름의 오봉야스미(お盆休み:추석과 비슷한 명절 연휴)에 동네의 약국이나 미장원은 쉬는 경우가 많다. 입구에는 '1週間ほど休ませていただきます'(일주일 정도 쉬겠습니다) 또는 '8月3日から7日まで休ませていただきます'(8월 3일부터 7일까지 쉬겠습니다)와 같은 쪽지가 붙어 있다. 이 표현을 보고 한국인인 나는 '자기들 마음대로 쉬면서 우리가 허락해서 쉬는 것 같이 말하고 있군'이라고 생각한 적이 있다. 하지만 이러한 표현은 일본인 입장에서 보면 상대편의 마음을 조금이라도 다치지 않기 위해 즉 앞서 언급한 'おもいやり'라는 측면에서 사용하고 있는 표현인 것이다.

이러한 일본어 표현방식 때문에 우리 한국인들은 일본어가 쉽게 느껴지다가도 벽에 부딪치는 느낌이 들기도 하고, 일본사람들과 이야기할 때도 '도대체 왜 그렇지?'라고 생각되는 경우가 많은 것은 서로의 문화와 정서가 다른 때문일 것이다. 마찬가지로 일본인들도 우리를 이해하기 어려운 부분이 있을 것이다.

일본인의 특질이 혼네(本音:본마음)와 다테마에(建前:명분)의 2중 구조나 아마에(あまえ:의지하는 마음)의 구조에 있다고 흔히 말해지는데, 이러한 특질은 곧 언어 표현-간략함, 완곡함, 생략이 많은 언어라는 점-에 반영되어 있다.

전통 시가(詩歌)로 글자 수 5·7·5·7·7의 와카(和歌)나 5·7·5의 하이쿠(俳句)를 떠올리면 일본어의 간략성을 이해하기 쉽다. 짧은 말 사이 사이에 많은 의미가 내포되어 있는 것이다. 이를 외국인이 이해하기란 결코 쉽지 않다.

시가(詩歌)뿐 아니라 대화에서도 모든 것을 이야기하지 않고 여운을 남기거나 말을 중간에 끊는 것은, 상대가 그 부분을 헤아려 줄 것이라는 기대 때문인 것이다. 상대방이 헤아려주기를 바라면서도 서양적인 더치 페이의 습관을 가지며, 부부 사이에도 'ありがとう'(고마워)나 'すみません'(미안해요)을 연발하는 것 또한 일본의 한 단면이기도 하다.

우리는 나이가 지긋한 부부 사이나 친근한 사람끼리는 고맙다는 표현이나 더치 페이는 오히려 친근함을 해친다고 생각해서 잘 사용하지 않는다. 언어적으로는 말보다는 마음속에 여운을 남겨두는 편이라 하겠다. 그러나 세월이 변해 학교 교정이나 텔레비전 등을 보면 'ㅇㅇ야 사랑해', '엄마 사랑해요'라고 말하는 젊은이들이 많다. 우리사회도 표현하지 않는 여운보다 선을 긋듯이 분명하게 말하는 사회로 변화하고 있는가 보다.

우리가 일본어를 배운다는 것은 단순히 말뿐 아니라 일본인의 정서와 논리, 문화까지도 함께 이해하는 일이다. 일본인의 행동양식과 우리의 행동양식에 차이가 나는 것은 당연한 일이며 말에서 차이가 나는 것 또한 자연스러운 일이다. 각각의 언어는 특정지역에서 오랜 기간 동안 형성된 정서와 논리, 문화가 배어 있기 때문이다.

우리가 흔히 대하는 일본어의 표현형식 중에서 직접적인 표현을 회피하는 예, 단정적인 표현 대신에 완곡한 표현을 사용하는 예, 생략을 하는 표현의 예 등을 살펴보면 우리와 비슷하면서도 다른 그들의 정서를 어느 정도 이해할 수 있을 것이다.

직접적인 표현을 회피하는 예로는 요금이나 가격이 올랐을 때 '値

上げしました'(값을 올렸습니다)라는 직접적이고 능동적인 표현보다는 '値上げることになりました'(값을 올리게 되었습니다)를 사용하는 것을 들 수 있다. 이는 주위의 여러 가지 요인으로 인하여 어쩔 수 없이 값을 올리게 되었다는 느낌을 상대방에게 전하는 것이다. 내일 사정이 어떠냐고 물을 때도 'あした、どうですか'(내일 어떻습니까?)라고 확실하게 묻기보다는 'あしたあたりどうでしょうか'(내일 정도 어떠신가요?)'라고 물어 상대방에게 약간의 여유를 느끼게 하는 것이 일본어다운 표현이다.

또한 단정적인 표현을 피하는 것이 보통이다. 그래서 'どうやら'(아무래도), 'どうぞ'(부디), 'なんとなく'(어쩐지) 등의 부사나 부정표현, 의문의 조사 'か', '~でしょう'(~이겠지요)나 '思われる'(생각된다), '考えられる'(사려된다) 등의 말을 사용해 '無理ではないでしょうか'(무리가 아닐까요), '~ではないかと思われます'(~이 아닌가 생각됩니다), '~ではないだろうか'(~이 아닌가) 등의 표현을 사용하여 '이다', '아니다' 식의 단정적인 표현을 피하고 여지를 남기는 것이 일본어의 특징적인 표현양식이라 할 수 있다.

마지막으로 'ちょっといそぎますので'(좀 바빠서요)나 'かまいませんけど'(상관없지만요)와 같이 끝마무리를 애매하게 표현하는 경우도 많다. 이러한 표현을 접했을 때, 일본어를 배우는 외국인의 입장에서 과연 그들이 무엇을 말하고자 했는지를 잘 파악해야 하는 센스가 필요하다 하겠다.

58. 일본인은 대화 중에
왜 자꾸 끼어드나

【홍민표】

A: あのう、このあいだ話した旅行のことなんですが…。

B: エエ。

A: 今週の土曜日でしたよね…。

B: ハイ。

A: 実は、ちょっと急用ができまして…。

B: ハア。

A: 来週の土曜日では…。

B: エエト。

A: やっぱり無理ですか。

　일반적으로 영어나 한국어에 의한 커뮤니케이션에서는 상대의 말이 끝나는 것을 기다렸다가 자기의 말을 시작하는 것이 상식이며 예의로 되어 있는데 비해서 일본인은 상기의 대화문에서 보는 것처럼 대화 중에 'あいづち'라고 하는 맞장구를 자주 치는 습관이 있다. 어떤 조사

결과에 의하면 일본인은 1분당 평균 17회 정도, 그리고 음절수로는 평균 20음절마다 맞장구를 1번씩 친다고 한다.

그런데 일본인의 맞장구라고 하는 청자의 언어행동은 상대방의 말에 반드시 동의한다는 의미가 아니고 대개의 경우, 단지 상대방의 말을 듣고 있다는 표시로 사용하는 경우가 많기 때문에 일본인과 대화를 할 때는 그때 그때의 맞장구 해석을 잘 해야 할 필요가 있다. 왜냐하면 일본인이 맞장구에 사용하는 표현은 'はい', 'ええ', 'うん', 'はあ' 등 상대의 말에 찬성한다는 뜻의 말이 많기 때문에, 일본인이 빈번하게 사용하는 맞장구가 자신의 의견에 찬성한다고 믿고 있다가 나중에 그런 뜻이 아니라는 것을 알고 오해나 트러블이 발생하는 경우가 종종 있기 때문이다.

실제로 비즈니스 이야기를 할 때, 일본인이 맞장구를 치면서 '考えておきます'라고 하면 한국인은 대개 긍정적인 응답으로 보기 때문에 일본인과의 비즈니스 상담에서 트러블이 많이 일어난다고 한다. 그러나 대화 중 일본인이 맞장구를 치면서 '考えておきます'라고 하면 그것은 일본인으로서는 상대방 이야기는 잘 듣고 이해했으나 결정은 어떻게 될지 아직 모른다, 또는 어려울 것이다라는 부정적인 뜻으로 해석하는 것이 일반적이다.

이와 같이 일본인은 상대방의 말에 일일이 맞장구를 치는 습관이 있기 때문에 대화 중에 맞장구가 없으면, 상대방이 화가 나있는 것으로 오해하기도 하고, 자기 이야기에 관심이 없거나 듣기가 지루한 것으로 해석을 하여 굉장히 불안해한다고 한다. 경우에 따라서는 상대방이 일본어를 이해 못한다고 판단하여 커뮤니케이션 자체가 잘못 되는 일도 있으며, 오로지 음성정보로만 상대방의 마음을 파악해야 하는 전화에 의한 커뮤니케이션에서는 이러한 오해가 자주 발생한다고 한다.

한국어에도 일본어의 'あいづち'에 해당하는 맞장구-원래 장구를 두 사람이 마주보고 친다는 뜻에서 유래-라는 말은 있지만, 일본어만큼 빈번하게 사용되지는 않는 것 같다. 대화할 때, 특히 윗사람과의 대화에서 맞장구를 자주 치는 것은 좋은 인상을 주지 못한다. 그러나 영어에는 그런 말조차 없기 때문에 미국인들에게 맞장구라고 하는 것은 굉장히 낯선 언어행동으로 받아들여진다고 한다. 따라서 한국인을 비롯한 외국인은 일본인이 맞장구를 빈번히 치면 말하는 도중에 자꾸 끼어 들어 방해가 된다고 오해를 하는 경우가 많이 있는 것이다. 중국인은 일본인만큼은 아니지만, 한국인보다는 대화 중에 맞장구를 많이 치는 것으로 알려져 있다. 조사결과에 의하면 앞에서 언급한 것처럼 일본인은 1분에 평균 17회, 중국인은 11회, 한국인은 5회 정도의 맞장구를 치는 것으로 나타났다.

그런데 맞장구를 치는 방법은 'はい', 'いいえ'와 같은 언어적 표현만 있는 것은 아니다.

대개는 'はい'나 'いいえ'와 같은 언어적 표현과 함께 호의적인 얼굴표정이나 고개를 끄덕거리는 동작 등의 비언어적 표현을 수반하거나 경우에 따라서는 비언어적 표현 단독으로 맞장구를 치는 경우도 많이 있다. 이와 같이 맞장구의 범위를 넓게 잡으면 사실은 영어를 비롯한 모든 언어에 맞장구 표현이 있다고 해도 과언이 아닐 것이다. 다만, 맞장구의 빈도, 표현방법 등에 차이가 있는 것인데 일본인이 유별나게 맞장구의 사용빈도가 높기 때문에 맞장구가 일본어의 하나의 특징으로 인식되는 것이 아닌가 생각된다.

일본인이 이와 같이 맞장구를 자주 치는 배경을 일본인의 대인의식과 연관지어서 보면, 상대가 말하려고 하는 것을 열심히 듣고 있다는 신호를 상대에게 전달함으로 해서 대화를 공동으로 전개해 가려고 하는 협조적 태도와, 반대의견을 말할 때도 부분적으로는 상대방의 의견에 동의하고 있다는 것을 전하는 조화적 태도를 중시하는 일본인 특유의 대인의식의 표출로 볼 수 있다. 즉, 맞장구는 일본인 특유의 상대방에 대한 배려로 볼 수가 있는 것이다. 일본인의 일상적인 언어행동을 한국인과 비교해 보면, 일본인은 행동 자체가 굉장히 세밀하고, 말로 일일이 자신의 마음을 표현하는 습관을 갖고 있는데 비해서 한국인은 일일이 말로 표현을 하지 않아도 서로 상대의 마음을 알 수 있는 이심전심의 사회라고 할 수 있겠다. 일본인의 맞장구도 이러한 일본인의 언어행동의 특징에서 오는 결과가 아닌가 생각된다.

한편, 미즈타니 노부코(水谷信子)씨는 일본인의 맞장구 표현을 일본어의 구조와 관련시켜 다음과 같이 설명하고 있다. 즉, 일본어에는 서

두의 대화문에서 보는 것처럼 '~です', '~しました'로 끝나는 완결형의 문장 형식이 적고, '~が', '~で', '~から', '~けど', 'けどね'와 같은 하나의 구(句)가 'それで', 'ほぉ~', 'なるほど', 'そうですよね', 'え? うっそ!', 'そう, そう'와 같은 상대방의 'あいづち'를 받아서 이어지는 것이 몇 차례 반복된 후에 완결형 문말이 오는 것이 보통이다. 즉, 일본형 대화에서는 하나의 문장을 혼자서 완결하는 것이 아니라 후반은 청자에게 맡겨 화자와 청자가 공동으로 문장을 완성해 가는 태도가 기본인 것이다. 이에 비해 구미(欧美)형 대화는 두 사람의 화자가 각각 자기의 발화를 완결시키고 나서 상대의 말을 듣는 소위 교대형식으로 대화를 전개해 가기 때문에 청자는 화자의 발화가 완결되는 것을 잠자코 기다리는 것이 기본이다. 즉 구미형 대화에서는 'もう時間が遅くなりましたから、わたしは家へ帰らなければなりません'처럼 화자가 끝까지 말을 하기 때문에 청자가 보충할 여지가 없는 것이다.

이런 의미에서 미즈타니씨는 일본형 대화의 기법을 특별히 공화(共話)라 부르고, 구미형 대화의 기법은 청자를 상대로 단독으로 이야기를 한다고 해서 대화(対話)라고 구분하여 부르고 있다. 그렇다면 한국형 대화의 기법은 대화(対話)와 공화(共話)사이의 어디쯤 될까?

59. 'ら抜き言葉'가 유행이라는데

【신석기】

언제인가 일본의 디지털 카메라 광고에서 '撮ったその場ですぐ見れる'(찍은 곳에서 바로 볼 수 있다)라는 문구를 본 적이 있다. 見られる에서 'ら'를 뺀 소위 말하는 '라누키고토바'(ら抜き言葉: ら탈락어)이다.

보통 일본의 학교문법이든 일본어 교육에서 채택하고 있는 문법서에서든 見る, 食べる와 같은 ru동사(상·하1단동사)의 가능형태는 어간에 'られる'가 결합한 형태라고 말하고 있다.

이러한 문법적으로 바른 형태라고 여겨졌던 見られる의 'ら'가 빠진 '見れる'의 형태로 가능의 의미를 나타내게 되었고, 최근에 이르러서는 오히려 見られる가 見れる에 그 기득권을 내줄 위기(?)에 처해 있는 실정이다.

그러나 見れる형태가 'ら抜き言葉'라는 용어로 불리는 것 자체에서도 느낄 수 있듯이, 'ら'를 뺀 형태가 비문법적이고 심지어는 '아름다운 일본어(美しい日本語)가 아니라는 비난까지 받아가며 見られる와 병존하고 있다. 마치 적출(見られる)과 서출(見れる)처럼.

1995년 일본의 국어심의회(国語審議会)에 보고한 문화청의 보고에도 전국의 16세 이상의 남녀 3천 명을 대상으로 면접 조사를 실시하여 약 2,200명이 회답-회수율 74%-을 분석한 결과, '食べられる'가 바른 형태라고 답한 사람은 전체적으로 67.3%를 점했지만, 연령별로 보면 10대는 남성 54.4%, 여성은 46.0%가 'ら'를 뺀 '食べれる'를 사용하고 있었다. 또한 '来れる'도 젊어질수록 사용율이 높아져서, 10대의 남성에서 61.8%, 여성에서 52.4%로 나타났다.

주로 50대 이상의 연령층에서는 '見れる'에 대해서 '아름답지 않다', '천박하다' 등의 이유로 반감을 가진 사람이 많고, 이에 비해 20대의 젊은 층에서는 '見れる'에 대해서 '스피드 감이 있어 좋다', '다른 용법들과 혼동되지 않아 좋다' 등의 이유로 호감을 갖고 있는 것으로 밝혀졌다.

이렇듯 '아름답지 않은 일본어'로 느끼는 이유로는 여러 가지를 들 수 있지만, 단순하게 생각하면 학교에서 배웠던 바른 문법형태가 아니라는 이유에서, 혹은 일상생활에서 말하고 들었던 형태가 아니라는 극히 개인적인 언어사용의 문제라고도 생각할 수 있을 것이다.

그런데 이상과 같은 지금의 언어사용을 이해하기 위해 통시적(通時的)인 관점으로 시간을 거슬러 올라갈 필요가 있는데, 현재 '読む'와 같은 u동사(5단동사)의 가능형이 '読める'로 완성된 것은 메이지(明治) 시대이고, 이전까지는 '読まれる'의 형태였다. 지금도 行く의 가능형태로 '行ける'와 더불어 '行かれる'를 사용하는 경향이 남아 있다.

따라서 이러한 u동사에만 나타났던 가능형태의 변화가 근·현대부터 ru동사(1단동사)에도 나타나기 시작했다고 생각할 수 있고, 현재도 진행 중인 언어변화의 한 현상이라고 판단할 수 있을 것이다.

이러한 u동사에만 나타났던 가능형태의 변화가 ru동사에도 나타나기 시작한 것은 정확한 시기를 단정하기는 어렵지만, 1935년 경의 다자이 오사무(太宰治)의 초기 소설에서도 사용되었다고 한다.

1983년에 발표된 야마모토 미노루(山本稔)의 조사 보고를 보면, 야마모토는 1982년 초등학생 208명, 중학생 464명을 대상으로 か행변격, ru동사 가능형의 사용실태를 조사한 결과, か행변격동사인 来る의 경우 약 49% 정도의 학생이 来れる만을 사용하고 있으며, 약 29%의 학생이 来れる와 来られる 양쪽을 사용하고 있고, 약 22%의 학생만이 来られる만을 사용하고 있는 경향이 있는 것으로 보고하고 있다.

또한 ru동사 중 어간 1음절 상1단동사(見る, 着る), 어간 2음절 상1단동사(起きる, 降りる), 어간 1음절 하1단동사(寝る, 出る), 어간 2음절 하1단동사(食べる, 投げる)에 대한 같은 조사에서는, 상기의 순서로 ら抜き형태의 가능형 사용비율이 낮아지고, 어간 1음절에서 어간 2음절의 순으로 낮아지는 경향이 나타났다. 이와는 역으로 원래의 문법적인 형태는 か행변격동사에서 하1단, 상1단동사의 순으로 높아지는 경향이 있는 것으로 나타났다.

상기의 약 20년 전의 조사결과는 현재에 이르러 아직도 유효하며, 오히려 ら抜き言葉의 비율이 더욱 늘어난 것을 서두의 문화청 조사와의 간접비교를 통해서 알 수 있을 것으로 판단된다.

일본어의 조동사 られる는 자발, 존경, 가능, 수동의 의미를 나타

311

내고 있는데 가령 '先生は夕飯お食べられなかった'의 '食べられ'가 존경 -드시다-, 혹은 가능-먹을 수 있다-의 2가지 의미를 가질 수 있기 때문에 언어전달에 장애를 가져오게 된다.

'언어변화가 진화라고 한다면 모든 변화는 해당시기의 체계운용을 원활화하는 것이 아니면 안된다'라는 고마쓰 히데오(小松英雄)의 언급을 참조하여 생각하면, 우선 ru동사의 ら抜き 가능형태가 존경 혹은 수동과의 혼동을 피할 수 있는 만큼, 이를 체계운용의 원활화로 생각할 수 있다. 또한 일본어교육에 있어서도 ら抜き 가능형태가 인정된다면 동사를 2가지로 분류하지 않고 하나의 규칙 하에 생성할 수 있기에 よむ-よめる, たべる-たべれる와 같이 보다 간결하게 될 것으로 생각된다.

이렇게 원활화를 꾀하기 위한 변화를 일본어의 혼란(乱れ)으로 규정하여 배척하기보다는 언어체계의 원활화를 위한 '변화'로 받아들여야 할 것으로 생각된다.

또한 여기에서 간과해서는 안 되는 사실은, 기후현(岐阜県), 나가노현(長野県) 등 지방에 따라서는 ら抜き가 일반적이며, 오히려 食べられる를 '라이리고토바'(ら入り言葉:ら 삽입어)로 규정하여 귀에 거슬린다고 할 정도로 사정은 공통어와 반대이다. 예부터 'ら抜き'로 커뮤니케이션을 이루고 있던 지역민이 있다는 사실을 ら抜き를 비난하는 공통어 사용자들이 주지해야 할 사항인 것으로 생각된다.

ら抜き言葉는 '언어는 환경의 변화에 적응하여 진화를 계속한다'는 진리를 다시금 생각하게 하는 언어현상으로 생각된다.

60. 일본에도 지방색이!
도쿄사람과 오사카사람은 다른 말을 쓴다?

【강석우】

어느 나라든 지역에 따라 상당한 차이를 느끼게 하는 말들이 있다. 우리나라에서도 충청지방의 말은 느리며, 윗사람에게 '이랬어유~', '저랬어유~' 하면서 어미에 '유'를 붙여 말끝을 늘이는 경향이 있다. 또한 영남지방의 말은 말끝에 '나'를, 호남지방의 말은 '께'를 많이 붙이고 있는데, 이 중에서도 영남지방의 말은 악센트가 강한 것이 특징이다.

일본의 경우도 우리나라와 마찬가지로 지방마다 말이 조금씩 다르고 각각의 특징이 있는데, 여기에서는 일본의 수도인 도쿄(東京)와 경제의 중심도시라고 일컬어지는 오사카(大阪)의 말은 어떠한 차이가 있는지에 대해 악센트, 음운, 어휘, 문법적인 관점에서 특징을 비교하여 알아보기로 한다.

우리나라의 경우 경상도와 일부 지방의 말을 제외하고는 표준말이라 불리는 서울지역의 말을 포함한 대부분 지역의 말에 악센트가 거의 없다. 이에 반해, 일본어는 이바라키현(茨城県)과 일부지역의 말을 제외하고는 악센트가 모두 있다.

ひち라고 쓰여진 오사카의 전당포

일본어의 악센트는 발음의 높낮이에 의해서 의미를 구분하는 고저악센트이다. 즉 하나의 단어 속에 높게 발음되는 음과 낮게 발음되는 음이 있어, 어느 음에 악센트를 두는가에 따라 단어의 의미가 확연히 달라진다.

이러한 일본어의 악센트에도 지방에 따라 차이가 있는데, 특히 도쿄와 오사카는 악센트가 정반대인 경우가 있다. 예를 들어 도쿄의 표준말에서 あめ라는 단어를 고저(高低)로 읽으면 '비'[雨]가 되고, 저고(低高)로 읽으면 먹는 '엿'이 된다. 그러나 이와 반대로 오사카에서는 고저(高低)로 읽으면 '엿'이 되고, 저고(低高)로 읽으면 '비'가 된다. 또한 도쿄에서는 はし를 고저(高低)로 읽으면 '젓가락'이 되고, 저고(低高)로 읽으면 '다리'[橋]가 된다. 이 또한 오사카에서는 정반대이다.

다음에는 ひ와 し의 음운적 측면에서, 도쿄와 오사카말의 차이를 보기로 하자. 도쿄에서는 ひ와 し를 잘 구별하지 못하여 ひ를 し로 잘못 발음한다고 한다. 예를 들어, お日様(ひさま)를 おしさま로, 飛行機(ひこうき)를 しこうき라고 발음하는 것이다. 이러한 경향은 도쿄사람들 중에서도 특히 에도사람(江戸っ子)이라고 불리는 토박이에게서 주로 관찰되며, 일종의 에도사투리(江戸訛り)라고 할 수 있겠다.

이와는 반대로 오사카에서는 し가 ひ로 발음되는 경향이 있다. 오

| 일본어는 뱀장어 한국어는 자장 |

사카의 거리를 걷다보면 전당포(質屋, しちや)의 간판에 ひちや라고 쓰여져 있는 것을 발견할 수 있는데, 이것이 가장 대표적인 예이다. 또한 '방석을 깐다'라는 표현을 도쿄의 표준어로 하면 '座布団を敷(し)く'인데, 오사카에서는 '座布団をひく'라고 하는 경우가 많으며, 이것이 표준어라고 생각하는 사람 또한 상당수에 이른다. 이는 많은 사람들이 방석을 깔고 앉을 때, 방석을 자기 쪽으로 끌어당겨 앉기 때문에 자연스럽게 '引(ひ)く'라는 단어를 머릿속에 떠올리기 때문으로 추측된다.

이번에는 어휘적인 측면에서 도쿄와 오사카의 차이에 대해 살펴보기로 하자. 꽤 시간이 지난 이야기이지만, 일본의 '探偵! ナイトスクープ'라는 텔레비전 프로그램에서 우리말의 '바보'에 해당하는 'バカ'와 'アホ'의 사용지역 등에 대해 전국을 돌며 인터뷰 조사하여 방영한 일이 있다. バカ는 도쿄를 중심으로 한 관동(関東)지방에서, アホ는 오사카를 중심으로 한 관서(関西)지방에서 사용하는 말로서 일본전국에서 통용되고 있다. 그러나 실제 장면에서 이 두 말은 지역과 사람에 따라 느낌이 다른 모양이다.

예를 들어, 도쿄사람이 오사카의 アホ라는 말을 들으면 バカ라는 말을 들었을 때보다 감정적으로 되어 단순한 농담 또는 가볍게 받아들이기가 어려워진다는 말을 한다. 역시 이와는 반대로 오사카 사람이 バカ라는 말을 들었을 때와 アホ라는 말을 들었을 때, 받아들이는 입장에서는 감정적인 면에서 차이가 있다고 할 수 있다.

한편 오사카를 포함한 일본의 관서지방에서 주로 사용되는 사투리임에도 불구하고 표준말지역인 도쿄에서 세력을 떨치는 말이 있다. 그

대표적인 것이 'おもろい'와 'しんどい'이다. 이 중 おもろい는 관서지방 출신 연예인의 영향을 많이 받은 것으로 생각되어지는데, 약간의 차이점이 있다면 표준말인 おもしろい는 '흥미롭다'의 의미를 포함하는데 비해, おもろい는 웃음이 나오는 장면에서만 주로 사용되는 것이 특징이다. 또한 しんどい는 관서지방 방언이라는 것조차 모르는 사람이 많을 정도로 도쿄에서 세력을 확장하여 널리 사용되는 말이다. しんどい는 명사형인 しんど가 형용사화한 말인데, 원래 しんど라는 말 자체도 心労(しんろう, 정신적인 피로)와 辛労(しんろう, 고생)의 한자음이 잘못 읽혀진 것으로 알려져 있다.

마지막으로 문법적인 관점에서 도쿄와 오사카의 차이에 대해 알아보자. 우선 도쿄에서 来る의 부정표현은 こない이다. 그러나 오사카에서는 'ケーヘン'과 같이 동사에 -ない 대신에 -へん을 붙여 표현을 한다. 또한 도쿄의 표준어로는 行く, 来る, 居る에 대한 존경표현으로서 いらっしゃる라는 한 단어로 나타내는데 반해, 오사카에서는 いかはる, きまる, いはる와 같이 각각의 동사에 はる를 붙여 표현한다.

이상으로 도쿄와 오사카 말의 차이에 대해 악센트, 음운, 어휘, 문법적 관점에 보여지는 특징에 대해 대표적인 예를 들며 간단히 살펴보았다. 사실 이 두 지역은 위에서 예로 들은 언어적인 측면에서의 차이뿐만 아니라 기질이나 생활습관 면에서도 다른 점이 적지 않다고 흔히들 말한다.

예를 들어 일반적으로 도쿄사람에 비해 오사카사람은 운전이 거칠기로 유명하다. 또한 에스컬레이터를 탈 때에도 도쿄에서는 왼쪽에 멈

쳐서고 오른쪽은 급한 사람이 걸어갈 수 있도록 비워두지만, 이와는 반대로 오사카에서는 사람들이 오른쪽에 서 있고, 급한 사람은 왼쪽을 이용하여 걸어서 추월해 가는 경우가 많다.

이 밖에도 도쿄와 오사카의 다른 점은 매우 많다. 반드시 일본어와 일본 전공자가 아니더라도 일본의 대표적인 두 도시의 비교는 일본과 일본인, 일본어를 이해하는 데 있어서 많은 도움이 될 것이다.

책임편집위원

구정호(중앙대학교 교수) 김종덕(한국외국어대학교 교수) 박혜성(한밭대학교 교수)
송영빈(이화여자대학교 교수) 유상희(전북대학교 교수) 윤상실(명지대학교 교수)
장남호(충남대학교 교수) 한미경(한국외국어대학교 교수)

편집 기획 및 구성

오현리, 이충균, 최영희, 최영은

사진제공

일본국제교류기금

일본어는 뱀장어 한국어는 자장

2판 1쇄 발행일 | 2021년 3월 25일

저 자 | 한국일어일문학회
펴낸이 | 이경희

기 획 | 김진영
디자인 | 김민경
편 집 | 민서영 · 조성준
영업관리 | 권순민
인 쇄 | 예림인쇄

발 행 | 글로세움
출판등록 | 제318-2003-00064호(2003. 7. 2)

주 소 | 서울시 구로구 경인로 445(고척동)
전 화 | 02-323-3694
팩 스 | 070-8620-0740

ⓒ 한국일어일문학회, 2003
저자와 협의하여 인지를 생략합니다.

값 14,000원

ISBN 978-89-91010-06-2 94830
      978-89-91010-00-0 94830(세트)

잘못된 책은 구입하신 서점이나 본사로 연락하시면 바꿔드립니다.